河出图　洛出书

黄河文库·
文学黄河

孟宪明　总主编

黄河传说故事选

HUANGHE CHUANSHUO GUSHI XUAN

霍清廉
张晓杰　选编

河南大学出版社
HENAN UNIVERSITY PRESS
·郑州·

图书在版编目（CIP）数据

黄河传说故事选 / 霍清廉，张晓杰选编．
—郑州：河南大学出版社，2020.8
（黄河文库．文学黄河）
ISBN978-7-5649-4422-3

Ⅰ．①黄…　Ⅱ．①霍…②张…　Ⅲ．①民间故事—
作品集—中国Ⅳ．①I277.3

中国版本图书馆CIP数据核字（2020）第154801号

丛书策划　孟宪明　于华龙
责任编辑　郑　鑫
责任校对　辛德萱
装帧设计　翟淼淼　高枫叶　郭　灿

出版发行　河南大学出版社
地址：郑州市郑东新区商务外环中华大厦2401号　　邮　编：450046
电话：0371-86059750（高等教育与职业教育出版分社）
0371-86059701（营销部）
网址：hupress.henu.edu.cn

排　版	河南大学出版社设计排版部		
印　刷	河南瑞之光印刷股份有限公司		
经　销	全国各新华书店		
版　次	2020年8月第1版	**印　次**	2020年8月第1次印刷
开　本	787mm×1092mm　1/16	**印　张**	19.5
字　数	297千字	**定　价**	168.00 元

（本书如有印装质量问题，请与河南大学出版社联系调换）

壶口瀑布　摄影 / 王伟

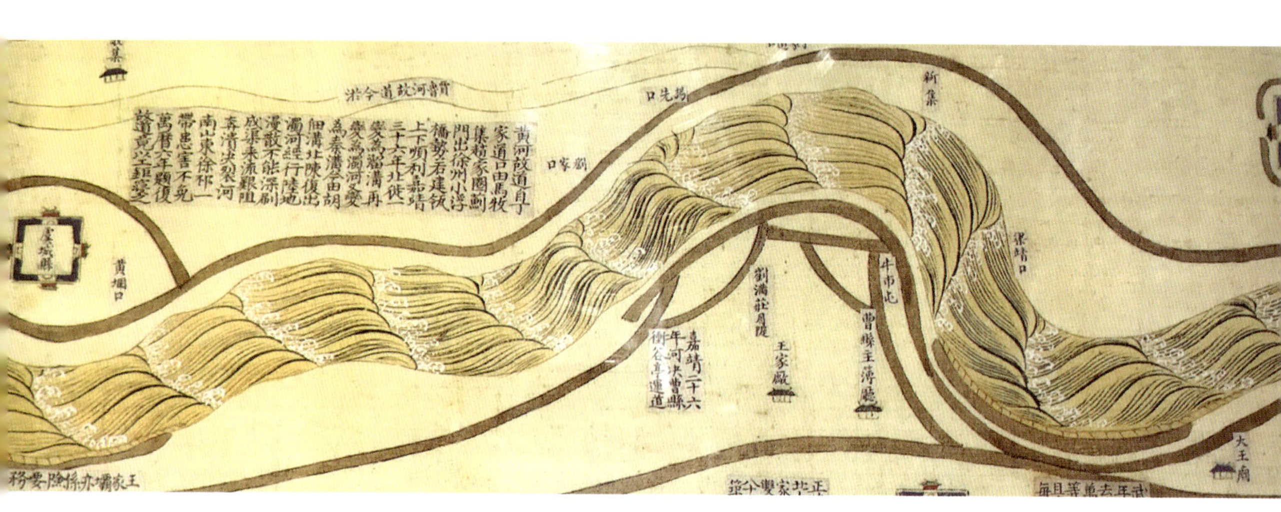

明代河防一览图（局部）

激情与涛声

孟宪明

一

1985 年春天，上海一家出版社邀约一套姊妹书《黄河古诗选》和《长江古诗选》，我和朋友们选择了第一本。那时候年轻，对此书究竟意味着什么并不明晰，一做才发现此书之不易。此时，中国大型的古诗集只有《先秦汉魏晋南北朝诗》和《全唐诗》，其他诗作必须从各种各样的合集、别集以及个人的集子中寻找。我们在图书馆整整钻了三年，才对从《诗经》到清末历代诗人作品中的“黄河诗”有了一个大致的了解。此时的中国社会已经深深地进入了市场经济，“赚不赚钱”成了出版的重要指标。直到 1989 年，此书才由河南的中州古籍出版社出版。五年真诚的“黄河”追索，让我们对黄河文化的宽广度与幽深度有了深刻的洞悉，“黄河”，砥砺成之后我几十年生活中尖锐的警觉和敏感。

2020 年 1 月 3 日，当我和郑州市惠济区的有关领导坐下来讨论“黄河”的时候，四千年前的大河村先民正在黄河边汲水晚炊，三千年前的商都天空上晚霞正艳，两千年前的《郑伯克段于鄢》正式开启春秋时代的瑰丽文脉，而黄河岸边的鸿沟里正飘荡着同楚汉相争时一样的暮云……亘古不息的黄河水在惠济区的土地上铺展着五十余里的激流与涛声。商定的结果，恰与两个月前我们策划的丛书不谋而合。天时。地利。人和。一套丛书悄然启动。

谁也没有想到，二十天后，十四亿国人会被一种无可感知的病毒所折磨、所震惊，会被一座坚强的城市所激动、所感奋。我们知道我们会胜利，但我们不知道我们会在何时胜利。时间停了下来，停在了这个猝不及防的时刻。

空间停了下来，停在了这个让人讶异的陌生之地。天下事变成了一件事。但是，我们的丛书没停。

二

河流产生文明。古巴比伦、古埃及、古印度、华夏中国，四大文明古国，无一不是河流的成功。

每条河流都有自己的性格和禀赋。这种独特的性格和禀赋必然赋予文明不同的基因，进而左右着文明的命运甚至生命。四大文明古国灭亡其三，难道与河流的性格和禀赋没有关系吗？换句话说，四大文明古国唯华夏之独存，中华文明与黄河的性格和禀赋没有关系吗？

黄河的独特之处在哪里？

此话题本应该先说黄河，但它让我想起来的首先是两则神话，一则是《女娲补天》，一则是《大禹治水》。

《淮南子·览冥训》云："往古之时，四极废，九州裂，天不兼覆，地不周载。火爁炎而不灭，水浩洋而不息。猛兽食颛民，鸷鸟攫老弱。于是女娲炼五色石以补苍天，断鳌足以立四极，杀黑龙以济冀州，积芦灰以止淫水。苍天补，四极正，淫水涸，冀州平，狡虫死，颛民生。"

面对超巨的自然灾害，伟大的女娲昂然而起，炼石补天，积灰止水。她没有逃避，没有退缩，更没有倒下。她是我们既高深辽远又近可视听的共同的老祖母。

四千年前的一场洪水，产生了华夏民族的又一个英雄，那就是从父亲的尸体边站起来的大禹。十三年治水不止，三过家门而不入。

《尚书·禹贡》云："导河积石，至于龙门；南至于华阴；东至于厎柱；又东至于孟津；东过洛汭，至于大伾；北过降水，至于大陆；又北，播为九河，同为逆河，入于海。"

司马迁的《史记·封禅书》说："昔三代之君，皆在河洛之间。"三代者，夏、商、周之谓也。夏、商、周者，中华民族之祖源也。而河洛，则是黄河与洛水的相会之处。“关关雎鸠，在河之洲。”中华民族第一部诗歌总集的第一首诗，就唱响在水汽氤氲的黄河沙洲。

可否这样想，如果没有女娲补天的心灵导引，没有大禹治水的宏伟实践，黄河会是今天的样子吗？中国的山川地域会是今天的样子吗？华夏民族的性格和命运会是今天的样子吗？

黄河造就了黄河流域。黄河产生了黄河文明。而我们这一切，包括女娲之补天、大禹之治水，皆是其性格所造成的。换言之，中华民族历数千年而繁荣不息，同样是黄河的性格和禀赋所造成的。黄河从源头起步，千转百绕，九曲回肠，接纳了无数的沟涧溪川、泉脉细流，奔腾而下，在无际的土地上走过千里万里，宽广而汹涌，宽阔而多变，宽厚而易怒，宏富而尖刻。它是阴阳之和、美丑之和、善恶之和，是深刻的对立统一的矛盾综合体。

“一石水，八斗泥。”民间的谚语准确地讲述着黄河的性格与特点。黄河不仅给我们送来了用之不尽的水源，还创造了下游数十万平方公里的冲积平原。正是永无止息的黄河水和黄河水带来的冲积平原，才在很大程度上决定了很早就起步了的农业文明。农业文明是聚居文明，是一家一户一氏族一部落的聚居文明。正是这样的文明形态，产生了“女娲补天”式的不朽的祖先崇拜。祖先崇拜的最大特点是不排他。我祖英明，你祖也可英明。我崇拜我的祖先，你也可崇拜你的祖先。正是这种不排他的信仰崇拜，使这块古老的土地上从未发生过灭绝人寰的宗教战争，而始终葆有旺盛壮健的民族血脉。这是一方面。

另一方面，在华夏先祖“近取诸身，远取诸物”的哲学意识观照下，定阴阳，作八卦，观察、思考周围的世界，黄河，必是先人们基本的对象。黄河接纳了无数的沟涧溪川而形成浩洋不息的奔腾之势，必定震撼过先祖们的英灵。大禹率领天下万邦合力治水而使万流归宗，更是在形式上、思想上、制度上，完成了千年以降的“融合和一统”。这是以接纳对接纳、以融合对融合、以一统对一统的治水战争，也是一场民族团结与民族融合的革命，更是一场对于黄河的学习、实践与礼遇。

站在大历史、长时空的角度讨论黄河与黄河文明，我们发现：

正是始于农业文明的不排他的祖先崇拜，而使很多个部落最后成为一个浩荡的民族。这是人类内心的动力驱使所致，属于主观世界的一次渐进式革命。

正是因为黄河的泛滥和对天下万邦的组织与引领，才使得无数个松散的部落与氏族最后成为一个浩荡的民族。这是对历史演进的客观概述。

主观意义的祖先崇拜和客观意义的万邦统汇，构成了华夏民族之所以绳绳不息的重要因素。华者，华胥氏之女娲伏羲之华也。夏者，大禹建夏而万邦一统之夏也。华夏，之所以成为中华民族的族徽与旗帜，实肇于奔腾的黄河和悠久的文明。我们说黄河是母亲河，不仅仅指“养育”，更指的是“化育”。

三

黄河有两个标识：一是文字上的，一是地理上的。

文字上的标识穿透时空，占领的主属时间，历朝历代，垒垒如高筑之台。

地理上的标识穿透时空，占领的主属空间，大河上下，煌煌如不朽神谕。

搜集之。记录之。梳理之。研究之。这是我们必有的功课。我们的民族性格、文化心理、思想意识、精神现象，皆由此而源起。中华民族的伟大复兴皆应有此一课。记录重要的地理标识而使其文字化、数字化、抽象化；整理与研究历代的典籍，而使其清晰化、条理化、具象化。这是我们具体的方向与方法。

我们可以不做，或者浅尝辄止，像历朝历代那样，浑然于黄河之滨吗？

不能。

因为复兴之途的中华民族到了需要总结的时候。

我们要明晰我们的民族标识。

我们要准确我们的文化标识物。

包容与抗争。忍让与搏杀。博大与幽深。丰厚与锋利。阴阳表里虚实寒热。中华民族宽广幽微的精神世界皆由此而源起。

黄河里，有我们的民族属性。

尼罗河。印度河。黄河。底格里斯河和幼发拉底河。河流于茫茫时空中不息奔涌。古埃及，古印度，古巴比伦，血脉折断，高幕长谢，相继走进深渊般的历史，只留下一痕轻轻的涟漪。河水奔腾，涛声仍然。听涛的已非斯人。而跃下龙门口，穿越砥柱山的，还是那支“天下黄河几十几道湾”的船歌！这是我们的光荣与使命。

黄河，孕育了华夏文明和绳绳不息的华夏子孙，也养育了整个流域里的千亿万亿的生命，会飞的，会游的，会跑的和不会飞、不会游、不会跑的，甚至那些亿万年才可变化的山峰、石梁和岸边那一枚枚石子和沙砾。这是一个庞大的黄河家族，而黄河，是所有生命和生灵的家长。

我们是黄河的子孙。我们受赐于黄河。面对黄河，我们要有子孙的心态和子孙的思考。

四

河流产生于风云际会。如果风云际会的不是黄河，我们当然也会追上另一条河流。如果是那样，我敢保证，今天的我们肯定不是今天的样子。我不敢保证，我们不会像古埃及、古印度、古巴比伦那样高幕长谢。

历史像一条缥缈细弱的丝巾，随时都可能飘散或者折断。在时空的长路里，仅仅人类，就有过多次的飘散与折断。历久弥坚、历久弥新的，只有华夏，只有这一群黄皮肤的华夏子孙。而这群子孙的出发地和坚守地就是黄河和黄河岸边的这片黄土。

没有文字的时候，我们认那些用符号沟通天地的人为神。

不识电力的时代，我们称那些走过长空的闪电为神。

那么，从黄河到黄土，到黄帝，到黄种人，亿万斯年长流不止的河水变成一条穿越时空、奔流不息的血脉。生产。生活。生殖。生命。每一滴流出的鲜血都带有黄河嘈呟的涛声。在这个时空般生生不息的传递中，没有堪作“神明”的存在吗？怎样认识和理解？怎样继承与超越？未经证明的未必不存在。正因于此，国人才一次又一次地喊出了天地间的神秘之语：天佑中华！

黄河是人类文明史上唯一一条一直在哺育着同一个民族的大河。它像自己从无断流一样，用从无断流的黄河水哺育着一个从无断流的黄皮肤的民族。在我们的血管里，同时轰响着两道泉脉的亘古涛声。

我们要像对待伟大的先祖一样，常怀谦卑与景仰，跪下黄金般高贵的膝头。我们要从祈求、诅咒、治理甚至战胜的思考中走出来，上升为爱护黄河、保护黄河、尊崇与礼拜黄河的高度。

五

正基于此，我们组织编写了这套《黄河文库·文学黄河》。

《黄河文库》共有四部分内容，即：自然黄河，人文黄河，文学黄河，区域黄河。《文学黄河》是其规模化的起始，内容包括古代诗歌，古代词曲，古代谣谚，古代散文，神话，传说以及现代诗歌和散文等。挑选，依作品内容之质量；编排，依作者生平之先后。不以人废言，不以名取文。披沙淘金，艰难爬梳。因为我们都是黄河的子孙。

除了内容，书中还编配了两千一百余幅黄河或者与黄河有关的图片。标题图，张扬黄河；随文图，阐释黄河；而一千三百余幅页眉图，囊括了文化的、宗教的、艺术的、山石草木鸟兽虫鱼的诸多面貌。图片的内涵与张力自会溢出文字的叙述。图文并茂，互为助益，焕发出策划者与著者、编者的构想与神采。

面对黄河，我们神思飞越。

面对黄河，我们默然长醒。

这只是开始，前行的道路一定还远。

二〇二〇年八月十九日十二时卅分于豫州混沌斋初成。

廿五日午时四改。秋云如絮，七夕至矣。无不惬意。

无不舒服。感激之情沛然而生。

目　　录

黄河之水天上来

通天河……002
长江和黄河……004
长江黄河李兄弟……007
王子的眼泪……009
智慧老人化泉源……012
黄河战蛟龙……016
黄水怪……021
黄龙化黄河的传说……023
黄河源于母子情……030
黄龙传……034
澄沙珠……038

九曲黄河名胜多

央菁兰姆的故事……041
姊妹峰……050
年保山下的传说……060
时亮窟的来历……064
朱喇嘛峡的由来……066
君子渡……068

夫人河的传说 071
夜照明灯 075
黄河改道 077
铁铸泉的芨芨能锥鞋 080
峡门的传说 082
鲤鱼跳龙门 086
万年鼋——袁魁 089
柳园渡 094
瞎妇人堆邙山 100
邙山岭 102
中流砥柱 104
茅津渡 107
禹女献策 110
荆村的来历 113
娘娘河 114
洛阳龙门 117
武陟油茶的来历 119
黄河故道遇高人 戒子千万别逞能 121
泰山救玉凤 125
龙洞 128

黄河流域真善美

血染鱼尾 132
祖厉河 134
黄河的传说 136
左伯桃的传说 139
蔡寡妇搭天桥 142
黄河水为什么是黄的? 147
黄河神 152

河大王黄天成的故事……154
刘二婶抛子祭河……159
智降河王……163
巡河大王的传说……168
运皇粮……170
党得柱堵口子……173
黄花寺……175
以德报怨……177

汹涌黄河诉功过

契助禹治黄……180
携玉渡河……182
王贲决堤淹开封……185
田国舅扒口……188
包公计铡河防官……191
王安石放淤开良田……195
贾鲁沉船堵口……199
刘伯温赠珍珠……202
镇河铁犀……204
郑板桥请乞丐……212
刘统勋惩贪治黄故事……214
林则徐锁黄龙……228
黄知府治河……237
王同春修渠……240
“猴官”的故事……245
憨大个垒堤……251
三颗印……255

千古黄河中华魂

扔印堵口封龙王 259
金龙四大王......261
邓斌舍命治黄河 263
老卫坝......265
挡住和堵牢......272
白英眼藏石碂 276
栗大王......281
金头墓......285
太守守大堤......288

河源之水　摄影 / 陈维达

通天河

天上有道银河，地上有条黄河，银河和黄河紧相接连。“黄河通天”的美妙传说至今还在流传。

从前，商丘县北四十五里有个大湖，名叫神鱼湖，神鱼湖里住着一条鲲鹏。鲲鹏最善游水，它每天白昼围绕地球转三圈，晚上回神鱼湖睡觉。就这样日复一日，年复一年，也不知过了多少个春秋，鲲鹏渐渐感到厌倦乏味了，他要寻找一条新的水路游玩，以解心中之闷。

一天，他从黄河逆流而上，游啊游，不知游了多少天，忽然眼前一亮，浑浊的黄水突然变成了清亮亮的白水。他喝了几口，甜滋滋的，顿觉神清气爽，好生舒服。他高兴极了，一抖精神，又游了三年三月零三天，但怎么也游不到尽头。他开始有些惊疑了，心想：好奇怪呀！凭我的游水本领，早该游到头了，这黄河究竟有多长呢？

正在他百思不解的时候，忽见河边有位洗线子的仙女，看着面容好熟悉，可一时又叫不出姓名，低头一想，不禁喜出望外，这仙女竟是自己日夜思念的救命恩人——织女。他惊叫道：“织女大姐，您还认识我吗？我就是当初被您救了性命的小鲲鹏啊！多年不见，您藏到哪里去了呀？”织女听了这席话，心里热乎乎的，看着眼前这个足有千斤重的鲲鹏，不禁忆起了一桩往事。

几千年前，织女私自下凡和牛郎结为夫妻，男耕女织，生活过得非常幸福。一天她赶集卖布，见渔翁拿着一条长不满尺的小鲲鹏正在叫卖。细心的织女见小鱼两腮挂满泪痕，心里十分不忍，就用一匹花布换下了这条鲲鹏，然后小心翼翼地把它放进了黄河，自言自语地说：“小鲲鹏啊，你现在自由了。”鲲鹏向她点了三下头，表示感谢，然后摇头摆尾而去，顺水游入神鱼湖里，慢慢修炼成精。后来织女被王母娘娘拿回天庭，罚她终日洗线织布，以赎“违反天规、私自下凡”之罪。这些事鲲鹏哪里知道？一个天上，一个地下，又怎能见面？

织女见鲲鹏来到天上和自己相见，心中高兴。关心地问：“小兄弟啊，这儿不是玩耍的地方，你何故来到此地？”

“我是在游黄河呀！大姐，这黄河到底有多长？为什么河水一截黄，一截白？”鲲鹏不解地问。

“这不是凡间的黄河，而是天上的银河，要问有多长我也不清楚，只知道绕天转一圈水的颜色不同，黄色的是黄河水，白色的是银河水。”织女认真地回答。鲲鹏听了这番话，方知道自己游到了银河。他不禁叹道：“原来黄河通天啊！”他谢过织女的指点，又高高兴兴地向前游去。

游啊游，他渐渐感到有些累了，想找个安静的地方休息片刻，谁知竟游到了西天佛祖的养鱼池里。他刚刚闭上眼睛，忽听池边不远处有朗朗诵经之声，抬头一看，原来是佛祖正给弟子们讲长生经，传长生秘诀。他听得真切，句句铭记在心，因而得了长生之道，和天地同寿，与日月同辉，永生不死不灭。

鲲鹏自从听了佛祖讲经以后，游水的本领比从前大了千百倍，眨眼的工夫就游遍了银河，回到了自己的老家——神鱼湖。它在湖内一连睡了三天三夜，一觉醒来，发现自己满身长毛，两肋生翼，变成了一只漂亮的大鹏金翅鸟。随着一声长啸，扶摇直上九重天，他凭空眺望，看得真切：黄河直通西天，和银河相连，只是从天地交际处，水分二色，上边的水是白色，下边的水是黄色。

（杨齐廷搜集整理）

长江和黄河

从前，在很远很远的地方，有一家老两口，他们在一起生活了一百年，没有儿女。有一天，老阿爸说："心里难受啊，我好像活够岁数了。"老阿妈说："人们常说'百岁老人上西天，有喜没有悲'，你还有啥心事，就说吧。"老阿爸说："咱俩夫妻一场，没有儿女，这是我最大的心病。"老阿妈说："你放心吧，我们的双生儿快出世了。"老阿爸说："这么大的喜事，你为啥不早说，叫我愁了几十年。"老阿妈说："愁苦不会在心上生根，喜事也不会从天上降临，现在你高高兴兴地走吧，一切有我哩。"老阿爸说："那我就给孩子们起个名字吧，让他们流芳百世。先出世的叫舟曲，后出世的叫玛曲。他们如何成人，就全靠你当老阿妈的教养了。"说完，老人再也没啥心事，就升西天了。

第二天，他们的双生儿果然出世了，先出世的为哥哥，叫舟曲，后出世的为弟弟，叫玛曲。舟曲眉目清秀，身材标致，像个文质彬彬的读书人。玛曲是一个五大三粗、膀阔腰圆的壮汉子，就像草原上的一匹骏马。老阿妈说："我的双生儿，你们在娘身上生活了八十年，现在你们成人了，应该学会做事。"舟曲说："我要画一幅山清水秀的人间乐园图，让所有的人生活在我的乐园里。"玛曲说："我要做一个武士，登高山，越平原，让世人知道我的威力。"老阿妈说："阿妈养育你们这么多年，就是希望你们有能耐。人活一世，无功无业，就像天上的浮云，东飘西散，终归没有个踪影。最可惜的是，你们的阿爸，苦心盼望你们一辈子，也没见到你们的面，我现在去把你们的话告诉他，让他也高兴高兴。"说完，老阿妈也含笑升西天了，兄弟俩很伤心，扑倒就哭，整整哭了九年，没有止声。

有一天，舟曲说："兄弟，我们的阿爸阿妈在哪儿，我们去寻找他们吧。”玛曲说：“天高无顶，地大无边，我们到哪儿去找呢？”舟曲说：“天再高也有顶，顶就在我们头上，地再大也有边，边就在我们的前方。白天跟着太阳走，晚上跟着月亮走，只要我们走下去，总会找到的。”兄弟俩开始向着太阳落山的方向走去，走了九九八十一天，他俩在太阳和月亮的指引下，来到了天堂。天王神正在给众弟子讲经，他俩也坐在经堂里听起来，天王神向他们问话，舟曲和玛曲请求说：“尊敬的天王神，我们是从很远很远的地方来寻找阿爸阿妈的。我们没有见过阿爸老人家的面，我们的阿妈也只给我们说过几句话就走了。我们非常想念他们！”正巧，他们的阿爸阿妈也在经堂里听经学法，见了自己的双生儿，非常高兴，就向天王神请求说：“大德大恩的天王神，他们是我们的双生儿，他们很有志气，请天王神恩赐教化，让他们为人世创造出奇迹来。”天王神见他俩仪表非凡，就答应把他们留下来，并封舟曲为青龙君，封玛曲为黄龙君，每天为他们安排时间传经授道，教练各种法术，就这样过了整整一百年。

有一年夏季，旱魔王兴妖作怪，大地上遭了旱灾。那旱魔王身长千里，腰宽八百里，四肢伸展东西南北，魔力能铺天盖地。地上的庄稼枯焦，牛羊渴死，人间一片呼天唤地的求救声。天王神召集所有的弟子，说：“现在地上正遇大难，你们谁能去替神行道，行功布德，普救众生，在人间创世立业？”众弟子中没有一个开口的。这时，青龙君说：“尊敬的天王神，弟子愿意去灭杀旱魔王。非我没有别人，让我去吧！”黄龙君一听青龙君的话，暴跳起来，说：“哥哥，你敢在天王神面前夸海口，我的威力比你强，还是我去吧！”青龙君说：“战胜旱魔王，不光靠力，还要靠智，有智有力，方能取胜，还是我去。”黄龙君说：“口说不算数，咱俩在天王神面前比试，每人拿出自己的智勇，请天王神裁决。”青龙君说：“弟弟，你虽有高强武艺，我也有九十九道法术，比就比。”天王神一看，这两个小弟子虽说年幼，法力不深，但能不顾个人安危，一心解救苍生，他很高兴，就说：“二位弟子不必相争，你俩愿意回到地上普救众生，我只想先听听你们的打算。”青龙君说：“我愿化作米麦菽粱，供人食用，取之不竭，用之不尽。”黄龙君说：“我用武力杀死旱魔王，消除祸患，使民生安乐。”天王神说：“二位弟子，要制服旱魔王，最重要的是用水攻法，水旱不相容。现在我让你们同时下凡，各施神威，我助你们力战旱魔王。”兄弟俩一听，喜出望外，立即叩谢天王神。

青龙君和黄龙君要下凡，他们不像仙女能腾云驾雾，要从天宫到人间，实在是件难事。他们的阿爸和阿妈知道了，老阿爸说：“我们的双生儿要下凡，我愿化作天梯，让他们脚踩我的身子骨走下去。”老阿妈说：“双生儿要下凡，我应该亲自去送，我做他们的云梯。”老阿爸说：“你在人世受了一百年的苦难，夏天无吃喝，冬天无穿戴，一辈子连双靴子都没穿过，好不容易才来到天堂，我怎么舍得让你离去，还是你留下，让我去吧。”老阿妈说：“众人有难，见死不救，身在天堂，也枉为神，天堂虽有享不尽的福，我还是和双生儿一起回到人间去，消灭了旱魔王，让所有的人都过上天堂一样的生活。”老阿妈决定了，她立即化作一架顶天立地的云梯，吩咐舟曲和玛曲，一个从她左边，一个从她右边，蹬着云梯下到大地。他们遵照天王神的点化，青龙君化作一条大江，黄龙君化作一条大河，各自显示出自己的智慧和神力，从南到北，从东到西，合力夹击，把旱魔王打得无处藏身，最后把它赶进了大海。消灭了旱魔王，人世间五谷丰登，牛羊满山。

青龙君化作的大江，就是长江，藏家人叫舟曲；黄龙君变的大河就是黄河，藏家人叫玛曲；老阿妈化作的天梯，就是上接天空、威震八方的巴颜喀拉山，藏家人称她是江河之母。

（向巴拉讲述，王彰明采录）

长江黄河孪兄弟

相传几万年前，人们还过着披树叶、吃野果的生活。好些人同住在一起，没有房子，只在树上搭个窝。那时候，人们还不会种地，整天东奔西走，靠打猎捕鱼过日子。

后来，不知从什么地方飞来了一只大鸟，落下来像座山，腿有一二十丈高，飞起来翅膀一展，像阴了天。老虎、豹子、大象、蛇……什么动物它都吃，找不到野兽就吃人。嘴巴衔住个人，头颈一伸，就咽了。

自从这只大鸟来了，人们便不能安生了，老是搬来搬去躲大鸟。大鸟却越来越凶，天天吃人。

又过了好多好多年，人们学会了钻木取火。这一天，大家围着火堆在烧野兽吃，一阵天阴，大鸟飞来了。人们一惊，知道又要遭殃了。谁知大鸟看见火，一抖身，慌里慌张地飞走了。

人们发现大鸟怕火，这样一来就有办法了，便决心赶跑这只大鸟。于是好多人聚集在一起，点起火把追赶大鸟。大鸟见眼前成了火海，吓得飞起就跑。人们紧紧追赶，越追越近，大鸟的翅膀用劲一扇，呼的一阵狂风，飞沙走石，火被刮灭了。大鸟一阵高兴，又吃了许多人。

人们吃了一次亏，又想了一个办法。他们找来许多红颜色的东西顶在头上，远远看起来像火一样，用来吓唬大鸟。大鸟使劲扇翅膀，“火”刮不灭，它害怕了，就没命地飞跑。人们喊着追着，从高山到海边，从海边到中原，不知追赶了多少天，把大鸟累坏了。

这天，大鸟飞到现在的青海境内，实在飞不动了，就落下来喘喘气，可人们一下子就追上来了。大鸟一展翅膀，浑身疼，飞不起来了。眼看就要被人捉住，它急忙下了个蛋。那蛋见风就大[1]，顷刻像山一样，挡住了人们的去路。

人们拿来斧子、凿子、锤子，叮叮当当地凿鸟蛋，三天三夜没有停手。鸟蛋终于裂了缝，大鸟又气又累又怕，一伸腿就死了。

大鸟死的时候蹬住了鸟蛋，这边人们又正在死命凿打，两边一用力，只听一声惊天动地的巨响，鸟蛋崩开了。大鸟的蛋一崩，蛋清哗地流出来，向西滚滚而去；接着涌出蛋黄，向东流去。向西流去的蛋清成了长江；向东流去的蛋黄就成了黄河。

（申法海搜集整理）

【注释】

［1］就大：方言。长大的意思。

向东去的蛋黄就成了黄河　摄影／孟宪明

王子的眼泪

听老人们说，黄河的源头是王子的眼泪滴聚而成的。

有一年盛夏，草原上大旱，成群的牛羊因为喝不上水、吃不上青草都死了。草原上有一位年轻的姑娘，名字叫曼多，年方十七，长得就像花一样美丽。她看到阿爸阿妈和乡亲们都在发愁，再看看自家的牛羊都快要渴死饿死了，日子无法过了，心里非常难过。她朝思暮想，想为大家找水。她决心到很远很远的山上看看有没有活命的水，如果有，拼了命也要引来解救众乡亲。

一天早上，太阳刚刚升起来，曼多姑娘就迎着朝阳向着一座大山走去。她走了很远很远的路，遇见了一个骑马打猎的青年。这青年身穿崭新的藏袍，头戴新绒帽，脚穿长筒皮靴。他的马膘肥体壮，银鞍铜镫，金丝笼头，跑起来四蹄轻捷如飞，长嘶一声，整个草原都响起回声。姑娘猜想他可能是一位王子，但不知他到草原上来干什么？

王子看到曼多，立即勒住马，停在姑娘面前。因为曼多长得实在漂亮，把王子吸引住了。王子问："姑娘，你一大早走出帐篷，迎着太阳赶路，想必是有急事吧？"曼多低头不语，心想：王子也是多管闲事，快走你的路吧！王子见姑娘偷偷看他一眼，含羞不语，更是有点动心，就下马向姑娘施了个礼说："尊敬的姑娘，你大清早赶路，脚步如飞，有什么急事，我能帮助你吗？"曼多还是不语。王子又向姑娘毕恭毕敬地施了礼，然后说："敬爱的姑娘，你告诉我有什么急事，我可以让你骑上这匹快马去办。"曼多这才开口说："尊敬的年轻人，如果你有一颗纯洁的心，你就能知道我赶路的原因，如果你是一个愚蠢的人，我告诉你也没有用。"

王子见姑娘开口说话了，心里很高兴，可等姑娘把话说完，他心里又发愁了：到底姑娘为啥赶路，自己怎么能知道呢？他想了想就随便问道："你是去找羊群？"姑娘不语。王子说："你是去打猎？"姑娘摇头。王子又说："你是去山上求佛？"姑娘还是摇头。王子急了，说："你是到远远的山上去找药材，为你阿爸阿妈治病的吧？"姑娘不理会。王子看看四周，青草枯萎，黄沙满地，牛羊死的很多，一片灾难景象，再看看姑娘焦急的面容和悲凄的眼神，断定她是要进山求水，打算为乡亲解除灾难的。于是他说："尊敬的姑娘啊，我看到你的心像月亮一样洁净，你的眼里有无穷的智慧，你告别阿爸阿妈，离开自己的帐篷，你不怕山高路远，独自一人进山求水，你真是我们藏家神话中的仙女！"曼多一听王子的话，从心底里佩服他，就说："看你像一位王子，你真的有一颗纯洁的心，等我求来神水下山，解救草原上的众乡亲，也请你喝一口。"王子看到姑娘姿态落落大方，说话声音清脆嘹亮，虽然面容有些憔悴，但一对传神的大眼睛就像天上的星星一样闪光，真不愧是草原上的一朵鲜花。他说："尊敬的姑娘，如果你能得到佛爷的保佑，求来神水，救了草原上的众乡亲，我们就高高兴兴地结婚吧！"曼多说："如果你是真心爱我，我们就一起上山找水吧。"王子答应了，就和曼多姑娘一同朝高山走去。

他们走了三天三夜，才走到山的半坡。王子受不了干渴和饥饿，就停下来说："亲爱的姑娘，我们回去吧，我家有吃有穿，家里也不缺水喝，我们结了婚，生下儿女，生活一定是幸福的，何必受这个苦。"曼多说："我现在看到了你那纯洁的心上，还有一斑不纯洁的地方，你回去吧，草原上的人都快渴死了，你家有水你们喝，牧羊人的苦难折磨着我的心，我怎么能回去？我们不能结婚了。"说完，她头也不回，直朝山上走去。她自言自语道："那山上的草木长得那么好，不是全靠神水吗？我一定要把神水引到草原上去！"

姑娘走远了，王子不忍心下山，但又不敢再往上走，只好站在半山腰，望着姑娘的背影发呆。一天过去了，两天过去了，十天、二十天过去了，他再也没见姑娘下山来。

王子悔恨自己的自私、怕死，没有跟姑娘做伴到山顶上去，致使姑娘此去再也不能回来了。他悔恨到了极点，每天望着姑娘远去的地方呼喊，嗓子喊破了，声音也喊哑了，就只能站在山坡上流泪。他全身的血液都变成了泪水，从眼眶里涌了出来，而且越流越多，透过衣衫，流到山坡上。后来他的眼睛渐渐地变成了小小的泉眼，泉眼里流出的清水，哗哗地流到草原上，滋润了草原，又汇集成了大河，流向远方。这就是藏家人赖以生活的、救苦救难的黄河。它的源头，就是王子的泪水变成的。姑娘和王子去的那座山，就叫巴颜喀拉山。

（王彰明搜集整理）

黄河水　摄影／孟宪明

智慧老人化泉源

老人们说，在很早很早以前，上帝只给了藏家人生命，没给藏家人生路。藏家人的草原上，黄沙遍地，青草很少。有一年，热风刮了几个月，没下一点雨，草木全枯萎了，牛羊渴死饿死了不少，人们面临着一场大灾大难，求神拜佛也不顶用，咋办呢？

草原上有个老牧人，一生孤苦伶仃，上无父母，下无子女，帮人家放牧大半辈子，自己连一件囫囵羊皮袄都不舍得买，他把自己辛勤挣来的钱都分给了贫困的乡亲们，哪家有困难他就到哪家去帮忙，哪家缺吃少穿，他就去给哪家干重活，大家称他是见难必帮、见死必救的好阿爸。这位好阿爸不光心肠好，还有一双巧手，他会看病，会缝衣做饭，会杀羊宰牛，盖房造屋他也样样精通，大家都称他是巧阿爸。巧阿爸不会写藏文，但肚子里的学问可多可多了，他会诵很多很多藏经，会讲很多很多故事，会唱成百上千首歌，跳起锅庄[1]来，能赛过舞女。他还会识天相、看星座，会判断阴、阳、风、雨、雪等天气变化。因为他智谋高、见识广，大家又称他为智慧老人。

智慧老人今年正好八十岁，人们说他能活九十九岁加一岁。智慧老人也觉得自己身板硬朗、耳聪目明，头发未脱落、牙齿都齐全，吃东西还香、干活还有劲，走起路来都能踏得地面当当响，至少还能帮乡亲们干二十年活。

俗话说“巧人要为拙人奴”，智慧老人理解这句话的含义，常对乡亲们说：“我心甘情愿为大家做奴一辈子，死了拍拍巴掌，放声大笑上西天去。”

这一年的热季，整个草原滴雨未落，干热风连天不止，沙滩上像火烧一样发烫，干旱威胁着藏家人的生命。人们都感叹说：“老天，我

们的生命完了！”到了七八月间，干旱越来越严重，草原上连株鲜嫩的青草都找不到，所有的山花都枯黄了，花瓣无声地落在地上，干了，化成了黄土。草场变成了沙滩，牛羊都干死在沙滩上。乡亲们眼睁睁看着，却上天无路，入地无门，只好在凄惨声中找智慧老人讨主意。有的说：“智慧老阿爸，您想想办法吧，我一家五口人咋活呀？”有的说：“我一家七口，难道就死在一堆不成？”还有人问：“老阿爸，您一向是足智多谋的，你看看天上有没有雨水来救我们的命啊！”有的牧羊人，干脆把孩子送到智慧老人的身边说：“尊敬的智慧老人，我活不成了，孩子交给您，您救救他的命吧！”

智慧老人看着听着，心里就像刀绞一样疼。他对人们说：“你们再忍耐一时吧，我去给你们找水来。”他指着远方的一座奇特的高山说：“在遥远的前方，有一座神山，祖先们都管它叫巴颜喀拉，我经常看到神山顶上有仙气缭绕，山上必定有神水，我去求求神，看看能不能从神山上降下一些神水，救救我们这些苦命人。如果山神答应我们的请求，大家就有救了。”有人劝阻他说：“您老人家已经八十岁了，怎能爬到山上呢？”智慧老人说：“路遥怕人走，山高怕人爬，为了救大伙的命，天大的困难我也不怕。”有人说：“尊敬的老人，我看还是不去为好，那巴颜喀拉山上肯定比草原上还热，那山上的青石肯定比草原上的黄沙更灼人，您老人家万一找不到路，上不了山又回不来怎么办？”智慧老人说：“山高必有狼行路，水深自有撑船人。山上没路，我去踩一条出来，要不，我们藏家人就此绝了种，咋办！”众人都说：“智慧老人是为了我们的民族着想，我们太感激了！”智慧老人说：“我走了，你们要互相关照，有难同当，万一找不到水，我就站在巴颜喀拉山顶上，让火热的太阳晒化我的身躯，变成清清的流水，从四面八方流到草原上，解救我们所有受苦受难的藏家人。当你们看到许多溪流淙淙淌来，那就是我老牧人的化身，你们喝着一定甘美。有了水，我们的草原一定会变绿，我们的民族一定会得救，我们的牛羊一定会繁殖。”说完，智慧老人就向众人告别准备出发。大家实在不忍心，就把他团团围住。有几个年轻人向老人发誓说：“尊敬的老阿爸，您让我们去吧，我们的骨头比石头硬。”智慧老人说：“既然大家不让我走，我们就都闭上眼睛睡觉吧，等明日太阳升起，看谁的梦好就谁去。今晚谁做什么梦，山神爷会给我们安排的。”大家都照智慧老人的话各自回家去睡觉了。

这天晚上，智慧老人没睡，他悄悄做好了上山的准备。太阳一出来，众人都来给智慧老人述说自己做了什么梦。几乎所有的人都是在梦里喝山神给的清水，又清又凉。智慧老人听了说：“你们的梦都一样，因为嘴里干渴，梦里只有喝水，这和山神没关系。昨晚我梦见山神跟我说话，山神说，谁有骨气谁来取神水，山神还说，我去最合适，山神夸奖我活了八十岁，骨头最老，也就最硬。”众人一听，这实在是天意，只好送智慧老人上山了。智慧老人告别了众乡亲，肩上背着羊皮口袋，手里拄着红柳棍，迈开大步，向巴颜喀拉山顶走去。人们望着他的背影，心里难过，嘴里不住地祝愿着：“扎西德勒！”

大约过了十天十夜，在一个明月当空、万籁俱寂的深夜里，草原上的人们都从梦乡里听到了智慧老人清脆而爽朗的笑声，在同一时刻，大家都从梦里笑醒了，不约而同地走出帐篷，聚集到一起，互相交流着听到智慧老人笑声的消息。忽然之间，草原上流来了许许多多股清水，绕着各家的帐篷，声音叮叮咚咚，像敲小铜锣一样。大家心里明白了：这救命的水就是智慧老人的化身。大家嘴里喝着清凉的水，眼里流着感激的泪，心里永远怀念着智慧老人。从此，草原青青牛羊壮，藏家人越来越兴旺，子孙后代越来越多，成了一个大民族。

这位智慧老人的化身，就是黄河的源头，后来水越流越多，千百条小溪终于汇聚成了这条滔滔的黄河。

（王彰明搜集整理）

【注释】

［1］锅庄：即锅庄舞，又称“果卓”“歌庄”“卓”等，藏语意为圆圈歌舞，是藏族三大民间舞蹈之一，分布于西藏昌都、那曲，四川阿坝、甘孜，云南迪庆，以及青海、甘肃的藏族聚居区。

汇成了滔滔的黄河　摄影 / 孟宪明

黄河战蛟龙

“三十年河东，三十年河西。”这是平罗县的人口头流传的一句俗语，关于这句俗语还有一段传说哩。

早先，这里东面有一条大河，西面有一座高山，土地平展展，庄稼绿油油，水草丰盛，牛羊成群，人们过着安居乐业的日子。一天，忽然乌云密布，雷鸣电闪，飞沙走石，暴雨像天河开了口子倒下来似的，整整下了三天三夜，狂风也整整刮了三天三夜。人们看见一条蛟龙栽进大河里，而后雨停了，风住了。从此，蛟龙开始在大河里兴风作浪，横钻河底，堵水兴殃，用尾巴扫河岸。大河的河岸被河水冲得向东塌三十年，又反过来向西塌三十年。肥沃的良田、整齐的村舍、茂密的树林都塌在河里被河水冲走了，人们过着流离失所的生活。

当时，有个有钱人说：“河里有了蛟龙，每年献一对童男童女，每月献一头猪、一只羊，蛟龙在河里有了吃头，河岸也就不塌了。”有钱人想法子募捐收款，从中捞油水，百姓的灾难更深了，河岸还是天天塌，三十年河东，三十年河西，长期变换着。

河西岸有对姓黄的老两口，只生了一个独苗儿子，叫黄河。黄河七岁时，长得英俊健壮，被有钱人选为童男要献给蛟龙。谁家的孩子能舍得丢给蛟龙送命呢？老两口抱着儿子不分昼夜地哭。聪明伶俐的小黄河对爹妈说：“爹、妈，你们别哭了，每年都有一对同伴遇害，而蛟龙仍不饶过人们，河岸继续塌。我反正是死，不如逃到外面学点本领，回来杀死蛟龙，为百姓除害！”

老两口觉得儿子说的话在理，就同意了他的想法。临行前，老爹爹对黄河说：“听老人讲，人要是走到月亮山学一身本领，就能除妖捉魔，斩龙杀虎。孩子，你就去吧。”老两口趁着半夜三更，人不知，鬼

不觉，悄悄地打发黄河动了身。

黄河人虽小，志向可大了，他决心要走到月亮山学本领，回来杀死蛟龙。走呀走，背的干粮吃完了，他就吃荒果野菜；衣服破了，他就夏天披树叶、冬天裹兽皮；鞋磨破了，他就打草鞋穿；脚冻坏了，他就拄着木棍继续走。山高，他抓着草根往上爬；河深，他抱着大木头往过漂。瞌睡了他就就地打个盹，起来再走。整整走了五年，翻过了九十九座大山，蹚过了九十九条河，终于来到了月亮山。黄河正思谋着跟谁学本领的时候，突然见一只凶猛的老虎正和一位白发老翁在山坡上搏斗。黄河忘记了疲劳，提起精神，从地上拾起一根木棍向猛虎击去。老虎放过了老翁，张着血盆大口，伸出两只巨爪，向黄河扑来。黄河不慌不忙，左右躲闪，前后周旋，让过老虎的猛三扑，挥起木棍，用上吃奶的力气，对准老虎的尻子[1]，将木棍插进了老虎的肚子里，老虎疼得嗷嗷直叫，朝深山里逃跑了。

黄河昏倒在地，老翁连忙跑过来抱起他，喂上一点水，给他嘴里喂上一粒药丸。过了一会儿，黄河慢慢地坐了起来，便对老翁讲述了他的来意，请求老翁指教。老翁捋着花白的胡须说："勇敢的孩子，你能克服一切困难来到月亮山下，可不容易，你能把老虎打跑，定能打败蛟龙。"又指着一块大石头说："那块石头底下压着一条捆龙绳，你把石头搬开，拿捆龙绳回去，把大河里的蛟龙捆上岸。没有蛟龙兴风作浪，河岸就稳定了。"

黄河绕着大石头转了一圈。这块大石头有三间房子那么大，他用双手推了推，大石头纹丝不动。黄河心里盘算着：古语说"只要功夫深，铁杵磨成针"，得想个法子才行。大石头挪不动，小石头可以挪动，那么把大石头打成小石头就好办了。

于是，黄河向老翁要了一把铁锤和一根钢钎，不分白天黑夜，不论寒冬酷夏，不管刮风下雨，他都不停地砸大石头，打下一块，抱走一块。手上裂开的口子鲜血淋淋，人也瘦成了个干皮皮子。锤把断了再安上，钢钎秃了磨尖再用。整整费了一年的工夫，大石头被敲碎了，碎石块也被搬开了。只听“轰隆”一声巨响，一道金光闪过，一条盘好的捆龙绳显在眼前。老翁教给黄河捆龙绳的用法后，拍着黄河的肩膀说：“好孩子，有了这条捆龙绳还不行，你回去一定要请众人帮忙，才能把蛟龙降住。”黄河跪下向老翁磕了几个头，感谢老人家对他的指教，然后背起捆龙绳，告别了老翁，顺原路回到了家乡。

爹妈天天盼望着儿子，眼睛都花了，黄河长成了大小伙子，爹妈都认不出来了。乡亲们见他回来，都围过来问长问短，争着和黄河一齐去捆蛟龙，除祸害。

黄河回到家没有歇缓，腰里别了一把斧子，背上捆龙绳，对乡亲们说：“蛟龙在河里作怪，害得我们祖祖辈辈不得安宁，我们要齐心合力除掉这一祸害。我用捆龙绳把蛟龙捆着，大家在岸上见到捆龙绳的一头，赶忙抓住用劲拉，把蛟龙拉上岸。”说完，黄河抱拳头向大家致意，扭身跳进河里，直奔蛟龙躲藏的地方。

不一会儿，只见河中掀起了滔天巨浪，河底下的搏斗声和厮杀声断断续续传到岸上。黄河和蛟龙在河底搏斗把河底的泥沙搅了起来，原来清澈的河水逐渐变得浑浊了。从此，河水再也清不了了，直到如今。

人们心里都为黄河捏着一把汗，高声呐喊为他助威。过了有两炷香的工夫，人们见到河里撂上一头捆龙绳，男女老少全跑过去捉住绳子，用劲拉呀、拽呀，费了好大劲，终于把蛟龙拉上岸来。蛟龙的爪子被黄河砍掉了，捆龙绳紧紧地捆着蛟龙，随后蛟龙被晒死在沙滩上。

黄河在河底被蛟龙咬伤，加上他身体虚弱，没有抓好捆龙绳，永远也上不来了。人们非常悲伤，便点了许多灯放在河面上，表示人们对黄河的思念，并把这条大河叫黄河。

河床稳固了，人们在两岸定居下来，辛勤耕种，并用河水灌溉庄稼。花又开了，鸟又唱了，这儿也变得像江南一样。

（郎莫祖搜集整理）

【注释】

［1］尻（kāo）子：古书上指屁股。

黄河源头的野驴 摄影 / 王伟

黄河图　摄影 / 王伟

黄水怪

从前，地上没有黄河，西边是高山，往东是平地，再往东是大海。

有一年夏天，不知道从哪儿来了个黄水怪，它会喷黄水，喷一口黄水就能淹几千顷土地。它东喷一股水，西喷一股水，淹得中原大地房倒屋塌，庄稼绝收，可把老百姓害苦了！老天爷知道了这件事儿，就派天兵天将下来捉拿这个黄水怪，把它压在西边一座大山底下，老百姓才过上安生日子。

有一位神通广大的蟒神喜欢人间的景致，经常到人间看风景。有一天，蟒神来到这座大山游玩，看见山下压着的黄水怪，便上前问它是咋回事儿。黄水怪把自己的事儿跟蟒神说了一遍，然后求蟒神救它，说是只要把它放出来，它一定好好给老百姓办事儿，哪儿淹了它就去喝积水，哪儿旱了它就喷水浇地。蟒神看它一副诚实相，就相信了它，回到天宫求老天爷把黄水怪放出来。

这蟒神是天上的大神，老天爷很看重他。他替黄水怪求情，老天爷想答应，又担心黄水怪说话不算话，便低着头半晌没有吭声。蟒神看出了老天爷的心思，就说："您不要担心，黄水怪再敢出来作恶，我就收拾它！"

于是，老天爷准了蟒神的请求，派一位天将把黄水怪放了出来。谁知道那黄水怪一出来，马上又开始乱喷黄水。蟒神一见，又后悔又恼火，赶忙就去捉拿它。黄水怪往东逃窜，一边跑一边喷黄水。眼看黄水怪就要跑出山窝来到平地时，蟒神慌了，眨眼变成了一座大山，压住了黄水怪的半截身子。黄水怪挣脱不开，变成了一条大河。

人们把蟒神变成的大山叫"蟒山"，把黄水怪变成的大河叫"黄水怪河”，叫着叫着简化成了“邙山”和“黄河”。

邙山往西是丘陵和山区，黄河一般不开口子，河身也没有多大变化，从邙山往东，因为黄水怪光想挣脱逃跑，河身时常南北滚动，给下游百姓造成了很多灾难。

（刘振山讲述，郭顺昌采录）

郑州邙岭　摄影／王伟

黄龙化黄河的传说

相传很久以前，人们日出而作，日落而息，过着无忧无虑的生活。

东海龙王听说人们日子过得很舒服，心中嫉妒，就施展淫威，一连三年未行云播雨，土地大旱，五谷绝收。人们叫苦不迭，许多人被旱魔夺去了生命。

天上有条黄龙，修行千年成正果。黄龙身躯可伸可屈，可刚可柔。伸则长达万里，曲则短如小虫；刚时硬如铁，柔时可绕指。黄龙浑身金黄，无论在天空飞行，还是在地上跑动，都如一道金色闪电。黄龙脾气不好，性情暴躁，路见不平便会拔刀相助。

这一天，黄龙腾云驾雾，正在游览地上胜景，看到中原大地上往日绿油油的田野变成了赤地千里，黎民百姓怨声载道。黄龙顿生怒气，他一摆龙尾，径直进了东海龙宫，责问东海龙王："你为何不按时普降甘霖，坑害百姓？"东海龙王慢条斯理地说："行云播雨是我的事，与你何干？你竟敢训斥我！"黄龙怒斥东海龙王："玉帝把行云播雨的事儿交给你，是让你顺应民意，调风顺雨，让人间五谷丰登。你三年不降雨，这是上毁玉帝声誉，下害黎民百姓，是罪孽！"东海龙王虽然自知理亏，却依旧耍赖地说："我再来三年大旱，叫你干生气干着急！"

黄龙气得七窍生烟，一时说不出话来。东海龙王又故意嘲弄黄龙，说："你有本领，你去降雨，让老百姓给你烧香磕头。"黄龙急红了眼，"呼"地一跃，飞出东海，腾云驾雾来到中原上空，使出浑身解数行云降雨，暴雨开始降落。

东海龙王便向玉皇大帝告刁状，说黄龙越权行雨，玉皇大帝传旨召黄龙立即回天宫。雨刚刚下了三指深，黄龙不肯收住雨脚，来了个抗旨不遵。

玉皇大帝大怒，遂调天兵天将，用铁锁绑住黄龙，押回天宫。黄龙没有来得及收住雨脚就被押走了，于是，大雨下个不停，很快又给中原大地造成了涝灾。玉皇大帝知道后，叫东海龙王快去把雨收回。东海龙王幸灾乐祸，装病推诿，又让暴雨下了七天七夜，地上成了一片汪洋，淹死人畜无数，淹毁庄稼万顷。老百姓不明真相，个个痛骂黄龙为非作歹，假充善行，残害万民。

黄龙被押回天宫，玉皇大帝不问青红皂白便呵斥黄龙触犯天规，下旨把黄龙囚进瑶池，不准乱动。黄龙本是火爆脾气，哪能咽下这口窝囊气？他在瑶池中狂呼大叫，要求玉皇大帝辩明是非。玉皇大帝袒护东海龙王，对黄龙的吵闹置之不理。黄龙见玉皇大帝不管不问，更是恼火，天天骂声不断，连玉皇大帝也捎带上了。玉皇大帝听说黄龙竟敢骂他，要把黄龙处以死刑，太白金星出面求情，说黄龙降雨是替天行道，是一番好意。

玉皇大帝深知太白金星智多谋广，处事公道，加上太白金星心地善良，与人为善，在天宫众神仙中德高望重。玉皇大帝不好驳他的面子，才留下黄龙一条性命，废了黄龙腾云驾雾的本领，并监禁一万年。

黄龙更加不服。一天夜里，黄龙趁看守他的天兵熟睡的时候挣断了铁索，爬出瑶池，一头扑下来，落在丛山峻岭之中。黄龙抬头看看，四周山连山，绵延不断，峰挨峰，奇拔突兀。这是什么地方？黄龙前观后望，然后决心认准东方，奔向东海，找东海龙王报仇雪恨。正当他辨不清东南西北，不知向哪个方向走的时候，一位须发皆白的老头叫了他一声：“黄龙，你要去哪里？”黄龙一看是太白金星，忙跪拜施礼，说：“请仙长指路，我要去东海，找东海龙王算账。”太白金星说：“这里是巴颜喀拉山，离东海万里之遥，路上千山万壑，你又不能腾云驾雾，靠在地上爬行，不太好走哇！”

黄龙说：“纵有千难万险，我黄龙矢志不移，不到东海除掉东海龙王，誓不罢休。只请仙长能指点一条近路。”太白金星指给黄龙一条直通东海的近路，又告诉黄龙说：“东边中原大地洪水成灾，已有大禹在治水，一旦洪水下去，还要干旱。你若真是侠肝义胆，愿为民造福，就把你走过的路，变成一条河道，把这里的水引过去，求得百姓们的谅解和同情，那战胜东海龙王的事就不在话下了。切记，切记！”黄龙点头说：“一定按仙长的指点行事。”黄龙在山脚下歇息了几天，恢复了元气，活动了一下身躯，迈步向东海走去。就在这时，天上闪过一道白光，阴森可怕，待黄龙睁眼看时，白角力士手持方天戟，拦住了他的去路。

白角力士叫道：“黄龙，你私下逃离瑶池，使玉皇大帝动怒，令我来捉拿你，还不赶快伏地自缚，随我回去！”黄龙说：“不到东海，誓不回头！”他们两个话不投机，在巴颜喀拉山下展开大战。

虽说黄龙不能腾云驾雾，但毕竟修炼千年。他们打了三天三夜，黄龙越战越勇，白角力士体力不支，稍一疏忽，被黄龙打瞎了一只眼。白角力士惨叫了一声，腾空而去。黄龙也不敢久留，钻进了积石山，在积石山中深一脚浅一脚，慌慌张张地向东奔跑。

白角力士回到天宫，玉皇大帝一看他那狼狈相，骂了声“无能”，随即传来诸位天神天将，说道：“黄龙要去东海，还要拱出一条大河，这事万万不可叫他得逞。哪个去缉捉黄龙回来？”

玉皇大帝问了几声，没人搭腔。大家都清楚，黄龙降雨本是好意，东海龙王逞强霸道，个个都恨他，谁也不愿去管他的闲事。玉皇大帝有些下不来台，又看看白角力士，说：“你还敢去吗？”

白角力士正要报伤眼之仇，说：“只是小神一人力单。”玉皇大帝说：“我再调九路神仙、十八位天将，由你指挥。捉住黄龙，个个记功封赏；如让黄龙窜进东海，个个贬下天庭！”“是！”白角力士应了一声要走，又被玉皇大帝叫住。玉皇大帝叮嘱道：“黄龙武艺高、仙术广，不可与他硬拼强打。可在他东去的路上布阵设防，虚虚实实，真真假假，围剿堵挡。”

白角力士按照玉皇大帝的吩咐布下了重重疑阵，众家神仙、天将各自把守一处，单等捉拿黄龙。黄龙出了积石山，向东是岷山，他连气也不喘一口，奋力向岷山闯去。眼看着就要到岷山了，太白金星又降落在黄龙面前说：“你不能按我点的路线走了，白角力士处处布阵、层层设防，要捉拿你，你可千万小心，既要穿山越岭，还要防备天神天将。”

黄龙忙问：“仙长，我当如何是好？”太白金星说：“你要灵活机动，出其不意，攻其不备，见山就拐，遇阵就绕，迂回前进。路上绝不可与他们恋战，以免耗费体力。岷山中有重阵，不可硬闯。”说罢，太白金星不见了。黄龙暗想：岷山闯不得，我就来个出其不意吧。于是他在现在的青海唐古拉地区猛然扭头，来了个大转弯，向北跑去。后来这里就被叫作“黄河第一曲”。白角力士在岷山脚下等了两天，不见黄龙，正纳闷时，看见山下一条黄线向北移动。白角力士一眼看出这是黄龙变小的身躯，他正在缩小目标，隐蔽行进。白角力士不敢怠慢，派出一路天神，驾云赶在黄龙前面，阻截黄龙。

岷山向北，是一片草原，没有山峦起伏，地势平坦，黄龙加快步伐，如迅雷闪电，向北闪过。跑着跑着，他发现天神在前面挡道，便按照太白金星的指点，不和天神正面冲突，急忙又来了个大拐弯，向东钻入深山中，顺着山势，弯弯曲曲地穿过龙羊峡、公伯峡、刘家峡，皋兰山却又横在了前面。黄龙把皋兰山打量了一番：山低石少，不过是一个高土岗。他凭着自己的气力和本领，把身躯一挺，变柔软为坚硬，咬紧牙关，呼啸着向皋兰山撞去，“咚咚咚”连撞三次，皋兰山纹

丝没动，撞得黄龙两眼直冒金花。

突然，皋兰山中一阵奸笑，跳出了白角力士和一路天神。黄龙这才知道是天神布下的疑阵。他和白角力士斗了几个回合，不敢恋战，“嗖”的一声把身躯变软，像一条小蛇，转身向北，蜿蜒而去，拱进了贺兰山。

黄龙沿着贺兰山翻崖穿谷，匆匆而行。为躲避天神阻拦，他拐了一个弯又一个弯，憋着一腔愤怒，忘了疲劳，忘了饥渴，日夜兼程，越跑越勇，越跑越快，向北跑了数百里，阴山挡住了他的去路。他想着不能再向北了，这样会离东海越来越远的。再说，他虽鼓着劲儿没日没夜地奔跑，可气力已渐渐不支，累得上气不接下气了。为了尽快赶到东海，他在阴山脚下又转了个弯，向东奔去，刚走了不远，太白金星又降落在他的面前，问黄龙：“你气力如何？”黄龙答道：“头重尾轻，筋疲力尽。”太白金星说：“向东是大山，即使没有天神阻挡，你也过不去，倒不如从这里向南拐，那里全是黄土，行走、拱河都十分省力。再者你造河时可把黄土冲卷进水里，带到东海，淤平龙宫，惩治东海龙王，为民除害。”太白金星话音刚落，转眼又不见了。

黄龙按照太白金星的指点，在阴山东头拐弯向南。他披星戴月，餐风饮露，用尽平生力气卷走黄土，要一举填平东海，报仇雪恨。他闯过龙门天险，到了潼关，再向南是中条山，无路可走，他便又调头向东。东边是中原大地，一马平川，没有山峦峰谷。白角力士暗自惊慌，黄龙一到平原，临近东海，便再无拦阻捉拿黄龙的时机了。于是他布下三门大阵，请来数百名天兵天将，要和黄龙决一死战。

黄龙被围得里三层外三层，他知道这是决定胜负的最后拼杀。尽管一路劳累，早已气喘吁吁，但他还是振作精神，力战群敌。怎奈寡不敌众，身上多处受伤，众天兵天将摇旗呐喊，里外呼应，慢慢缩小包围圈，眼看就要捉住黄龙了。黄龙在重围中岌岌可危，心中无限惆怅，无限遗恨，看来去东海无望，就要前功尽弃了，生来不知惆怅是何物的黄龙，这时心中掠过了一丝酸楚。

但就在一刹那，黄龙突然想到：男子汉大丈夫，只有奋力杀敌、血洒疆场的份儿，没有怯战畏敌的道理。狭路相逢勇者胜，心怀正义与苍生，为天理而战，试看何力能够阻挡！想到此处，黄龙一下子来了精神，他大喝一声，直震得山摇地动、苍穹乱抖，吓得天兵天将一下子缩小了一半。

黎民百姓早已经知道中原洪水不是黄龙的过错，而是东海龙王造孽作祸，玉皇大帝偏袒东海龙王，他们合伙跟黄龙过不去。又听说黄龙要去找东海龙王报仇，历尽千难万险想造一条大河，为民造福，都十分同情和支持他。大家不约而同，成群结队去请求大禹设法救援黄龙。大禹带着开山斧、避水剑，力开三门，给黄龙打开了一条向东的出路。黄龙看到无数助阵的黎民，更是备受鼓舞，他鼓足劲，不顾浑身是伤，只听他大喝三声："开！开！开！"连冲三门，跳出重围。当黄龙历尽艰辛来到海边时，他已奄奄一息，无力再去和东海龙王拼搏斗胜，只想按照天神的指点，舍生取义，为民造河。他用尽最后一点气力，施展法术，将自己的身体无限地伸长、伸长。

黄龙的头伏在东海边，身子沿着他走过的路向后延伸，弯弯曲曲，绵绵软软，高高低低，从头看不到尾，顷刻已是一万里。此时，只听黄龙大吼一声，惊天动地，他的身躯化为大河，河水滔滔，奔腾不息，直泻东海。天神们眼睁睁地看着黄河水向东流淌。这样，就传下了"黄河九曲十八弯，弯弯有神仙"的说法。

（霍清廉、张晓杰搜集整理）

青海贵德黄河岸边少女像　摄影 / 王伟

黄河源于母子情

很久以前，天总是不下雨，地里的庄稼有的蔫了，有的干了。老百姓携儿带女纷纷外逃，老弱病残的人就只好等死。

这时候，天上有一条青龙外出游玩，他腾云驾雾在高空下意识地手搭凉棚往下一看，见一群一群人东倒西歪，十分可怜，不禁动了恻隐之心，他就未经玉皇大帝允许，收敛了一方乌云，下了一场大雨。大地得了雨水，庄稼绿了，树叶也绿了，人们欣喜若狂，重返家园，培土锄禾，料理农事，一切都恢复了正常。

这件事惹恼了玉皇大帝，他把青龙叫到跟前说："你好大的胆子，没有我的旨意竟敢行云布雨，乱了天规。"

青龙感到冤枉，就争辩道："陛下，大地因为缺雨，庄稼干枯，树木发黄，人畜都快渴死了，我替您去救救他们，难道还不应该吗？"

玉皇大帝觉得青龙说得在理，但是，他一怕破了天规，将来不好维护天宫秩序，二则觉得失了尊严和面子，就大发淫威，喝道："将青龙推出去斩首！"

幸亏王母娘娘及时赶到，好话说了一筐，只有一个目的：要留青龙一条性命。弄得玉皇大帝下不了手，最后决定：既然青龙体恤地上苍生，那就废了他腾云驾雾的功夫，罚他到人间最苦的人家去吧！

青龙的魂魄一下子落到山脚下一个小村子里。这里住着一位老婆婆，六十岁了，无儿无女，丈夫也饿死了，一个人孤苦伶仃。

一天夜里，老婆婆躺在地铺[1]上，翻来覆去睡不着。一直到了深夜，才迷迷糊糊睡着，忽然一道闪电窜进屋里，把老婆婆惊醒了，接着她感到身旁一凉，伸手一摸，竟是一个赤条条的小男孩儿。老婆婆心想：这是我哪辈子积了德，还是上天可怜我，给我送来了一个儿子。

她赶紧把儿子抱在怀里，又伤心地说："孩子呀，你的命可真苦，我穷得叮当响，怎么能养活你呢？更不用说享什么福了！"说着，老婆婆直落泪。

听了妈妈的话，小孩直往老婆婆怀里拱，似乎一点儿都不怕。老婆婆看见他身上有鳞片的痕迹，就给他起名叫"鳞儿"。

说来也怪，自从有了鳞儿，老婆婆的生活一天天好起来。她喂了一只母羊，第二年就下了两只小羊羔。她养了两只小母鸡，每天都下蛋。有点好吃好喝的，老婆婆总是先让鳞儿吃饱喝足。母子俩相依为命，鳞儿特别孝顺，总是帮着妈妈干这干那，从不闲着，邻居们都夸鳞儿懂事孝顺。

村里的一个恶霸看出鳞儿是个棒劳力，要拉鳞儿去给他扛长工。这一天，他带着狗腿子来拉鳞儿，老婆婆心疼儿子，说自己愿意去给恶霸出苦力，要求留下儿子。恶霸却冷冷地说："你？你干的活儿还不值你的饭钱！"就这样硬是把鳞儿拉走了。

恶霸狠毒还吝啬，他逼着长工们给他开山凿石头，给他种地，干这样那样的重活，长工们累死累活，他还不让长工们吃饱饭。老婆婆心疼儿子，常常来给儿子送吃的和穿的。看到儿子累了，她就替儿子干活。鳞儿也疼爱妈妈，看着可怜的妈妈，他经常伤心地掉眼泪。

这件事感动了王母娘娘。有一天，王母娘娘派太白金星下凡，给鳞儿送了一个宝囊，并给他托梦，说："鳞儿，王母娘娘知道你孝顺，特赏给你一个宝囊。你什么时候有困难，只要对宝囊说一声'宝囊，宝囊，请你帮助我们吧'，它就会帮助你的。"鳞儿醒来一看，枕头旁边真的有一个宝囊。

这一天，鳞儿和伙伴们被恶霸逼着去山上开采石头，累得实在受不了了。鳞儿就对宝囊说了一句："宝囊，宝囊，请你帮助我们吧！"

鳞儿这边一说，宝囊立刻鼓得很大，里边跳出一群大力士，七手八脚，不大一会儿就把山凿开，把石头运到一边了。自从有了宝囊，鳞儿和长工们再也不怕干重活了。

有时候，恶霸不给鳞儿他们饭吃，宝囊里还会给他们送来热腾腾、香喷喷的饭菜。俗话说“穷人家里藏不住事儿”，鳞儿得到宝囊的事情终于被恶霸知道了。

这一天，恶霸把鳞儿叫到跟前，笑盈盈地说：“鳞儿，你把宝囊卖给我得了，我给你很多钱，或者我的大骡子大马随你挑，你要啥给啥，还立刻放你回家，怎么样？”鳞儿说：“你给多少钱我也不卖，你说什么也没用。”恶霸原形毕露，让一群打手把鳞儿按在地上，抢了宝囊就跑。鳞儿急了，爬起来死死抱住了恶霸的腿。恶霸一看跑不了，正巧旁边有个养鱼池，他就招呼打手们抬起鳞儿扔进养鱼池里了。谁知道，鳞儿一到水里，立刻现了青龙的原形。只见他把身子一提，尾巴一摆，养鱼池里发起了浩浩荡荡的大水。恶霸吓得手一哆嗦，宝囊掉进了水里。这下更不得了了，养鱼池立刻变成了洪水源，顷刻间冲成了一条大河。据说，那条河就是现在的黄河，那个恶霸连同他的财产和他的家都被冲得没了踪影。

老婆婆听说儿子变成了青龙，急急忙忙跑到了河边，看见一条龙顺着河水往东游。她知道那就是鳞儿，就一边追，一边撕心裂肺地喊：“鳞儿，我的孩子，你快回来！鳞儿，你快回来！”

鳞儿听到妈妈的叫声，心里别提有多难受了。他想重新回到妈妈的怀抱，哪怕再看看妈妈，可是已经不行了。他心里难过极了，听见妈妈喊一声，他的心就像刀绞一遍，他含着眼泪回过头来看妈妈。鳞儿流一滴眼泪，河里的水就涨一尺。同时，鳞儿每回一次头，黄河就转一个弯儿。老婆婆不知道喊了多少声，鳞儿不知道回了多少次头，黄河也不知道转了多少个弯儿。

黄河一直流了多少万年，谁也说不清，可是直到现在，黄河那哗哗的流水声就是老婆婆伤心的唤儿声，那波涛汹涌的大水就是鳞儿伤心的眼泪。

（霍清廉、张晓杰搜集整理）

【注释】

［1］地铺：床铺的一种，靠着墙角，借两面墙当堵头，另两边用木橛或矮木桩当板，中间铺些麦秸或稻草。

壶口边等待游客的毛驴　摄影 / 孟宪明

黄龙传

在黄河流域流传着这样一个民谣："黄河九道弯，道道有神仙。"所以有关黄河的传说可多啦！

相传，在很久很久以前，中原大地上并没有黄河，只有一片无际的原始草原和原始森林。在这片荒原西边很远的地方有一座大山，山里住着一位黄蛇童子，它在那里修道练功已有千年之久。每当春暖花开或夏秋盛景时节，他就驾着祥云到中原大地游山逛景，消遣散心。

这年，盛夏时节，黄蛇童子驾着祥云来到中原上空，低头一看，不禁大吃一惊：那葱茏茂密的森林和草原变成了一片焦黄枯萎的荒野，土地旱得裂开了一道道缝缝，人们也不知道跑到哪里去谋生了。他感到沉闷，心想怎样才能搭救这一带的生灵呢？后来，他打听到这一带是东海龙王掌管着行雨的大权，便去请求东海龙王为中原大地降点雨水。可是东海龙王却说："这是玉皇大帝的事，没有玉皇大帝的旨意，我怎么敢私自行云降雨呢？"黄蛇童子跪在东海龙王面前，苦苦请求他降点雨水，救救中原生灵。龙王为难地说："你的好心我完全明白，只是天命难违。你既然也是一位神仙，何不去请求玉皇大帝呢？"

黄蛇童子见求东海龙王不行，便驾起祥云，直上凌霄宝殿，求见玉皇大帝。他讲明来意后，玉皇大帝连眼也不睁就怒斥道："你一个小小童子，乳臭未干，胎毛未脱，竟敢擅自到天宫来请求降雨，真是胆大妄为。命你速速回山，专心修道练功，如要再多管闲事，就罚你下凡，终生受罪！"

黄蛇童子挨了一顿训斥，闷闷不乐地来到了人间。他思来想去，终于横下了一条心：虽说自己本领还没练成，但还可以呼动雷公、电母、风婆、雨神，就算触犯了天条，也无非是弃仙还俗、永世受罪罢

了。于是，他用尽了平生力气，使出了浑身解数，刮起了一阵狂风，把长期集聚在深山老林里的云烟雾气统统凝聚在云端，奋力推向平原的上空。不一会儿，瓢泼大雨倾注而下，直下得沟满河溢，洪水漫流。久旱逢甘雨的人们感激玉皇大帝的恩泽，无不烧香上供，顶礼膜拜。

玉皇大帝正同王母娘娘大会宾客，共享蟠桃盛宴，忽见大地上香烟缭绕，直冲凌霄宝殿。玉皇大帝还未来得及询问缘由，东海龙王就慌慌张张地跑进宝殿，哭奏道："黄蛇童子冒犯天规，私自行云作雨，直下得江河暴涨，沧海横溢，连我的龙宫宝殿也给冲毁了，请陛下速速降旨，严惩黄蛇童子，以正天规！"

玉皇大帝听了勃然大怒，立即命令天兵天将急速去捉拿黄蛇童子，但他也知道黄蛇童子已经修炼了千年之久，功深道广，不好对付。于是又下令说："捉拿不到黄蛇童子的统统罚下天宫，化土为原，立石为山，永远不得回天宫。"

黄蛇童子行云作雨，已累得筋疲力尽，正在洞中歇息。忽听报说："玉皇大帝派天兵天将前来捉拿你，请你赶快出来对付。"黄蛇童子跑出洞门一看，果然有黑压压一大片天兵天将向他杀奔而来。他深知身困力乏，斗敌不过，便抽身向东方跑去，可谁知在他跑过的路上却留下了一条滔滔涌流的大河。

玉皇大帝在南天门外看得真切，见那么多天兵天将都没有能够拿住黄蛇童子，反而给人间留下了一条大河，更是怒气横生。于是又派了一道道山神对黄蛇童子进行围追堵截，迫使黄蛇童子北转西磨，直抵太行脚下。太行老君一接到玉皇大帝的命令，立即摆开八百里山石，挡住了黄蛇童子的去路，想把黄蛇童子围死在千山万壑之中，黄蛇童子见冲不过去，便转身向南直扑下来。

玉皇大帝见此情景，不由气得咬牙切齿，又下令给太行老君，让他设下龙门要塞，拼死也要把黄蛇童子制服，却没有料到黄蛇童子一跃跳过龙门，立刻变成了一条黄龙，谁也制服不住他。

玉皇大帝猛吃一惊，顿觉失算，却已无可奈何了。但他还是要显示一下自己的威风，于是又派下了人、神、鬼三位山神，迎头截住了黄龙的去路。这一下，小黄龙已四面皆山、八方尽岭，无路可逃。正当他积蓄力量准备冲过三山的时候，从西边奔来了一青一黄两条巨龙，那就是汝河龙王和渭河龙王，他们是路见不平，前来助阵的。于是三条龙合在一起，奋力向三山冲去，虽说没有把三山冲垮，却也漫过了三山头顶，漫无边际地向东方流去。这一来可糟了，本来黄蛇童子违令行雨、舍身造河都是为了造福人间，可是玉皇大帝阻来挡去，使他变成了一条无拘无束、横流千里的大河，吞噬湮没了大平原，成了危害人间生灵的祸根。

正在这时，人间出现了一位巨人，名叫大禹，他奉命治水，跃马跨三山，挥斧劈三门。于是，就出现了人、神、鬼三座峡谷，把黄蛇童子从高山深壑中解救了出来。

玉皇大帝见凡间人神合力，变水害为水利，更是气急败坏，可是身边再没有可以抵挡黄蛇童子的山神可以派遣了。无奈之下，就派了南北两条巨蟒，下来追击黄蛇童子，试图南北夹击，迫使黄蛇童子俯首听命。

北蟒追到如今孟州市城西五里多的地方，看见有一老一少在看小孩斗鸡。他见那两个人仙风道骨，气度不凡，便上前问道："你们二位先生，这么大年纪，在这里观看斗鸡，怎么这样逍遥自在呢？"那老者答道："我们觉得老天爷的手太长了，天上的事还管不了呢，还硬要管人间的事。如此劳神费力，多管闲事，真是自找苦吃。我们不敢管那么多闲事，就只好来看斗鸡喽！"北蟒一听，便知道这话的言外之意了，于是就停了下来，不再追了。南蟒追到现在的郑州北边，见北蟒停了，便也歇了下来，就这样形成了如今的南北蟒岭，后来不知谁把蟒岭写成了邙岭，邙岭也就这样流传了下来。

北邙岭东端南岭下有个村庄叫斗鸡台，传说就是那一老一少观看斗鸡的地方，那一老一少便是八仙中的张果老和吕洞宾。原来他二人是上天宫去赴蟠桃宴的，不巧遇见天上人间如此这般地大闹了一场，蟠桃宴没吃成，扫兴地回到了人间，越想越觉得玉皇大帝这样做太过分，于是就借着观看斗鸡挡了北蟒的驾。本来玉皇大帝见他二人挡驾，想惩治他们，可又知道他们是王母娘娘面前的红人，不好下手，于是这场无名之战便就此收兵了。

黄河每年都要把大量的泥沙带到东海里去，把东海一点点地吞噬掉，这是因为东海龙王告了黄蛇童子的状，黄蛇童子立志要把它填平。

在陕西一带，把一般的土岭称为“原”，那便是被罚下天宫化身为“原”的神仙。

“黄河九道弯，道道有神仙”，也正是玉皇大帝派下来捉黄蛇童子的神仙，他们因没有拿到黄蛇童子却迫使黄河转了九道弯而被罚下天宫，成为每一个弯的神仙。

（刘清顺 讲述，马久智搜集整理）

澄沙珠

很久很久以前，人们传说在昆仑山顶的瑶池水府下面有颗澄沙珠。有谁能得到澄沙珠，把它扔到黄河里，黄河水就能变清。

黄河岸边住着兄妹三人，大哥叫勇，二哥叫明，小妹妹叫丽。三个人商量好，要去昆仑山找澄沙珠。

兄妹三人朝西方一个劲地走呀，走呀！翻了九百九十九座山，过了九百九十九条河，走了九十九天，到了昆仑山下。

兄妹三人太累了，就坐在一块山石上歇息。突然一阵阴风吹来，三个人回身一看，不远处站着一个老头，长相很奇特，白胡子有三尺，白眉毛有三寸。明是个见识广的人，急忙向前走几步，“扑通”跪在老人面前，说：“仙长，请指点登山取澄沙宝珠之法。”勇和丽也跟过来，跪在地上。白胡子老头说：“澄沙珠是西天王母娘娘的至宝，取珠是九死一生呀！”

明仰起头说：“黄河水浑，吃不能吃，用不能用，年年淤积，决口成灾，沙碱掩盖良田，百姓深受其害。恳求仙长怜惜百姓，指点引路，我们愿以死换回宝珠。”

白胡子老头见三人心诚意坚，一挥手扔给他们一只闪闪发光的玉镯，说：“这是翻山玉镯。先到东海，扔下玉镯，求见龙王，借来分水剑，方可登山取珠。”说完白胡子老头就不见了。

兄妹三人连明搭夜地走了一百天，到了东海，把宝镯向海里一扔，海水像开了锅一样，浪头翻滚，一阵呼呼响声过后，一群虾兵蟹将和龙子龙孙簇拥着龙王从海水里冒了出来。

龙王问明兄妹三人是来借分水剑的缘由后，又看着丽长得十分俊秀，要用分水剑换丽当他的小儿媳妇。

勇火了：“你儿子是个丑八怪，不行！”

龙王哈哈大笑，说：“那我回龙宫了。”明一想，不能叫龙王回去，就喊住了他。再回头看看丽，又不能叫妹妹嫁给小龙娃呀！妹妹一进龙宫，就永世见不着了。龙王又摆出要走的架势。这咋办？这时，丽向水里走去，对龙王说：“我依了你，把分水剑拿来吧！”勇和明齐声喊着：“妹妹，回来！”龙王叫虾兵上岸送出分水剑，回身拽住丽，一个浪头过来，海上啥也没有了。勇和明看看分水剑，望望海水，哭叫了半天，没一点回应。

兄弟俩回到昆仑山下，又遇上那个白胡子老头。白胡子老头说：“这缝道是登山之路，要小心啊，上边可有千斤坠石。得到澄沙珠后，一天内要赶回黄河，宝珠不能离开水太久。”两人一听，犯愁了：这一天咋能回去呢？他们求仙长设法帮忙。白胡子老头扔下一粒仙丹，说：“得珠后，吞下仙丹，化为大鹏，即可赶回。成鹏后，再不可化为人形。”一阵清风，白胡子老头不见了。两个人争着要拿仙丹，争来争去，明抢到了手。勇在前，明在后，到了缝道下。勇一提劲，抬腿上了缝道的岩石，明跟着跃了上来，可还没有站稳，头顶上“呼噜噜”一阵巨响，一块和缝道一样宽大的石头坠了下来。勇回过身，伸手把明推了出来。“咔嚓”一声，坠石把勇砸死了。

明擦干了眼泪，咬着牙，顺着缝道一步一步攀呀、登呀、爬呀，三天三夜，到了昆仑山顶的瑶池边。他用分水剑分开一条路，走到水底，取出亮晶晶金光光的澄沙宝珠，不敢多待，吞下仙丹，霎时变成了一只大鹏。明把澄沙珠放在嘴里展翅飞了起来。

王母娘娘正在西天巡游，看见澄沙珠被盗，就亲手张弓搭箭，放箭射中了大鹏。明中了箭，忍着疼又飞了一百里，头一栽，啪地摔在大山上，嘴里的澄沙珠也摔了个粉碎。

从此以后，浑浊浊的黄河水只能成年累月地流着。

（申法海搜集整理）

黄河南岸的京襄古城墙　摄影 / 孟宪明

央菁兰姆的故事

在青海省玉树藏族自治州的直门达山庄，流传着一个有关通天河龙女央菁兰姆的故事。

传说，古时候通天河的龙王丹增有三个女儿，大姐十九岁，二姐十七岁，三姐十五岁，龙王非常疼爱她们。她们虽然早年丧母，但个个长得美丽无比，聪慧过人，法轮般吉祥的天上的明月也没有她们明亮，莲花大地上的牡丹也没有她们好看。其中，三姐央菁兰姆更是可爱，凡是贤惠妇女该有的八种美德她都有。她有一个比妙音仙女[1]更美妙的歌喉，能在六弦琴上弹奏天上、人间、地府及水宫的各种乐曲。通天河两岸天下大雪、冰封草原、牛羊冻死时，她就弹响消雪化冰的曲子，天上立刻云退日出，地下立刻雪消冰化，牧草猛长，解救人间的灾害；龙王丹增发怒而使通天河河水暴涨、浊浪冲天、卷走两岸的山庄和人畜时，她便弹奏消怒的曲子，唱起宽心的歌，逗得父王欢笑，河水立刻平静澄清；人间瘟疫流行、人畜生病时，她立刻弹奏治病的乐曲，唱起恢复生命的歌，使疾病很快消失，瘟神逃亡。因此，龙王最喜爱三女儿，他用自己的龙须给她做了琴弦，用龙角给她做了琴身，用龙皮给她做了鼓。

有一天，过洛沙节[2]的时候，三姐妹离开龙宫，浮上水面，尽情游玩。河水随着她们的指挥不断变化，一会儿波浪耸天，浪花飞溅，她们在波峰浪谷间化成金光闪烁的小龙，互相追逐，一会儿又在波平水静的河面上化成小鱼，跳跃旋舞，一会儿又化成三个美女，尽情弹唱。央菁兰姆的六弦琴召来了十万只雪山野兽伏在水边注目倾听，银唢呐一样清亮甜畅的歌声召来了十万只森林飞禽在头顶旋舞。天空飘来五彩祥云，洒下五色甘雨，草原上开放五色鲜花，河边长出五色青稞。附近山庄里的农民和遥远草原上的牧民，也随着龙歌和琴声，尽情跳起“锅庄舞”[3]，欢度一年一度的洛沙节。

在直门达山庄东边的麻达寺里，有一个善变的妖婆，她原是人熊修炼三千年变的人形。原来吉祥如意的麻达寺，自从被她霸占以后，就成了她作恶行欢的魔法寺。寺里的喇嘛们都被她吃尽了，佛像也被她全毁掉了，庙殿及大经堂里堆满了死人骨头，神灯里注满了人血。这妖婆法力很大，她发怒时能把大山推倒，大笑时能使河水倒流，她还会变龙、变虎、变鹰、变蛇、变小鱼。因此，这一带的人、神、鬼都怕她。她生得很丑，却非常嫉妒美丽的女人，哪儿出现美女，她就会想办法弄死人家，不让人间有美人存在。

这天，她披着袈裟走出寺院，想迎着早晨的太阳修炼，忽听一阵阵动听的歌声和琴音从直门达山庄传来。她立即驾上黑云，飘上山头细看，原来是龙王丹增的三个女儿。她心里恨得要死，咬牙切齿地说：“俗话说‘吃上龙肉一片，就能加寿千年’，我要把这三个魔女全吃掉！我绝不让天上、人间有美女，也不让水府有美女！”她把油垢酸臭的紫红袈裟一抖，袈裟立刻变成了一只有一座小山大的黑灰色雕鹰，雕鹰一阵飞腾，直冲三个龙女。大姐二姐急忙变成小白龙，牵着三姐逃跑，但三姐还未来得及变成小白龙，便已被黑鹰用利爪抓向高空而去。大姐和二姐忙驾起白云，紧追黑鹰不放，她们在空中搏斗，一时黑云滚滚，霹雳闪电接连不停，龙鳞甲、灰羽毛满天纷飞，很快把山岭和草原都盖白了。据说古时候在通天河一带是没有雪的，人们也不知道什么叫雪。从那以后，白龙的鳞片就化成了雪片。白龙是善良的，所以雪片也带着善良的灵气，滋润着大地上的青稞和牧草，并供给人们熬雪茶[4]。从白龙身上洒下的血点化成了通天河两岸盛开的“岗嘎穷梅多”[5]，花儿也含着龙女善良的灵气，可以为人间增彩、解愁，可以放出美丽的花光，而且还能用来治病。

由于妖婆力量太大，两条小白龙战败，逃往龙宫。央菁兰姆被利爪牢牢抓住，一时无法脱身。正在危急之际，忽听从通天河上“嗖嗖嗖”射来三支白羽毛箭，射在黑鹰腿上，黑鹰痛得“呱呱”乱叫，爪子一松，央菁兰姆就飘落下来，正巧被一只牛皮船[6]上的船公双手接住。原来用箭射黑鹰的人就是这个船公，他名叫洛珠，长得很结实、英俊，能吃苦而又心地善良。他雪白的牙齿，红红的脸蛋，黑黑的眼珠，宽宽的肩膀，高高的身材，穿着一身雪白的鹿皮小褂和花氆氇松巴（软靴），腰挂一柄长长的藏刀，身背五彩的弓箭，人们看见他就会认为是天上的金刚力士下了凡间呢。他每天手握檀香木船桨，在通天河上划船，为过河的农民、牧民、商人和去拉萨朝拜觉仁波佛（释迦牟尼）的僧人们渡河。三个龙女游戏时也多次见到过他，都夸赞他的勇敢，央菁兰姆早已暗中爱上了他，只是龙宫法典严格，不允许龙女与凡人交往，她只得把自己对他的爱深藏在心底。有时她会独自浮出水面，眼泪汪汪地对洛珠轻轻唱着想念的歌儿：

“金子般高贵的船郎哟，

我为你烧起祈福的松香，

你可知道水底的人儿，

一颗心早贴在你的心上？”

洛珠也隐约听到了她的歌声，他四方寻找，却什么也看不见，但歌声像一条吉祥如意的哈达，紧紧系着他的心。有一次他听的发呆，一个浪头打翻了牛皮船，央菁兰姆忽然闪现，用龙的力量扶他上船，随即又隐入水中。可就在那一瞬间，他也深深爱上了这个仙女，但他知道自己是凡人，怎能奢望仙女的爱呢？

央菁兰姆落在洛珠怀里时已昏迷过去了。洛珠细细一看，竟是他日夜想念的仙女，他惊喜万分，急忙抱她回到岸上黑牛毛线织的小帐篷里，给她喂茶喂糌粑。不一会儿，仙女醒了，她看到为她洗伤贴药的青年就是她日夜想念的那个船郎，不觉说：“啊！船郎！您？”洛珠忙说：“别怕。见狼不打，不是好猎手；见人不救，不是好船公。您放心吧，我绝不会欺侮您的。”央菁兰姆忙说：“金子不能扔掉，恩德不能忘掉。您的恩情大如山，您的心肠像菩萨，我能用什么报答您呢？您说吧，要金，要玉，还是要牛羊？”姑娘的话像一股清泉流入洛珠干渴的心田，像一道阳光温暖着他冰冷的身体。他说：“我什么也不要。我父母早亡，只是一个单身汉，一只牛皮船维持生活就很好了，谢谢您的好意！”这么说着，他们俩互相说明了姓名和身世，两颗爱慕的心贴得更紧了。央菁兰姆把手指上的红宝石戒指交给洛珠说：“如果你有什么事，从红宝石里就能看见我，叫三声我的名字，我就能来到你的身边。”说完，她就领着洛珠向龙宫走去。只见她把长袖一甩，河水自动分开一条通往龙官的路。不一会儿，他俩就来到了水晶雕饰的美丽龙官。正在伤心落泪的龙王丹增一见爱女央菁兰姆平安回来，与大姐二姐一起拥抱爱女，哭作一团。

央菁兰姆跪下说：“王啦，不是女儿故意触犯龙宫法典，而是这位勇敢的船郎救了女儿的命，请您饶恕女儿吧！”龙王扶起女儿说：“不必说了，阿爸全知道了，他真是我喜欢的‘巴卧’[7]。我刚才也向佛祖许了心愿，谁救回我的女儿，就让我的女儿嫁给他！”说完，他扶起跪在龙毯上的洛珠说：“箭射出去可以找回，话说出去快马难追。我已说定了，勇敢的青年，不要再去当船公了，就和我的央菁兰姆住在龙宫里享福吧！”洛珠谢恩而起，龙王命令厨师快摆龙宴，庆贺一家团圆以及女儿成亲。一时梵乐声声，吊鼓咚咚，灯烛明亮，龙酒喷香。

正在这时，河水猛摇起来，龙王掐指打卦，知道妖婆又来侵犯，便说：“不好了！灾难又来了！”他急忙化为一条金龙，出去与妖婆搏斗。不到一碗茶的时间，他便负伤而归，化为人形。大家正在束手无

策、面面相觑之际，洛珠说："请龙王别怕，我去杀死妖婆！"龙王转忧为喜地说："你很勇敢，我很高兴，但妖婆法力很大，你恐怕战不过她，反而白白送命。"洛珠说："是千年冰山，就得推倒；是万年恶魔，就得除掉！"龙王大喜，急忙叫三百水兵抬来日月宝刀，叫三百水兵抬来日月宝镜，又叫三百水兵抬来日月套索，交给洛珠说："你能提得动吗？"洛珠应声道："能！"他一手挥舞宝刀，一手高举宝镜，又背起套索，只见一片白光缠身，风呼呼，声隆隆，山摇地动，浪滚云翻。龙王大喜，连声叫好。他亲自端龙碗、敬龙酒，并派三千水兵随洛珠去战胜妖婆。

洛珠跳出水面，只见妖婆变成一条黑龙向他扑来，它用巨大的龙尾，"咔嚓"一声，打落了半个山头，至今直门达渡口的一个小山头平秃秃的，传说就是黑龙尾巴扫掉的。黑龙见有人敢和它对战，便用力搅动河水，把半个通天河卷上九重天，又"唰啦啦""轰隆隆"地砸了下来，把岸边的山坡削成了陡峭的断崖。它又猛翻筋斗，一头把洛珠顶上了天。洛珠在云朵里翻了几个筋斗，顺手在龙角上砍了一刀，"咔嚓"一声，一只黑龙角落了下来，龙角落在直门达山庄的渡口中，化成一块巨大的礁石，在以后的很长时间内都矗立水中，曾几百次碰翻牛皮船。直到文成公主远嫁藏王松赞干布，路过通天河时，用五彩绸子擦明了晒经石[8]，经石发出百丈佛光，融化了龙角礁，才开通了闭塞的渡口。

黑龙被砍掉了一只犄角后负痛乱跳，一口就咬掉了一个大山头，震得通天河水向西倒流，直流到江龙寺，洛珠用日月宝镜照定了黑龙使它僵卧，无法张口，那西去的水才折回，顺利流向东海。直到现在，直门达山庄以西、江龙寺以东的这段河岸上还留有江水倒流的一些痕迹呢。洛珠用日月宝镜把黑龙照得无法动身，直喘粗气，又用日月套索捆住了它，正在观战的龙王急忙咬住黑龙的脖子，直到咬死了她。

洛珠胜利回宫，龙王更喜爱这个大难临头出大力的龙婿。洛珠想念人间，想回水面划船，龙王不让他离开龙宫，但洛珠再三叩谢，不愿享福，宁肯为牧人们受苦划船。龙王无奈，只得送了很多珍宝，洛珠却一点也不收，他只想和央菁兰姆永不分离。这时，龙王的大管家独眼黄龙挑唆龙王说："牛粪哪能配麝香，乌鸦哪能配凤凰。大王啊，莲花般柔嫩的央菁兰姆怎么能配给叫花子般破烂的穷光蛋呢？要知道，我们是高贵的龙啊！龙是神，怎能和黑头凡人成亲呢？"龙王一听，觉得有道理，心里后悔起来，不该把叫花子认成龙婿，但自己已亲口承诺，何况洛珠救了他一家性命，不好再改悔。正在犹豫不定时，独眼黄龙又说："射出去的箭可以找回，说出去的话也可以收回。龙权在你手里，谁敢反抗？"龙王就改变了主意，他对洛珠说："我的女儿是真正的龙种，她不能到人间去。据说人世间也有千千万万的美人，你难道不去挑选一个吗？"洛珠大怒，气得脸色铁青，头发倒立，额头上青筋暴跳，鼻孔生烟，猛一跺脚，踏破了九十九块水晶砖，震倒了九十九堵水晶墙，大声质问龙王："人间有句名言：'鹿靠茸角，人靠信用。'你是通天河的主，瞎老鼠的话不该听，坏管家的话不该信。可你变了心，算什么龙？！"龙王气得猛吹龙须，把胡子吹到了草原上，后来就变成了龙须草。他命令三千金甲武士、三千银甲武士、三千铜甲武士、三千铁甲武士和更多的冰甲武士把洛珠赶出了龙宫。洛珠把龙王的三件宝物扔到地上，扭头就走。这可急坏了央菁兰姆，她抱着洛珠不放，苦苦恳求父王，让她随丈夫去人间，连两个姐姐也恳求父王恩准三妹的请求。但龙王已盛怒到极点，甩了一下龙袖便回了寝宫。洛珠与央菁兰姆只得挥泪道别。

洛珠回到牛皮船上，在一个月明水静之夜，对着戒指上的红宝石看，看见心爱的央菁兰姆正对着他哭泣。洛珠悲痛地唱道：

“圆圆天上的明月，
长长地上的江河，
虽然相隔万里，
还能互相照顾。”

红宝石里的央菁兰姆对唱道：

“深深龙宫的姑娘，
高高人间的船郎，
为什么不能捏在一起，
像木碗里的糌粑那样？”

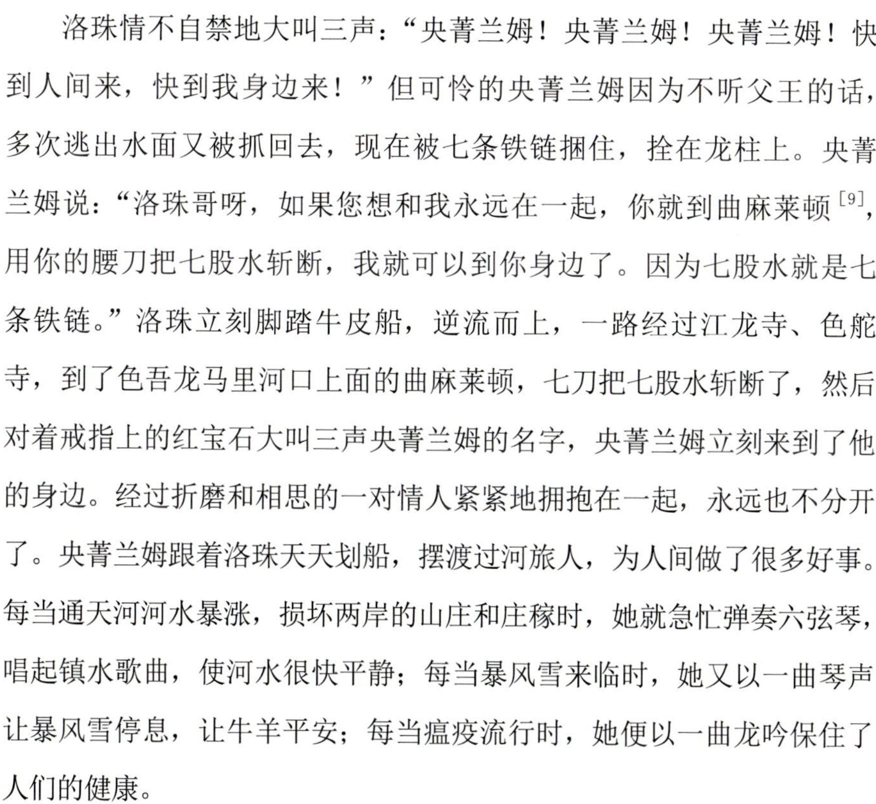

洛珠情不自禁地大叫三声：“央菁兰姆！央菁兰姆！央菁兰姆！快到人间来，快到我身边来！”但可怜的央菁兰姆因为不听父王的话，多次逃出水面又被抓回去，现在被七条铁链捆住，拴在龙柱上。央菁兰姆说：“洛珠哥呀，如果您想和我永远在一起，你就到曲麻莱顿[9]，用你的腰刀把七股水斩断，我就可以到你身边了。因为七股水就是七条铁链。”洛珠立刻脚踏牛皮船，逆流而上，一路经过江龙寺、色舵寺，到了色吾龙马里河口上面的曲麻莱顿，七刀把七股水斩断了，然后对着戒指上的红宝石大叫三声央菁兰姆的名字，央菁兰姆立刻来到了他的身边。经过折磨和相思的一对情人紧紧地拥抱在一起，永远也不分开了。央菁兰姆跟着洛珠天天划船，摆渡过河旅人，为人间做了很多好事。每当通天河河水暴涨，损坏两岸的山庄和庄稼时，她就急忙弹奏六弦琴，唱起镇水歌曲，使河水很快平静；每当暴风雪来临时，她又以一曲琴声让暴风雪停息，让牛羊平安；每当瘟疫流行时，她便以一曲龙吟保住了人们的健康。

央菁兰姆和洛珠幸福地在人间生活了三年。一天她独自到河边背水，被龙王暗自派来捉她的独眼黄龙抓回龙宫，龙王责问她：“野兔满山跑，终究还是要回老窝哩，你一个龙女，为什么三年不回龙宫？”

央菁兰姆说："阿爸啦，一马不备二鞍，我既然已经身许船郎，就是白头到老的夫妻了，他在人间，我也只能到人间。求你原谅女儿吧！"两个姐姐也跪下恳求道："好阿爸，好父王！三妹虽有错，但她不失信约，与船郎结亲，也维护了你不失信的美名，你就原谅她这次吧！"龙王一听，也无可奈何。于是他说："既然你的灵魂已被人类沾污，就再难留在水府，你的名字要从龙册上除掉。"说完便叫独眼黄龙把央菁兰姆的名字从龙册上划掉。

"今后你再不能回龙宫了，永世在人间受苦了。你愿意吗？"龙王问。

"我愿意！"央菁兰姆说。

"你要回到人间去，必须把六弦琴放下，必须把龙的舌头和歌喉也割下。你也愿意吗？"

"我也愿意！"央菁兰姆流着泪，把心爱的六弦琴从腰带上解下，张开小口，吐出舌头，让独眼黄龙用尖刀割掉了舌头，挖掉了声带。她强忍疼痛，没有哭出声来，可怜对爱情坚贞不渝的小龙女从此成了不能唱歌的哑巴了。两个姐姐哭哭啼啼地把三妹抱上水面，又恋恋不舍地回龙宫去了。央菁兰姆不能说话，只有用眼泪送别了姐姐们。

洛珠找不到央菁兰姆，看戒指上的红宝石时，正是独眼黄龙用尖刀挖她的声带的时候，洛珠不忍目睹，大叫了一声，昏死过去。苏醒后，见央菁兰姆已坐在他身边哭泣，他问："你，你回来了吗？"央菁兰姆只能用手指指嗓子，表示自己再不能说话了。洛珠痛心地抱着爱妻，为她治伤。他划船时背着她，晚上守着她，用人类的体温暖着她，日子久了，从来没有热血的龙女也有了人类的热血了。

央菁兰姆比龙女时更美了。她细细看着人间的每一棵草、每一棵树、每一粒石子、每一滴水、每一座山，还有羊儿、牛儿、马儿、狗儿、鸟儿、云儿以及光芒四射的日月，倾听着牧羊人的"拉伊"[10]声，心里想："多美、多亮、多香的人间！比龙宫好十万倍哩！"

央菁兰姆虽然再无法唱歌了，但她仍能弹奏洛珠给她做的牛角琴，而且，她自己认为牛角琴比龙角琴更响亮，更灵敏。多少个年代像通天河的水一样流逝着，而央菁兰姆美妙的琴音，也是她善良的心声，日日夜夜飘在通天河上空，给人间增添春色和乐趣。不信吗？请您到玉树的直门达山村的通天河畔听听，那峡谷里传来的音乐一样动听的流水声，不就是龙女央菁兰姆的琴音吗？

（张训记录整理）

【注释】

［1］妙音仙女：管音乐的仙女。［2］洛沙节：藏历年。［3］锅庄舞：藏族舞蹈的一种。［4］雪茶：用雪化成水煮酥油茶，有芳香味，可以解渴、治病。［5］岗嘎穷梅多：龙胆花。［6］牛皮船：玉树地区藏族特制的一种渡船。一张牦牛皮，四面用木棒架成“凹”形，中间坐人，在通天河上来往划行渡人。［7］巴卧：英雄，好汉。［8］晒经石：在玉树县直门达山庄渡口处的水边有一块方形的大石头，据传是古时唐玄奘从西天取真经回国路过通天河时弄湿了经卷，就在这块石头上晒干的，至今石面上还留有经书的痕迹。［9］曲麻莱顿：也叫七条红水，在玉树州曲麻莱县境内的通天河中，这里河水分成了七条，河床很宽，水也很浅，人可以骑马渡河。［10］拉伊：藏族情歌。

姊妹峰

在炳灵寺石窟[1]旁边的黄河畔上，有两座紧紧相连的峰峦。它们那亭亭玉立的山姿和袅袅娜娜的倒影，远远望去，活像是两个文静的姑娘，微微含笑，迎送着炳灵寺成千上万的游客。

相传早年炳灵寺这地方可不像现今这个样儿。那时候，这地方叫风林关，是黄河上第一大渡口，去西域的往来商队都要打这儿坐羊皮筏子过河。每天，河畔上卖饭食的、摆小摊的、划羊皮筏子的，还有来来往往拉骆驼做生意的，热闹极了。不料，有一年黄河发大水，不晓得从啥地方窜来了一条蛟龙，那蛟龙暴虐贪馋，专吞珠宝。平日里，它钻在河底睡懒觉，水面上风平浪静，连一丝波纹也没有。遇到装着珠宝的羊皮筏子过河，蛟龙就张开血盆大口，用尾巴在水晶宫门口一摇，刹那间，水面上波翻浪涌，羊皮筏子被卷进浪涛，那明光闪闪的珠宝便都一股脑儿掉进蛟龙嘴里。就这样，翻了几次羊皮筏子后，拉骆驼的商队都不敢打这儿过了，很快，河畔上卖饭的、摆摊的、撑渡的也都撵到别处去了，热闹的渡口便渐渐冷落了下来。

一天，河畔上来了一个长长的骆驼队，每峰骆驼上都坐着一位年轻、俊秀的女子，她们是安息国[2]选派到洛阳来学习养蚕、抽丝的宫女。一群女孩儿骑着骆驼翻冰山、过沙海，一路走呀、问呀，听说过了黄河就离洛阳不远了，这天终于来到黄河边了，姑娘们一个个跳下骆驼，互相捧着水泼洒着，嬉闹着，她们快要到洛阳了，咋能不乐呢！

这当口儿，只见河那边飘过来一只羊皮筏子，筏子上站着一老一少，正在用力向这边划来。那位年纪大的水手叫祁五十四，他从小在黄河上摆渡，练得一身水上功夫。有时，河水暴涨，别人不敢下水，他却能驾着羊皮筏子到河心打捞东西。水手们看他本领高，又都嫌他那名字叫起来拗口，就叫他“祁爸”。喊的久了，祁爸成了他的名字，连一些年岁比他大的人也都叫他祁爸了。祁爸的妻子死得早，只留下一个女儿。爹爹疼爱女儿，唤他“女女”，邻居们就都叫她“祁女”。祁女跟他爹爹一样，也有一手水上摆渡的好本事。这辰光，他们父女俩划着羊皮筏子正在到别的渡口去呢，远远看见河边来了一队外国的骆驼队，祁爸和祁女怕客人在河中遇险，忙划过来喊道：“喂，客官，这个渡口不能过了，请到别的渡口去吧！”父女俩天天摆渡过往客商，也学了几句西域话，他们用汉话喊了几声，不见搭话，便用高昌话喊了一阵，还不见应声，又改用安息话喊了起来。

那些安息姑娘正在互相泼水嬉闹呢，突然听到河上传来喊声，都愣住了，这时她们才想起临离京城时国王把风林关渡口说得如何热闹。姑娘们把手搭在嘴上问道：“老伯，这里是风林关渡口吗？”

“是——”随着一声长长的回答，羊皮筏子又向对岸划去了。姑娘们一看，急得直跺脚，赶紧齐声喊道：“老伯，请过来呀！”喊声中，羊皮筏子又掉转头，一会儿工夫，祁爸父女的羊皮筏子靠岸了。姑娘们一下子围了上去，拉住祁女问长问短，像亲姐妹一样亲昵。祁女和祁爸都惊呆了，他们在黄河上摆渡了多少年，还没见过这么多的女买卖人。祁爸还当自己眼花了，用袖子擦了一下眼睛仔细瞅瞅，还是一群女孩儿家。他还怕看错了，又问祁女：“她们都是女孩儿家？”

“嗯！”不等祁女回答，姑娘们故意把梳得高高的发髻往前一伸，脆生生地说道：“是女孩儿家，不像吗？”

“像，像，唉，你们太命苦了。”祁爸坐在一块石头上，把黄河里出现蛟龙的事详详细细地说了一遍，临了说道：“你们还是绕道从北路走吧，那儿好走些。”

“北路咋走呀？”姑娘们着急地问。

祁爸低下头想了一阵，说道：“从这条道返回甘州，到那儿再打听，就知道了。”

姑娘们听了这话，一个个皱起眉头。她们窃窃私语了一阵，一个年纪稍大一点的姑娘走上前，向祁爸施了一礼，说道：“老伯，如今洛阳也不远了，我们干脆把带的珍宝全都留在这儿，你只把我们和骆驼渡过河去，成吗？”

祁爸从怀里取出一个酒葫芦，拿在手里端详着。祁女晓得，爹爹每回遇到啥犯难的事儿，拿不定主意的时候都是这样。她忙走过来，摇着爹爹的肩膀，说：“爹呀，不带宝物，蛟龙不会作怪的，咱就渡吧。”说着，她已向羊皮筏子走过去了。祁爸微微把头一点，双手捧起葫芦，一仰脖子，喝了个精光，站起来对众安息姑娘说道：“要过，咱就过。珍宝不要带，我看干脆扔到河里，让蛟龙吃个够，咱好顺顺当当过河。”

众姑娘一听，“扑哧”一声笑了起来。她们把带在身上的珠宝掏出来，左看看，右瞅瞅，眼里又都噙上了泪珠儿，谁都舍不得扔。那位年纪稍大一点的姑娘见姐妹们都不想扔，便说：“咱们到洛阳取经事大，这点珠宝算得了啥！”说罢，闭上眼睛，把手里的珠宝扔到河里了。顿时，平静的水面像煮开了的水，翻腾起来。

过了好大工夫，河水才慢慢地平静下来。羊皮筏子不大，又没个船舱，每次只能站一个人和一匹骆驼。平日里摆渡的水手多，就是有百儿八十人的商队，也一回都能送过去，如今河上不见一只筏子，岸上不见一个水手，祁爸父女就只好用自家一只筏子摆渡了。

五十个姑娘和五十峰骆驼，已摆渡过去四十九回了，最后摆渡的是这群姑娘里长得最出众的一个，她在安息国也最受国王的宠爱。这次临行前，国王把她叫到御花园，从王冠上取下了一颗宝珠，要她送

给洛阳教她的师父。一路上，她把这颗宝珠装在自己的贴身衣襟里，连同行的姐妹们也没说起过。众姐妹扔珠宝的时候她也偷偷撕破内衣襟，把宝珠捏在手里，等别人都扔时，她又偷偷把手缩了回来。她想起国王平日对她的好，想起国王要她把宝珠送给养蚕师父的话，一个人在心里说："我把珠子扔了，日后咋见国王呢？"思来想去，便又把宝珠偷偷装进了衣袋。这半天，她心里老捏着一把汗，单怕出个事儿。如今，姐妹们全过去了，她心里也觉得踏实了，便带着宝珠上了筏子。

祁爸不知底细，他看看天色不早，捋了把胡子，说道："女女，加把劲，赶在太阳落山前，咱就过去了。"不料刚到河心，河水忽然像暴发的山洪，翻起浪涛来。羊皮筏子像一片小树叶，一会儿被掀向峰顶，一会儿又被摔下谷底。骆驼身子高，早甩进河里去了。那位安息姑娘一看这阵势，料到是自个儿惹的祸，心想：这事怪我，我死了算了，千万不能连累这两个好人。想着，她一纵身，跳进滚滚的浪涛。

祁爸一看安息姑娘跳进河里，一把撕掉上衣，也跟着跳进水中。别人在黄河上耍水，要等没有风浪才敢，祁爸不管风浪多大都敢，别人钻到水底下要闭眼睛，祁爸不闭。他下到水底一看，那位姑娘已被蛟龙吸到嘴边了。他急中生智，一把抓住蛟龙的一撮胡子，猛一拽，蛟龙松了口。趁这当儿，他用尽平生力气把姑娘往上一推，姑娘头发露出水面，被祁女一把抓住，拉上了筏子。待蛟龙清醒过来时，带宝珠的姑娘不见了。它恶狠狠地往上一窜，一口咬住祁爸，鲜血登时从刀子一样的牙缝里流了出来。

祁女拉那姑娘上了筏子，正帮着她往外吐泥水呢，转身只见河水卷着血浪，向筏子扑了过来，她的心倏地缩成一块，眼泪止不住涌出眼眶，她知道爹爹被蛟龙吃掉了。她跪在筏子上，向水下连磕了三个头，站起来，一划竹浆，向对岸飞了过去。

这一切被岸上的众姐妹看得真切。她们不等羊皮筏子靠岸，一齐走进水里，把祁女和那位姑娘抬上岸，一个个也都哭得泪人儿一般。太阳落山了，她们拣来树枝，点起一堆火，依偎在一起，泣泣啜啜地哭了一夜。

第二天，那位跳水的姑娘哽咽地说道："众位姐姐，祁老伯为了搭救我，自个儿落了难，我忘不了他的恩德，我要留在这儿，和那位祁姐姐一起划羊皮筏子，渡过往客人过河。"说着，她从怀里掏出那颗宝珠，交到那位年纪稍大的姑娘手里："这颗珠子是君王的宝珠，你到洛阳后送给养蚕师父。"那女子说道："傻妹子，一路上，你洛阳长、洛阳短地念叨不够，如今快到了，你咋能不去呢？"

"姐姐，你知道我的脾气，我要给老伯伯当女儿，说啥也不走了。"

众姐妹一看，她留下的心坚，料到劝也无用，只好说了一些关照的话，抹了一把眼泪上路了。

长长的骆驼队慢慢地爬上山坡，拐进山湾，看不见了，远处只传来一阵隐隐约约的驼铃声。祁女瞅着那位呆立着的姑娘，劝道："姐姐，你跟她们走吧，还能撵上哩。"那姑娘把嘴一噘："我不走，偏不走！"

祁女当她生了气，忙走过去，摇着她的肩头说："好姐姐，我不是撵你走，我是为你好。"停了一下，又说："你要是真的不走，咱俩就结拜个姊妹，一辈子不离开这里。"随后祁女和胡女叩头结拜了，祁女为长，胡女为妹。

打这天起，祁女和胡女真像一对亲姐妹，形影不离。白天，她俩一块儿划着羊皮筏子到河上摆渡；晚上，她俩又一块儿就着灯光在家里织丝绸。只是蛟龙作恶的事越传越远，渡口上的客人越来越少了。一天，姐妹俩划着羊皮筏子到河上摆渡，天空下起雨来，她俩看看天色不早，估摸着不会再有过往客人，就收拾了一下，回到家里梳起头来。雨住了，天晴了，一道长长的彩虹挂在天边，远远看去，活像一座高高拱起的七彩桥搭在黄河上。胡女靠在祁女怀里，忽闪着一对蓝眼睛，说道："姐姐，要是这彩虹上能走人就好了。"

祁女淡淡一笑："咋？你想驾着彩虹当神仙去？"

胡女回转身，天真地说："要是那上面能走人，我带上宝珠从彩虹上过来，它蛟龙不翻白眼才怪呢。"

"好，好，你想得太好了。"祁女拿梳子的手不由得轻轻一拍，兴奋地说："那咱就按那彩虹的样儿，在这儿搭上一座桥，把这条通到洛阳的路连起来！"

胡女一下子搂住了祁女的脖子，说道："姐姐，咱就搭座桥吧，搭得和这条彩虹一样美，一样好！"

第二天一大早，她俩便把羊皮筏子拴在河边，提着斧头上山了。那辰光，这黄河两岸的山崖上到处都是几个人搂不住的松柏树。来到山上，她俩连口气都顾不上歇，就砍起树来。"叮当"声中，太阳升高了，"叮当"声中，太阳又落山了。两个女孩儿家忙活了一整天，累得浑身的骨头都酥了一样，临回家时，她俩还拣了一根最长的松树檩子，顺路抬到河边。

第三天，天刚蒙蒙亮，祁女和胡女起来一看，头一天砍下的木料全都齐齐整整地摞在黄河边，足有一座房子那么高。这么多木料是谁运来的呢？她俩又惊又喜，决心看个究竟。

这天，她俩又不停歇地从早砍到晚，砍倒的树比头一天还多。晚上，她俩回家吃了几口冷饭，偷偷地躲在河边石崖下瞅着。瞅呀，瞅呀，眼睛都麻了，啥动静也没有。她们刚一打盹，迷迷糊糊中听到一阵吼叫声。她俩睁开眼睛，借着月光向山上一看，只见山腰上黑压压一群动物，为首的是几只老虎，后面跟着豹子、黑熊、马鹿、羚羊、黄羊……它们有的背上驮着檩子，有的嘴里叼着椽子，有的尾巴拖着树干，哼哼哧哧地从山上走了下来。到了河湾，它们把木料一根一根整整齐齐地垛在一起，就四散走了。

这时村里的公鸡“喔喔——”叫了起来，天亮了。姐妹俩像是做了一场梦，揉了揉眼睛，再看看河湾里堆得方方正正的木料，知道不是做梦，两个人乐得忘了吃饭，又上山拼命砍起树木来。

就这样，她俩白天砍多少树木，动物们晚上就一根不少地运多少。整整花了七七四十九天的工夫，周围山上的大树都砍光了，河湾里的树木也堆得像小山一样高了。姐妹俩合计着：木料够了，桥咋搭呢？她俩便划着羊皮筏子，顺着黄河漂了七七四十九天，请人画了一张漂亮的拱桥图样。

一切就绪，姐妹俩开始栽桥墩。划好线，栽了两根木头，天就黑了，她俩只好回家。第二天起来一看，两座坚坚实实的木头桥墩像两只威武的石狮子，蹲在河的两边。她俩心里明白，肯定又是动物们帮着干的，便开始架起桥身来。桥搭得非常快，一个晚上一个样儿。

到了第四十九天，桥面只差一根长檩子就完工了。姐妹俩抬着一根长长的松木檩子，从河湾走上高高拱起的桥面。眼看着一座大桥就要搭好了，姐妹俩高兴得抑不住哼起山歌。就在这时，黄河忽然翻滚起来。说时迟，那时快，她俩来不及看个究竟，只见一条蛟龙从水里跳出来，张开血盆大口，向桥上扑来。原来，那条蛟龙在水底待的时间长了，不见河面上有珠宝玉器下来，馋得发疯，浮上水面一看，不觉大吃一惊。两个大胆女子，啥时候搭起这么高的一座木桥来！这家伙不禁怒从心起，使尽全身解数向桥上扑来。祁女和胡女一看，蛟龙来势凶猛，躲是来不及了，可除了抬的这根檩子，手里没有任何兵器。咋办呢？祁女急中生智，对走在前面的胡女说道：“好妹妹，你抓紧檩子，把桥搭通，我来对付蛟龙。”说着，她从头上取下一根金钗，对准

蛟龙的眼睛刺去。

蛟龙眼看就要吞掉两个女子，撞翻木桥，正得意呢，猛然看见一根熠熠闪光的金钗向它刺来，它转身向胡女和那根就要搁到桥面上的檩子扑去。胡女眼看蛟龙向她扑来，赶忙往前跨了一步，把松木檩子放到桥面上。桥搭通了，她却突然感到一阵眩晕，便被蛟龙角掀下桥去。也正在这当儿，祁女手执金钗，跳起来，用尽平生力气向蛟龙刺去。“哇——”，只听一声惨叫，蛟龙翻了几下，掉进河里。祁女用力过猛，也掉到河里去了。

河水翻腾了一阵子，渐渐平息了。第二天，人们到河边一看，一座十几丈高的拱形桥，真的像道彩虹一样搭在了黄河上。可祁女和胡女两姊妹呢？水手们划着羊皮筏子，顺着河流找了七天七夜，连个人影儿也没有找着。大伙儿正抹眼泪呢，一位白胡子老人拨开众人，指着对岸两座俊秀的山峰说道：“哭啥呢，那不是两位好姑娘在向我们招手呢！”人们顺着白胡子老人指的方向看去，都惊喜得跳了起来。那地方原本是个河湾，没有山的，咋会平地长出两座山峰来？这一下，人们纷纷传开了。有的说，祁女和胡女升了天，天神搬来两座小山，镇着河里的妖怪；有的说，祁女和胡女没有死，她们怕蛟龙再来作怪，化成两座山，守护着大桥哩！“姊妹峰”的名字也就这样叫了起来。

不知过了多少个朝代，那座美丽的大桥塌掉了，姊妹峰却还像当年那样站在黄河边，保佑着黄河上摆渡的人们。一直到今天，她们还像当初那样文静，那样安详，那样美丽。

（许维搜集整理）

【注释】

［1］炳灵寺石窟：位于中国甘肃省临夏回族自治州永靖县西南约四十公里处的积石山大寺沟西侧的崖壁上。西晋初年（约公元3世纪）开凿在黄河北岸大寺沟的峭壁

之上，正式建成于西秦建弘元年（420），上下四层。“炳灵”为藏语，是“仙巴炳灵”的简化，是“千佛”或“十万弥勒佛”之意。［2］安息国：即安息帝国，是亚洲西部伊朗地区古典时期的奴隶制帝国。建于公元前 247 年，公元 226 年被萨珊波斯代替。安息帝国位于丝绸之路上，是当时的商贸中心，与汉朝、罗马、贵霜帝国并列为亚欧四大强国之一。

河边野草 摄影 / 孟宪明

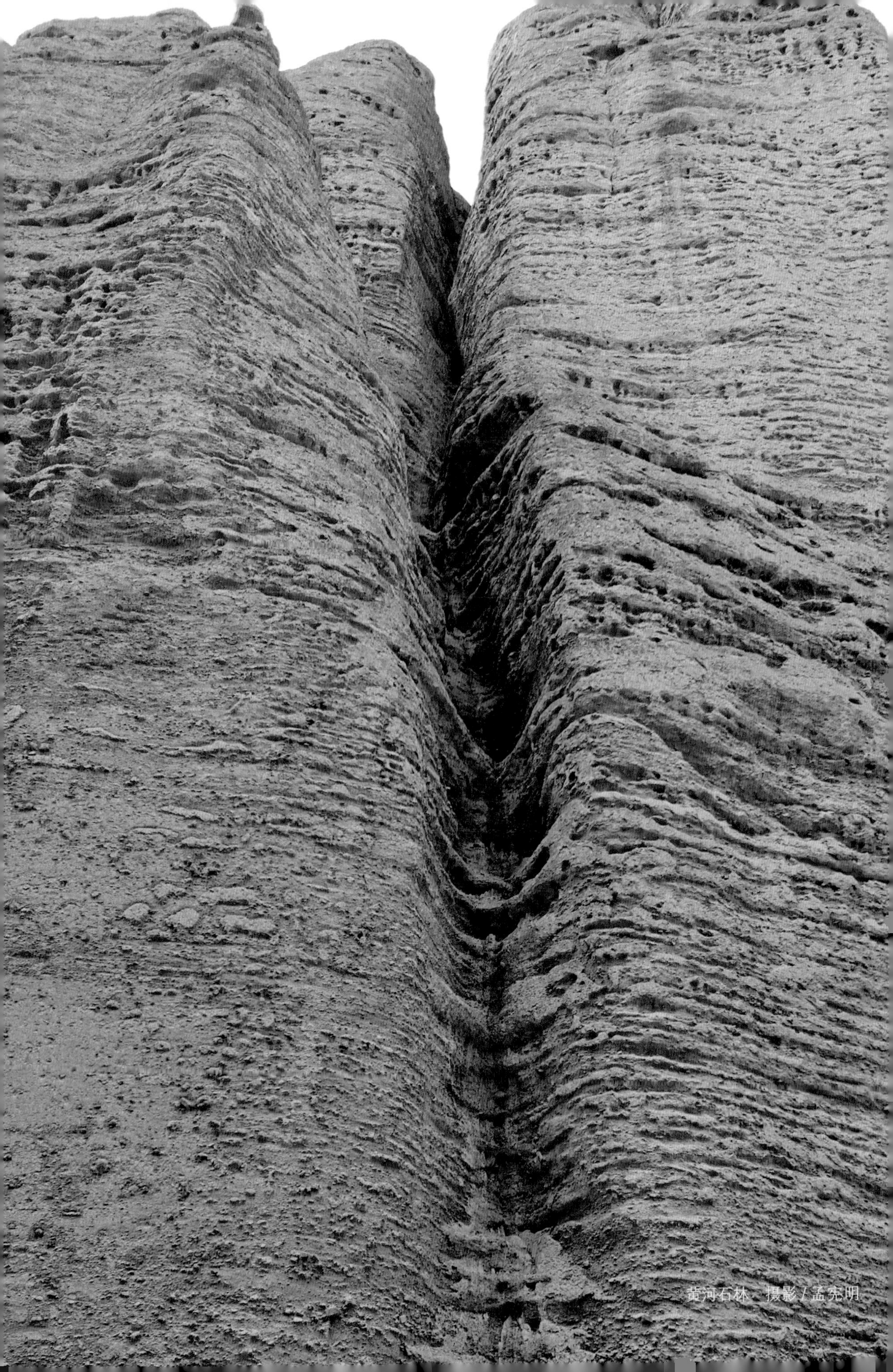

黄河石林　摄影 / 孟宪明

年保山下的传说

在黄河流经的青海省果洛藏族自治州久治县东南部，耸立着一座海拔五千三百多米的大山——年保页什则。它气势雄伟，山间悬崖绝壁耸立，深谷险涧蜿蜒，山泉湖泊特多，据传有山峰三千六百座，湖泊三百六十个。这里炎夏飞雪，严冬打雷，风吹石鸣，猿啼豹吼，给人以神秘恐怖的感觉。关于这座山，在当地藏族人民中流传着一个风趣优美的传说。

相传，很久很久以前，康巴地区有一位年轻勇敢的藏族猎人，因不愿受土官头人的压迫和欺辱，孤身一人翻越了九十九座大山，涉过九十九条河流，不远千里来到年保页什则山下的俄措湖畔。猎人看到这里山清水秀，景色迷人，蓝天上翠鸟歌唱，草地上异兽起舞，非常喜欢这块宝地，于是就在湖畔定居下来。

有一天，猎人正在湖畔放羊，突然看见空中飞来一只凶恶的黑老雕，头似巴斗，爪如利钩，眼若流星，口像血盆，嘴里叼着一条小白花蛇，落在草地上。猎人连忙开弓射箭，正中老雕翅膀。老雕丢下小白花蛇负痛逃去，那条小白花蛇望了望猎人，感激地摇了摇尾巴，急忙遁入湖中去了。这天晚上，猎人梦见一位华贵的妇人，飘然来到庐舍内，自称是年保山神的妻子，说白天他在湖畔搭救的那条小白花蛇是他们的小女儿，所以专程前来致谢，还说山神邀请他到神宫赴宴。

猎人听后，连忙起身施礼答话：“尊敬的夫人，我无意中救了你的女儿，我感到荣幸，但要我赴宴受礼万万不行，那样我的人格也就太卑微了。”那夫人听了他的话赞许地说：“小伙子，你不图报恩，说明你品德高尚，可敬可佩。不过，年保山神深知你武艺高强，箭法超群，并且有胆有识，请你前去还有要事相烦呢！”盛情难却，猎人便随着

夫人来到山神殿。

猎人进得殿来，但见殿宇巍峨，气象非凡，雕栏玉砌，金梁银柱，地坪珊瑚装饰，墙壁宝石镶嵌。他连忙向中间宝座上的山神施礼请安，山神面带微笑，请猎人坐下叙谈。山神告诉猎人："不远处有一个法力高强的恶魔，屡次想霸占年保山这块宝地，自己麾下虽有良将众兵，但都不是恶魔的对手，因而想请你助我一臂之力，消灭这个横行霸道的魔鬼。记住，恶魔的化身是一头雄壮的黑牦牛，我的化身是一头白牦牛。我们搏斗时，请你拉满玉弓，瞄准恶魔发射一支金箭！"猎人连连答应着回去了。次日，猎人早早起身，悄悄隐身在湖边的山林草丛之中，弯弓搭箭，目不转睛地想看个究竟。不一会儿，果然狂风大作，飞沙走石，天昏地暗，俄措湖上空有一白一黑两头牦牛恶斗，挟雷带电，互撕互咬，滚为一团。两头牦牛斗了半天，难分胜负。就在这时，猎人瞄准那头黑牦牛奋力就是一箭，只听一声惨叫，黑牦牛猛然倒下来，跌进了俄措湖北面的一个小湖中，湖水中飘散出一大片污血。

第二天，年保山神亲临猎人庐舍，对他说："勇敢的年轻人，你为世上除了一大祸害，立了大功。我本想以重金珠宝相谢，但知道你定不肯收。我有三个女儿，你可任选一个作为妻子，帮你持家理事。"临走，他告诉猎人："明天你在俄措湖边耐心等候，我的三个女儿都会以各自的化身出现，你不要害怕，也不要失掉良机！"

次日，猎人怀着激动的心情来到俄措湖畔，中午刚过，忽然一阵电闪雷鸣，大雨倾盆，只见一条金色小龙从空中驾云腾雾而来，猎人无所动情，任凭小金龙进到湖中去了。过了一会儿，一阵暴风骤雨，山林欲摧，又见一头狂怒的狮子吼叫着从高山上冲了下来，猎人依然神态淡漠，让狮子自由自在地潜入湖中去了。又过了不一刻工夫，一阵香风细雨徐徐吹来，但见一条白色花斑小鹿从东侧石壁的花丛中飘然落下，猎人一见小花鹿，心里很高兴，便朝小鹿走去，那小花鹿立即变成一位美丽多情、身材苗条的姑娘站在猎人面前。一会儿，晴空万里，风和日丽，年保页什则山中的三百六十个大小湖泊化为三百六十名仙女前来祝贺，她们唱起喜庆的欢歌，跳起翩翩的舞蹈。年保山神的三千六百精兵良将列队夹道，齐声欢呼。年保山神和夫人为猎人和他们的三姑娘举行了空前盛大的婚礼。

猎人和三姑娘婚后恩恩爱爱，互敬互助，辛勤经营在这块宝地上。后来他们生下三个儿子，大儿子叫昂欠本，二儿子叫阿什姜本，三儿子叫班玛本，他们个个勤劳淳厚，人人勇敢智慧，子孙后代不断繁衍生息，形成了今日的上中下三果洛藏族的后代。

（孙明轩搜集整理）

土石山　摄影 / 孟宪明

炳灵寺　摄影 / 王伟

时亮窟的来历

在炳灵寺石窟中，自古以来最驰名的要算“时亮窟”。它高百丈，宽二十丈，深三十丈，天然造型于悬崖峭壁之上。唐人张族云：“此是神仙窟也。实天上之灵奇，乃人间之妙绝。”诗圣杜甫在秦州杂诗里写道：“藏书闻禹穴，读记忆仇池。”这个“禹穴”指的正是“时亮窟”。

相传，晋初泰始元年，京城洛阳有位博古通今的老儒生，帐下数百个学生里面，他最看得起的是甘肃陇右籍的时亮。因为他朴实好学，又对先生毕恭毕敬，亲如爹娘。所以老儒生临死时将时亮一人唤到身边，嘱咐道：“老夫家有藏书五筒，乃是大禹记载治水要诀的宝书，已密传数代。几百年来，中原刀光剑影不绝，此书也历经沧桑，至今还没有一个安妥的地方能将它藏至千秋不朽。老夫夜梦大禹，密诉当年他导河积石山之处有个洞穴，内有石柜五个，恰好能装下祖传宝书，既稳妥又可靠。你是我的贴心弟子，得意门徒，现将宝书交与你手，等我死后，倘若未能实现我愿，老夫在九泉之下也是不会安息的……”

时亮含着眼泪安慰道：“先生，您就放心吧！弟子如能找到禹穴，天涯海角都敢去，刀山火海都敢闯，就是粉身碎骨也要把书保藏好！”

老儒生听了时亮这般誓言，才慢慢地闭上了双眼。

时亮处理完先生的丧事之后，念念不忘先生的遗愿。于是，他不畏路途遥远，毅然离开京城，沿着黄河古道，直向上游行来。不知走了多少天，行了多少路，流了多少汗，黄河十八湾也已转完。一天，他的面前忽然出现了奇境：石峰亭亭玉立，形如宝塔，又如楼阁，其势或为刀劈之状，或为精雕细琢之貌，千姿百态，上耸千尺，穹崖巨谷，气势磅礴。时亮抬头仔细寻找，果然在悬崖上有一禹穴，里面安放着石柜五个，他简直高兴极了！但是，禹穴离地百丈，怎样才能攀入室内呢？时亮苦思冥想，想了一个妙计：用树木扎成木排，再在木排上堆集树木，待黄河水涨，就可以上去了。拿定主意之后，时亮立即动手砍了许多树木，堆积如山，和那禹穴高低一般，总算将宝卷放进了禹穴。

时亮完成了先生的嘱托后，又用火烧掉了堆起的木材。后来人们都想上去看个究竟，但比登天还难，所以谁也未曾亲眼看到过。北魏郦道元在《水经注》里称它为“积书岩”。百姓们为了纪念这位忠孝的儒生，便将这个石窟称为“时亮窟”了。

（石磊搜集整理）

石崖 摄影／孟宪明

朱喇嘛峡的由来

万里黄河在甘肃省永靖县境内共有一百余里，这里地形复杂，形成了黄河上游最著名的峡谷地区。永靖县境内一百余里就有五个峡谷，分别为寺沟峡、刘家峡、牛鼻子峡、朱喇嘛峡和盐锅峡。这里的峡谷忽断忽连，时窄时宽。其中，朱喇嘛峡最长达十五里。为什么命名为“朱喇嘛峡”呢？这与五百多年前一名姓朱的喇嘛有关。

当时，黄河古道是连接青海、新疆最便捷的一条商路，而永靖境内这一段峡谷多，路窄不平。羊肠小道上，一边是山峦起伏，一边是峡壁陡峭，行走十分危险。今天这个脚夫掉下了悬崖，明天那个驼队出了灾祸，骇人听闻的事时有发生。

当时，有一首民谣说：

上青海，下四川，难过十八坎；

十八坎，鬼门关，阎王跟前过一遍。

官府向各方索费筹款，说是要劈山开路，为民解忧。可是，一遍又一遍搜刮民财，道路却迟迟不见开工，闹得民怨沸腾，骂声连天。这件事被附近罗家寺里一位姓朱的老喇嘛知道了，他看不惯当地官场腐败，痛恨官员们借修山路为名，搜刮民财中饱私囊。可是自己是出家人，不便出面与贪官们理论，但眼看着一个个生灵坠入悬崖丧命，他又忍无可忍。

于是，他在一次龙华盛会上说：“人，要以善为本，官，要为民做主，此乃天经地义也。巧取豪夺，失信于民，天诛地灭。”说罢，这位朱老喇嘛不顾年迈体弱，扛起铁锨、镢头走出寺院，走到峡谷，不畏艰险，从早到晚地挖山不止。受他的影响，徒弟们一个个紧随其后，不声不响地干开了。

老喇嘛的精神深深感动了当地百姓，人们从四面八方赶来，有粮的出粮，没粮的出力，热火朝天地干起来了。历时三年，终于修出了一条平坦的栈道。往日的“鬼门”被破开了，过往的行人从此平安无事了。百姓们感激为民造福的朱喇嘛，就将这条峡谷起名叫“朱喇嘛峡”。

通过修筑栈道，朱老喇嘛看到了民众的力量和民心的趋向。后来，他在路旁石岩上刻下了万古流传的箴言：“黄河水东流，大雁朝南行，东南归方向，须有带头人，一人不成事，众行路才通。”直到1921年，这些字迹还清晰可辨。

（霍清廉、张晓杰搜集整理）

黄河岸边的山峰 摄影 / 王伟

君子渡

黄河弯多，渡口也多。在内蒙古的托克托，黄河向南拐了个大陡弯。在这个陡弯的地方有个很有名的渡口，古时候叫“黄河渡”，后来因为这里发生了一个故事，皇帝褒扬故事主人公为“君子”，人们就把“黄河渡”改为“君子渡”了。

东汉的时候，都城洛阳很热闹，做买卖的人很多。有个商人不开饭馆，不开当铺，不卖吃穿，专搞长途贩运。他弄些盐呀、米呀运到现在的呼和浩特一带换羊皮，那里的人以放羊为生，羊皮便宜得不值仨核桃俩枣的，但是缺盐缺米。

这黄河渡有一位老船工，是个忠厚人，祖辈都靠渡口吃饭。他从小就跟着老人，不管刮风下雨、天热天冷，都在河上摆渡来来往往的行人。

这一次，商人把换来的羊皮用马驮着，自己扛着换的几褡裢银子，起早摸黑赶往黄河渡。因为赶路心切，他连一顿舒服饭都没吃，累出了病，强拖硬挪，傍黑才到了黄河渡。

老船工招呼着商人上了船，还没有开船哩，商人实在太难受了，一张嘴“哇”地吐了一摊，吐完就“咕咚”一声一头栽在了船帮上。老船工慌了，又是喊又是晃，呼叫了半天，商人也没有醒过来。

船到了对岸，老船工把商人背到自己住的草棚里，一直侍候了三天三夜。商人一直没有睁眼，也没有张口说一个字，就咽气了。

商人一死，老船工作了难。不知道这人是哪里的，又带着这么多东西，咋办呀？后来，老船工用自己辛辛苦苦挣来的钱买了一口棺材和一身衣裳，把商人安葬了，又把马和羊皮、银两送回家，严严实实地存放起来。

商人的老婆孩子在洛阳等呀，等呀，等了一个月也不见商人回来，又过了四五个月，他们坐不住了，商人的老婆便叫儿子去寻找他爹。

商人的儿子一边走一边打听，这天来到了黄河渡。他问老船工半年前有没有一个洛阳商人在这里过河。老船工抬头一看，问话的人长相很像去世的那个商人，就问："他是你啥人？"

"是我爹，来这里做生意换羊皮，半年都没有回家。"商人的儿子说。

老船工一听，哎哟，这一定是那个商人的儿子了，正要说明情况，又一想，不中，别认错了，便又问了一句："你爹出门时，带的有啥东西？"

商人的儿子把他爹带的褡裢是啥样子的，啥布做的，身上穿的啥衣裳一说，老船工的泪"唰"地流了出来。他把商人去世的情况前前后后说了一遍，商人的儿子哭了起来，一弯身跪下来，直朝老船工磕头。第二天，老船工到家，把马和东西全拿出来，交给了商人的儿子。商人的儿子见马养得肥肥壮壮的，羊皮和银子放得规规矩矩的，不胜惊讶和感激。他双膝跪地说："天下哪儿还有这样的好人呀？"然后说："老伯，您为俺爹端汤灌药，买棺埋葬，尽心保管东西，这个恩情我得报呀！"说着他伸手去褡裢里抓银子，一伸手，里边有个本子，拿出来一看，是他爹的账本。老船工根本不知道褡裢里有账本，忙说："你照着账本上的数查一查，看羊皮、银子和其他东西少不少。"商人的儿子说啥也不查，老船工生气了，他没有办法，只好自己查了一遍，羊皮不少一张，银钱也不少一文。

商人的儿子要走的时候，拿出许多银子要送给老船工，说："这棺材钱、送老衣钱、养马的料钱总得留下吧！"老船工分文不要，说：

"当初要是准备要你的钱，就不那样做了。"两个人推来推去，最后老船工发起脾气来，商人的儿子才不强给老船工银子了。

商人的儿子回到洛阳，托一个在朝做官的亲戚把这件事奏给皇上。皇上听了这件事，张口说道："老船工，君子也。"这件事一传扬出去，人们就把黄河渡改名叫君子渡了。

（申法海搜集整理）

君子渡所在的河口村　摄影 / 孟宪明

夫人河的传说

黄河流经内蒙古自治区的这一段，蒙语称之为“哈腾高勒”，汉语译为“夫人河”。关于她的由来，在蒙古族民间流传着一个悲壮的传说。

成吉思汗统一各部落的时候，他的一员大将阿日亚图门汗奉令率部飞越乌拉山，向鄂尔多斯进发。这一天，阿日亚图门汗的人马来到乌拉山的哈德门沟，被漫山遍野的荆棘挡住了去路。阿日亚图门汗站在高坡上一望，下令说：“给我沿着山沟，割掉荆棘，开出一条路来！”随即，人手一镰，噼里啪啦地开起道来。

山口的南面是一个富饶的部落，古城内住着一位梅力更汗，他有一个十分美丽的夫人叫哈荣高娃。一天，梅力更汗骑上马要去狩猎，夫人说：“咱们那峰白色的驼羔和白色的巴狗连日来不停地狂叫，这是不祥之兆。梅力更汗，今日雪深路滑，还是不要上山为好。”“夫人，你太多心了吧。虽说成吉思汗的大军要南下，可我有十里长的荆棘沟，谅他也飞不过来。”梅力更汗虽这么说，但夫人还是劝他留在家中，他最后还是顺从了夫人。可是他们哪里知道，阿日亚图门汗的部队正在悄悄地斩荆棘前进呢！

阿日亚图门汗有个习惯，每餐必吃一只野兔，而且要用文火烤熟。一个早上，他派亲兵出去射兔，自己躺在帷帐中等候。亲兵是个百发百中的神箭手，一箭就射中了一只野兔，然后沿着鲜血去捉野兔。洁白的积雪上滴下了兔子殷红的血，使亲兵产生了异想：啊，我要有一个脸像雪这样洁白，嘴唇像兔血这样殷红的妻子，该多么幸福呢！他一边想，一边追寻着受伤的野兔，不知不觉越过了层层山峦，在一簇草丛中觅到了猎物。他又抬头一望，乌拉山前有座城堡，炊烟袅袅，鸡犬相闻。亲兵壮了壮胆子，直接闯进了城内梅力更汗的厨房。

厨房里火光闪闪，美貌的哈荣高娃正在炖肉，亲兵往前一凑，把野兔烤在火膛里，两眼盯住了哈荣高娃。只见她脸庞像雪一样洁白，嘴唇像兔血一样殷红，正是他梦寐以求的女人。等他从幻想中醒来时，野兔已被烤煳了。

黄昏时分，亲兵空着手回到了兵营。阿日亚图门汗问他为何没有带回烤熟的兔肉，他便把遇到美人哈荣高娃的事向将军描述了一番。这时候，哈德门沟的道路已经割通了，阿日亚图门汗骑上骏马，挎起宝剑，奔向古城。

古堡里果真有一位仙女一样美丽的夫人，室内还有一个大汗。阿日亚图门汗厉声问道："你是何人？"那人回答说："我是梅力更汗。""这女人是你的奴仆吗？""不，她是我的夫人。"

阿日亚图门汗"嗖"地拔出宝剑："你好大的胆子，敢在我阿日亚图门汗面前逞强！她是我的第七夫人！"说着，拉起哈荣高娃的胳膊说："走，上马！"

哈荣高娃使劲挣开，躲在丈夫身后。阿日亚图门汗举起剑要杀梅力更汗。梅力更汗说："你要我的女人，可以带走，不必把我杀害，我梅力更是一个小部落，心是向着成吉思汗的。"

阿日亚图门汗执意要杀掉梅力更汗。梅力更汗无奈地说："你实在要杀，也罢。等我死后，你可以切开我的乳房，如果流血，说明我的心是坏的；假若流出的是洁白的乳汁，那就证明我的心是忠于民族统一的。"

阿日亚图门汗一阵狂笑，说："我就不信，一个男子还会流出洁白的乳汁？"说着，便把梅力更汗杀死了。他切开乳房一看，真的流出了白色的乳汁！哈荣高娃心如刀绞，放声痛哭了起来。

阿日亚图门汗强行把哈荣高娃抢走后，给她换上了更加艳丽的衣服，在护兵的保护下，大军浩浩荡荡地向黄河岸边进发。

不日，阿日亚图门汗的兵马进抵河岸，汹涌的黄水挡住了大军。阿日亚图门汗命令部队为他搭起了帷帐，举行了婚礼。坚贞的哈荣高娃怎能容忍阿日亚图门汗对她任意蹂躏呢，她为了替丈夫报仇，将一把蒙古刀暗藏在腰里。这天晚上，阿日亚图门汗酒足饭饱，进入“洞房”，解衣就寝。他刚一搂住哈荣高娃，一把锋利的刀子便刺进了他的心脏。随后美丽纯贞的哈荣高娃——梅力更汗的夫人，跳进了浪涛滚滚的黄河。

人们为了纪念哈荣高娃，将流经内蒙古地区的这段黄河改称为“哈腾高勒”，一直沿用至今。

（杜守恒搜集整理）

克托克的黄河　摄影 / 孟宪明

青海玛多县的黄河湿地　摄影 / 董保华

夜照明灯

很早以前，在中卫上下河沿的地方，有一家老两口，住在黄河转弯的地方，和黄河对岸的沙坡头遥遥相望。老头子是个善良忠厚的老实人，为了维持两个人的生活，他用细麻绳织了一架渔网，每天到河边一个青石板上张网捕鱼。他早出晚归，将网到的鲶鱼、鲤鱼、鸽子鱼等拿到附近有人烟的地方卖掉，再购买粮食和日用品，生活过得还可以。

有一天，有一个老财主乘着一抬八人大轿去茶房庙过河赶庙会，他们一行数人，前拥后挤，来到了老汉网鱼的青石板跟前。恰巧，老汉捕了一条足有二斤重的娃娃鱼，还有两条一斤半重的鸽子鱼。老财主从轿子窗口里看见之后两眼都红了：娃娃鱼是宝贵东西，人吃了可以滋补身体，长命百岁；鸽子鱼肉细刺少，鲜美可口，能吃到鸽子鱼乃是平生之福。他摇头晃脑地一想，把跟在轿子后面的李四叫来，对着他的耳朵叽里咕噜地说了几句话。狗腿子李四连忙说："东家放心，我保证办成。"

老财主让轿夫停下来，慢腾腾地下了轿，到一棵榆树下乘凉，两只眼睛没完没了地望着张网的老渔夫。狗腿子李四摇着一把扇子，迈着八字步来到老渔夫跟前，大声吆喝着说："老东西，这段河湾是我家财主的，河里产的鱼也归他，你为什么不言语一声就随便张网捕鱼？要不是看你是上岁数的人，我们可饶不了你，快把那三条鱼送过来，免得我们到县衙里去打官司！"老汉一听，哈哈大笑起来，有板有眼地说："渔夫打鱼自己吃，农夫种棉自己穿，我又没到你财主家前去借债，要我送鱼为哪般？"

狗腿子李四生气地想：一个山脚下的老渔翁竟如此大胆，敢当着财主的面顶撞我。便向财主乘凉的地方招了招手，马上来了几个打手，把老汉连拉带推地推到南岸的一个山沟里，急忙来抢娃娃鱼和两条鸽子鱼，谁知老渔夫把三条鱼抛到河里去了，给财主和狗腿子了一个空欢喜。财主气得没办法，把老渔夫打得死去活来，然后乘着轿子走了。

老汉在山沟里清醒过来后，到河边去找渔网，渔网不见了，娃娃鱼和两条鸽子鱼在河中游来游去，向老汉表示致意，老汉正在纳闷，从河里传出话来："老大爷，谢谢你救了我们三个的命。看来靠打渔你无法再维持生活了，你到那山沟的南边去挖煤为生吧！"老汉听到河里传来的话，心里先是惊、后是怕，最后一想：也许这鱼是龙王的，他们要搭救我，那我就去开煤窑试试吧。他就慢慢地走回小山坡上的小草房，向老伴讲了情况，老伴也同意他去开煤窑挖煤为生。

第二天，老渔夫起了个大早，到山沟南面去挖煤窑，挖来挖去，挖出的不是青石板，就是红胶泥，三天都是如此，老两口因挖不到煤，又不能去捕鱼，生活没有了来源，愁得没办法。第四天的夜里，那个小山沟的西面红光映天，好似西游记中的火焰山，把小屋子和周围照得如同白日一样，老汉本来就没睡着，看到这一切，急忙把老伴推醒，走出小屋门一看，原来西边的小山头着了漫天大火，他们跑到跟前，闻到了一股烟炭味。

老汉高兴了，烟炭着火，证明这个山上就有烟炭。第二天他就拿着锹头在着火的西南面挖，果不其然挖出乌黑乌黑的烟炭来。从此，附近的人都来买老汉挖的烟炭，老两口的生活有了指望。就这样，西面山上的煤炭越燃越旺，每到晚上便把附近几十里照得如同白昼一样，一直烧了不知多少年，到现在那个山的山头上还冒烟呢。后来人们就把这个着火冒烟的地方叫作"夜照明灯"，成为中卫八景之一。

（苏子法讲述，唐育勤搜集整理）

黄河改道

清朝的时候，康熙皇帝为了考察民情，私访宁夏，在宁夏城一住就是半个月。这天，他想离开宁夏城，到下面的村庄各处转转。他上身换了短马褂，下身穿粗布裤子，脚蹬一双粗布鞋，一身百姓打扮，骑着毛驴，向城北走去。沿途渠水哗哗流淌，五谷长势喜人，康熙兴致大增，随口吟道："真乃塞上江南也。"他不住地驱赶着毛驴赶路，天刚摸黑就到了平罗城。

第二天，他出了平罗城北门往北走去，越走路越窄，越走越没兴致。原来，沿路村庄零落、人迹渐少、田野荒芜，一片凄凉的景象。康熙找到个老汉，问："老人家，俗话说'天下黄河富宁夏'，为何此地这等荒凉呢？"老汉长叹一声，说："客人有所不知，唐徕渠流到这儿已成了渠梢梢，向北不远便是黄河，由于河道移动不稳，百姓恐怕黄河西移过来遭受水灾，长久无人敢在此留居，所以变成了这般凄凉不堪的景象。"

康熙听罢，谢过老汉，骑上毛驴继续向北赶去。不久，便到了黄渠桥附近的河岸上。这里的黄河水流缓慢，但河水四处漫溢，到处是明晃晃的一片。康熙思谋：这么好的地方，怎能让黄河任意泛滥，吞占了这块土地？若不治理黄河，实属朝廷之过，永为百姓之灾祸。可怎么个治理法呢？康熙百思不得其解，于是闷闷不乐地返回了平罗城。时近黄昏，他在城内一家客店刚落座，店小二便沏上了一壶热茶，不料康熙心不在焉地伸手去端茶，一下子碰翻了茶盅，茶水便向他怀中淌过去。店小二怕弄脏了康熙的衣服，随手拿起桌上的几根筷子，"一"字形摆到康熙的面前，茶水便顺着筷子淌到两边去了。康熙猛然省悟，一拍大腿叫道："有了，这下有法子了！"

第二天，康熙回到了宁夏城，把支开黄河河道的想法告诉了宁夏府的官员，征集了数万民工，在黄渠桥东西走向加筑了一条高大的土坝。原来，康熙从平罗客店里受到启发，于是他想到用这种法子支开黄河主流。果然，黄河的主流慢慢地向东面移了过去，而且越移越远。从那以后，黄河再也没有向西移过来，百姓们纷纷搬迁到这里生息耕作。所以，这里的土地，人们都习惯地称为“新户地”。后来，人们为了使这片土地成为肥沃的良田，继续开挖渠道，就是今天的惠农渠。至今在黄渠桥镇，还有过去黄河主河道的遗迹，不过经历了几百年的风吹雨打已不是很深了。那条土坝也成了后来惠农渠坝的一段。

（阎珍讲述，高尚忠采录）

青铜峡一瞥　摄影 / 王伟

龙门石壁　摄影 / 孟宪明

铁铸泉的芨芨能锥鞋

芨芨草本来杆粗、心空、节脆、质硬、不耐使，而铁铸泉的芨芨草却杆细、心实、节柔、质软、富有弹性，在吴忠集市上也要高出一等，因此有“铁铸泉的芨芨能锥鞋”之说，据说这是康熙皇帝当年亲自封下的。康熙曾多次不辞劳苦地来宁夏私访，路经盐池，所以盐池至今还有好多有关康熙的故事流传在民间。

据说，有一年，康熙来宁夏私访。他从宁夏城出发，扮成平民，向东察访，渡过黄河，走了一天又一天。这天来到了白土岗子，太阳已经落山，他实在疲乏不堪，就叫店家给他揪了一大碗白面片。白面片对于平头老百姓来说是上等饭了，可对于这位皇帝来讲并不稀奇，要是在皇宫，恐怕人家还不吃呢。俗话说“饥不择食”，一碗连汤带水的素面片皇帝也吃得津津有味，边吃边连声称赞：“白土岗的揪面好，白土岗的揪面好！”

第二天继续东行，渐渐行至一处荒无人烟之地，只见漫山遍野全是沙蒿，足足有大半人高。时值晚秋，日已倾西，康熙来到这前不着村后不着店的地方，心里不免有点着急。这时来了一位猎人，他急忙赶上前去打听，猎人说：“近处并无村落，只有一眼水井名叫沙窝井。”猎人带他到了井上，给了他一些干粮，又让他喝了井里的水，天色渐晚，已有几分凉意，他和猎人拔了些沙蒿柴烧着取暖。一把火过后，地皮上的沙子烧热了，他们扒掉了上面的浮灰，就地躺在这热沙子上，当即把皇帝浑身的寒气一扫而光，他连声道：“沙窝井的柴好！沙窝井的柴好！”

康熙露营一夜，天明又继续东行了。走到一座没有人烟的古城下，他双脚疼痛难忍，再也无法行走了，便坐下休息，脱了鞋一看，袜子破了一双，鞋也烂了一对。怎么办呢？ 他扯下挂破了的袍袖当补丁，可是没有针怎么办？他抬头望去，只有无边无际的芨芨草，其他什么都没有。康熙急中生智，拔了几根芨芨草便在鞋子的破洞上来回穿缀了起来，不大一会儿，竟然补好了。他把鞋捧在手中左右端详，连声称："好芨芨！好芨芨！这芨芨能当针使，又能顶线用，真是绝顶的好货。"然后穿上试试，嘿，还真不错，顿时脚也不疼了，浑身来劲，走路如飞。

他来到了城门口，但见城门匾额上"铁铸泉"三个大字还可辨认，回忆起这几天的经历，顺口说："白土岗的揪面，沙窝井的柴，铁铸泉的芨芨能锥鞋！"这句顺口溜至今还在宁夏一带流传。

（周登伟讲述，周永祥采录者）

茂盛的野草 摄影/孟宪明

峡门的传说

从前，在香山的西面，靠近黄河的地方，是一个风景十分优美的小平原。那里住着三四百户人家，住在南面的主要是藏民，职业是放牧；住在西面的主要是汉民，职业是捕鱼；住在东面的主要是回民，职业是种地；住在北面的主要是蒙民，职业是狩猎。

每当春暖花开的时节，你走进这个平原，就能看到牧人唱着牧歌赶着羊群，看到渔民驾着渔船在河中张网，看到猎人扛着猎枪追捕野味，看到农人赶着黄牛耕种土地，这种情景十分和谐而又引人注目。

在这个小平原上，尽管住在东、南、西、北的人们各有自己的职业，但相处非常和谐。每到集日，农人车拉马驮，把粮食蔬菜、土特瓜果、油棉蛋肉运送到小平原中间的集市里；牧人赶着牛羊、驮运着皮毛，渔民手提鱼虾，猎人扛着钢叉、提着野味、背着药材也都来到这平原中间的集市里。他们在三天一次的集日里闹闹嚷嚷、吹吹打打、吆吆喝喝地交换着自己所用的一切。

但是，有一天，这里发生了一次小小的火山爆发，喷出来的岩石堵住了从香山顶峰发源流向黄河的一条大渠的出口，天长日久，形成了一座坚硬的石山。由于水路不通，美丽的平原逐渐变成了湖泊。农人、渔夫、猎人、牧民就失去了谋生的条件，流落到别处去了，唯独结成好朋友的农人哈大、渔夫李二、猎人扎三、牧人坦四没有走。他们暂时住在集市中间坚固的大庙顶上，想乘着渔夫李二的渔船设法炸开渠口，恢复平原的本来面目。他们四人每天驾着小船，到那个坚硬的石山前，千方百计要劈开一个口子，让湖中的水流出去，但他们的一切努力都没有效果。

后来渔夫李二说：“听老人们讲，在黄河下游很远的地方，有一个

山洞，顺着山洞往里走九天，才能走到洞的尽头，再从尽头向南面一转，出了山洞，那里有一座三百米高的矗直大山，在山腰中间的一棵杏树上挂着一把金斧，多少年来还一直闪闪发光，只要能得到这把金斧，世界上什么东西都能砍开。”

哈大、扎三、坦四听李二一讲，精神就来了。他们就让李二带路，带着种田用的铁锹、狩猎用的钢叉、放牧用的皮鞭和捕鱼的撒网，乘着一条渔船从庙顶出发向着堵死的渠口划去。

他们划呀，划呀，到了堤口的麦石山前，只见坚硬的石山足有百米高，把湖泊和黄河隔开，小船无法通过，他们又把小船划到山下的一棵小树跟前。他们带着各自用的家伙向着山顶爬行，爬呀，爬呀，不知用了几个时辰，总算爬到了山顶，顺着山往下面一看，原来黄河水低于山顶上百米。这怎么办呢？猎人扎三看到朋友们发愁，笑着说：“这点山没有什么了不起的。”他终年狩猎，走高山如平地，他就从山上爬下去，把乡亲们捕鱼时用的旧绳索从野滩上拾起来，结成了一条很长很长的绳子，然后把绳子的一头拴在自己身上，再爬上山顶，拴到一个大石头上，让朋友们一个一个地顺着绳子滑下去。

他们滑下山顶来到河岸，大家一边吃着带来的炒面，一边计议着如何到山洞里取回金斧的事。因路程遥远，谁也没有到山洞里去过，为了节省时间，他们只好用斧子和铁锹砍了些树木，联成木筏顺流而下，去找那个洞。

他们走呀，走呀，不知又走了几天，才走到一个古老的大山下面。在木筏上一看，果然有一个洞口，是不是这个洞，谁也说不清楚。他们临时商量了一下，便把木筏拴到洞口下面的树上，四个人走进了山洞。山洞很大，里面又流着水，水哗啦、哗啦地向着洞的尽头流去，走起来不但不方便，而且还有危险，他们四人只好退了出来。

怎么办呢？四个人在洞口想呀，想呀，还是李二点子多，他建议把大木筏改成小木筏，乘着小木筏去找“宝斧”。就这样，他们把小木筏驶进了山洞，四人又开始了洞中航行。他们顺着水流一个劲地划呀，划呀，不知又划了多少个时辰，才行驶到尽头，水向下流走了，木筏子也搁住了，他们只好下来步行，突然在大洞的上方，又发现了一个小洞，他们又向着小洞继续前进。

他们不知又走了多少个时辰，才看见洞里有了光线，这使他们惊奇而又害怕，但是为了未来的美好生活，他们把困难和害怕都置之度外，还是继续往前走，越走光线越亮，最后走出了洞口。呈现在他们眼前的是一个很大的山中盆地，那里长着绿绿的小草，开着五颜六色的鲜花，从黄河里流进来的水又从地下转到地上，发出滑润的声响，小鸟在山谷中飞翔，小兔在山顶上跳跃。这美好的景象把他们紧紧地吸引住了，但是为了恢复家乡平原的面貌，这里再好，他们也无心久留。

他们不停地前进，突然被一座数百米高的大山挡住了去路。他们抬头一看，果然在半山腰上发现了一把金斧，闪闪发亮。猎人扎三像小猴子一样爬上山腰，把金斧取了下来。

他们得到了金斧，高兴地在山下跳了起来，又歌又舞地唱着：

“高高的山啊，黑黑的洞，

千难万险挡不住我们青年人。

为了美丽的平原啊！

我们不怕流血牺牲，

按照先辈们的传说——我们划渔舟、爬高山、入黄河、钻山洞，终于得到了金斧啊！

必须劈开挡水的大山。”

得到金斧之后，他们千辛万苦又按照原来的路线回到了挡住水的大青石山下，又爬上山顶，轮流高高举起金斧朝山顶劈去，很快劈开了一个口子，水哗啦哗啦从湖泊流入了黄河。

从此，美丽富饶的小平原又恢复了原来的面貌，外出逃荒的农人、渔夫、牧人、猎人都回到了本方土地，大家齐心协力改造平原，建设平原，过着安居乐业的生活。这事不知过了多少年，现在每当人们到峡门时，总要提起这个优美的民间传说。

（俞风太讲述，唐育勤搜集整理）

上游雪山　摄影 / 王伟

鲤鱼跳龙门

有一条鲤鱼名叫金大肚，他听说鲤鱼跳过龙门就能成龙升天，他很高兴，心里想着：只要我家里有一人能跳过龙门成龙，我就可以北霸黄河，南控长江，连大海也得听我使唤。

这一年，玉皇大帝规定鲤鱼跳龙门的比赛在二月初一举行。金大肚率领他的子孙们正月十五就从黄河下游出发，逆水而上。它们游到邙山口的时候，突然有一条小鲤鱼从他们身边摇尾掠过。金大肚心想：这小家伙跑这么快，准是去跳龙门的，要是他去了，哪里还显得出我们金家的人呀。他便大喝一声："你是谁？给我站住！"小鲤鱼很有礼貌地说："大伯，我叫黄金尾，你叫我站住，有何指教？"金大肚气势汹汹地说："大胆！你为什么跑到我们前头？"黄金尾说："大伯，我要赶路去参加跳龙门比赛。"金大肚冷冷一笑说："你别想了，今年的比赛我们金家包了，你敢再往前走一步，我就打断你的脊骨！"黄金尾说："跳龙门是玉皇大帝选拔人才的比赛，谁都可以去呀。"没等黄金尾把话说完，金大肚大叫一声："你还敢犟嘴！"随即命令他的子孙说："给我打回去！"他的子孙听了一拥而上，把黄金尾打得鼻青脸肿，然后把它逼到黄河滩上，打算把它干死。黄金尾无奈，只好遥望着龙门口落泪，心想：我本想成龙以后，能在天上行云降雨，使天下风调雨顺，五谷丰登，万民同乐，这愿望却被金大肚给破坏了。

金大肚困住黄金尾以后，率领他的子孙们在正月二十八赶到了山西河津龙门口等候比赛。这次比赛是王母娘娘主管，王母娘娘听说参加比赛的全是金家的人，就有些怀疑，便派水神河伯在黄河里查访。河伯骑着一条神鲸游到邙山口，听到有呼救声："救救我吧！救救我吧！河伯大仙。"河伯一看，是一条小鲤鱼被几条鲤鱼困在沙滩上动弹不得，他问明事由，随即把几条大鱼赶跑了，让小黄金尾骑到了神鲸上，一会儿工夫就到了龙门口。金大肚发现了黄金尾，赶快对河伯说：“哎呀！你怎么把黄金尾带来了，他不是东西，大年初一那天，他对我说你骂过玉皇大帝，说你根本没资格当水神，他说他如果跳过龙门成龙，一定要在玉皇大帝面前告你的状。”河伯问：“此话当真？”金大肚给他的子孙们使了个眼色，让他们作证。子孙们一齐说：“黄金尾说你的时候，我们都在场。”河伯一看有很多人作证，信以为真，还没等黄金尾申辩，便飞起一脚把黄金尾踢了老远，黄金尾连声喊冤说：“大年初一，我父亲叫我给冯夷大叔送宝剑去了。他不在家，我便把宝剑留下，随后回家了。我根本没见过金大肚，他怎么造谣说我说你骂玉皇大帝呢？”河伯说：“你认识冯夷么？”“我没见过，只是听我父亲说有个冯夷大叔。”河神又问：“你父亲叫啥名？”黄金尾说：“白玉头。”河伯“啊”了一声，举着手中的宝剑问：“你认识这个吗？”黄金尾吃惊地问：“你是谁？这把宝剑是我送给冯夷大叔的，上边刻有我父亲的名字。”河伯说：“我就是冯夷，我落水后变成了水神河伯。原来是金大肚陷害你，我错怪你了。”

河伯说罢，保送黄金尾进了考场。只见黄金尾抖擞精神，凭日常练就的一身本领，轻轻一跃，顺着千尺瀑布跳过了龙门。大家都给他鼓掌叫好，王母娘娘亲自给他披上了五色彩带。

河伯回过头来拔出宝剑找金大肚算账，金大肚摇身一变，变成了一只大乌龟，同他的子孙们一起躲藏起来，但他没有躲过玉皇大帝的眼睛。玉皇大帝为了惩罚他，不准他恢复鲤鱼的原形，罚他在人间驮石碑，永远不得翻身。如今古庙里的石碑座大都雕成龟的模样，相传就是按玉皇大帝的旨意做的。

（王向理搜集整理）

开封麦田　摄影 / 王伟

万年鼋——袁魁

在黄河岸边，有一户酒家，门口挑着一面杏黄小旗，上面写着“张忠酒店”。这个酒店紧靠渡口，南来北往的客商络绎不绝，不管是摸鲜的、抠蛤蜊的、逮鱼的、钓蟹的，都愿意在这里落落脚，喝上两盅。在酒客中，袁魁算是个常客。

袁魁和张忠一般大，都是六十挂零的岁数。他黑脸膛，白胡子，一年四季黑打扮。他到酒店时，都是夜深人静，只买一壶酒，捧着酒壶，嘴对嘴地咕噜一喝，扔下酒钱，就蹒蹒跚跚地回家了。这天晚上，麻线溜子雨下个不停，河水直线上涨。张忠和两个儿子大龙、小龙怕水淹，吓得不敢睡觉，都蹲在炕脚头。忽听“咚咚”的敲门声，爷仨一惊。

“谁？”张忠问。

“打壶酒喝。”外边传来袁魁的声音。张忠急忙开门，袁魁摘下蓑笠，甩了甩水，进了屋。张忠打了一壶酒递给他，他一口气把酒喝了，然后抹了抹嘴，戴上蓑笠就要走。大龙、小龙拉着他说：“大伯，在这里歇了吧，外边风大雨急，难走啊。”“不碍事。”说完歪歪搭搭地走了。大龙扒着门，探着头又嘱咐道：“袁大伯，路滑你可当心啊！”袁魁转过身来说：“进屋睡觉吧。”话音没落，他一下子跌到黄河里去了。大龙猛吃一惊，冲出门来喊着“袁大伯”，一头扎下河去想救袁魁，但是袁魁已经被怒吼的黄水卷走了。大龙被黄河的浪头撇到岸上，他哭着进了屋，把袁老汉落水的事情对父亲说了，张忠叹了口气说：“在河边上住，这样的事太多了。”

这一夜，爷仨没合眼。

天刚蒙蒙亮，大龙、小龙就起来顺着河岸寻找袁魁。兄弟俩一直找到黄河口，人和尸体都没找到，二人闷闷不乐地往回走。黄河的水继续上涨，眼看就要溢出来了。在岸里住的人家好多都被淹没了，房屋倒塌，东西被冲走，惨极了。河道中，一个个麦穰垛像大球一样旋转着漂向大海，死狗烂猫也顺流而下。大龙、小龙在河岸上走着，忽然发现一根乌黑的大梁向东海漂去。大龙说：“弟弟，你在这里等着，我把它捞上来，有人来找，咱就给他。无人来寻，咱就自己留着用，不然漂到海里也是瞎了。”小龙知道他哥的水性好，十多里宽的河面，他游个来回都不喘粗气，现在捞根大梁如吹灯那么容易，他就同意了。大龙脱下褂子和长裤，交给小龙，然后一个猛子扎下去，直扑大梁。到了大梁跟前，他一抬腿就翻上了梁背，只觉得两腿发凉，紧接着麻到了骨头。他知道事情不妙，低头一看，这哪里是梁，分明是一个现了形的独角龙。再一看，独角龙后边鳞光一片，一群一群的鱼鳖虾蟹跟随着独角龙急急地向大海游去。大龙被粘在独角龙背上，觉得自己性命难保，便高声嘱咐小龙：“好弟弟，你回去吧，回去好好孝顺咱爹，我没命了。”话音刚落，只见那独角龙一晃身子便把大龙摔到了岸上。小龙哭着扑向大龙，仔细一看，大龙的两条大腿里子已经没了肉，露着白生生的骨头，他哭着把大龙背回了家。张忠见大龙伤得厉害，急忙找郎中给大龙包扎，来的郎中诊诊脉，都摇摇头走了。大龙昏迷不醒，光说胡话。

日落西山，袁魁突然来了，吓得小龙“哇”的一声滚到了炕后边。张忠拿起了切菜刀，哆哆嗦嗦地问：“你是人，还是鬼？”

袁魁一笑：“怕啥？”

“龙王爷没叫你去？”

“光着腚在河里长大的，还能怕水？”

张忠听袁魁说的在理，放了心，把刀放下。袁魁说道：“大龙的事我知道了，灾难啊。”袁魁看了看大龙的伤，又说：“大龙孝顺，讲义

气，命大，不然，这点灾难是不散伙的。我有祖传秘法，专治此伤，你放心，治两次保管好。”张忠半信半疑。

“你不信吗，我现在就给他治。”说完，只见袁魁闭了眼，憋足气，朝大龙伤处猛吹三下，大龙的腿立即就不疼了。袁魁又拿出两块白布在上面吐满了唾沫，像膏药一样给大龙糊到腿上。大龙只觉两腿发热、发痒，脸有了血色，他慢慢醒了，急忙向袁魁道谢，张忠也谢个不停。袁魁急忙摇手说：“不谢，不谢，此伤我不能白治，你们得拿药金啊。”

张忠爽快地说：“只要给大龙把腿治好，我倾家荡产都行。”

“对，对，要的就是你这句话。实话告诉你，我早就相中了你这块地方和这三间屋了。你要是有诚心的话，请你往西挪半里地，在那里盖三间屋住，这地方让给我。”袁魁认真地说。

张忠万万没想到袁魁会打他房子的主意，心里虽然不高兴，但为了孩子也只好点头同意了。他又问袁魁：“房子给你，大龙的腿几时能治好？”

“你几时搬走就几时治好。”袁魁一本正经地说。

“好，天明我就找人盖屋。”张忠说。

“宜早不宜晚，越快越好。”袁魁说完，打了一壶酒，扔下两个铜子走了。张忠不要，急忙叫小龙追上他把铜子还给袁魁。袁魁接过铜子，顺手扔到黄河里去了。

第二天子时，袁魁又来了，进门就问：“屋盖好了没有？”

“做了三间箔杖子屋。”张忠答。袁魁一听非常高兴，连说：“行，行！”他又看了看大龙的腿说：“到明天就能下炕搬家了。”张忠也高兴了，他准备了点酒菜，二人对饮起来，喝了一斤多酒，袁魁支持不住了，站起来告辞说：“人老了，不胜酒力，我得回去。”张忠说啥也不让他走，说：“你头晕，先到里间屋里躺躺。”说完就把袁魁让到里间炕上。张忠回到外间来，拾掇残酒剩菜。这时，只见里间屋里闪闪发光，如同电闪，鼾声如雷。张忠大惊失色，到里间屋一看，吓得头发梢都竖了起来。他看到一个簸箩似的白鼋躺在炕上酣畅大睡，吓得他立即跪下祷告："鼋神保佑，鼋神保佑。"

袁魁醒了酒，一看张忠正跪着磕头作揖，啥都明白了，心中暗道："劫数难逃。"他从里间屋里出来，吓得张忠躲在一边。袁魁忙拉起张忠说："我饮过量之酒，实在是罪过。你我深交几年，无话不说。实话告诉你，我生在神农尝五谷之时，帮助大禹治过水，修炼几千年，方有今日。玉皇大帝命我和虾将军、蟹元帅镇守黄河口。今日现真相，实乃泄露天机和失职，玉皇大帝一定会把我充军南洋，这地方我住不下去了。"张忠觉得袁魁怪可怜的，不禁流下了眼泪。袁魁又叹了口气说："既然泄露了天机，劫数难逃，干脆我把这里的沧桑变化都对你说了吧。玉皇大帝最近又下了一道圣旨，在中秋节卯时，叫黄河搬迁改道。从你处决口流向震方，再从震方流向巽方，从巽方入海。你这酒店下面十丈深处，已有暗河通向大海。"

张忠吓得大汗淋漓，急忙问："那现在怎么办？"

"你不是已经盖了新屋子吗，住在那里便可逃过此劫。"

张忠这才恍然大悟，连忙道谢。但他又结结巴巴地说："黄河从这里改道，那得淹多少村子，毁坏多少东西，伤害多少人，得赶快告诉大伙搬家。"

袁魁捻着胡须说："你如果把真相告诉他们，他们不信，反而会说你撒谎。"

张忠又急切地问："有无别的办法？　"袁魁想了一会儿，拿出一面杏黄小旗说："你照这面小旗的样子进行仿制，把仿制的小旗插在这些庄子的北面，可避黄河水，不过，如果你嘴不严，说了小旗的妙用，小旗也就不灵了。"这时鸡已鸣啼，袁魁说："我该走了。"说完出了门，张忠一家哭泣相送。袁魁转过身来拱手说道：“今日一别，后会无期。我也无啥东西留作纪念，这块石子是女娲补天之时留下的，你拿去吧，它到了盛世，有了明主会发光的。”说完，把一块五彩缤纷的三角形石子给了张忠。张忠虔诚地接过来，袁魁一闪身进了水府，张忠望着黄河水出神。等他回屋时，天已大明，大龙的腿已恢复了原样。爷仨顾不得吃饭和搬家，四下里去买纸，但是这金黄色的纸很难买到，只买了没多少。爷仨把旗子做好后，就顺着袁魁指点的方向，见村就插小旗。有人见他插小旗，问他干啥，他又不言语，人们都说他是疯子。他在前边插，后边就有人给他拔了。中秋节这天卯时，黄河果然决口了，凡插小旗的村庄都没被水淹着，插上小旗又被拔掉的，都被淹得光光的。现在这里的黄河九曲十八弯，就是黄河水躲着小旗走的结果。

张忠一家只顾忙着插小旗，没来得及搬家，三间酒店，塌入水中，东西全被黄河水冲走了，袁魁留下的三角石子也被埋在了河中。后来小石子越变越大，变成了黄河三角洲。小石子上的斑斑色彩都变成了财富：白点变成了棉花，黄点变成了小麦，绿点变成了森林，黑点变成了石油。

（杨海田搜集整理）

柳园渡

大禹治水以后，开封城郊的黄河兴利去害，两岸百姓，男耕女织，安居乐业，渔牧农桑，十分兴旺。后来，黄河的脾气突然又狂暴起来，惊涛骇浪，洪水肆虐。传说这是一个被官府杀害的青年渔民的冤魂不散，为人间的不平而怒吼哩。

据说，有一对姓黄的水上渔民夫妇，夫妻俩中年得子，非常高兴，商量着给孩子起名字。丈夫说："咱家祖祖辈辈吃在黄河，住在黄河，儿子就叫黄河吧。"小黄河在渔船上生、渔船上长，水里滚、浪里钻，练就了一身水上功夫，这一带的渔民都说他是水龙王投生的。

岸上住着一户姓柳的农民，夫妻俩开荒种地，植柳护堤，都巴望着柳树成荫，蔚然成林，就把独生女儿起名叫柳园。柳园小时候在岸边玩耍，一不小心掉进河里，多亏黄河舍命相救，从此，黄柳两家成了至交。黄河和柳园青梅竹马，亲密无间。黄父和柳母相继去世后，两家更是相依为命。日月如梭，黄河长成了一个英俊的小伙，柳园出脱成了俏丽的少女，两家老人看出儿女的心事，便为他俩定了亲。

有一天，阳春三月，风和日丽，柳园正哼着小曲儿在柳林里纺线，一个面容猥琐、衣着华丽的中年汉子走上大堤。此人便是当朝宰相的女婿，开封知府贾忠良。他经常瞒着老婆到民间猎艳访美，不知有多少漂亮姑娘遭到这个色狼的蹂躏。他一眼瞥见不施脂粉、天然风韵的柳园，顿生邪念，正要上前调戏，一个手执闪光渔叉的英俊小伙子欢笑着走进柳林，姑娘笑吟吟地从他手中接过几尾金色鲤鱼，两人亲亲热热、说说笑笑地走进一座农家小院。贾忠良看得真切，又气又恼。

贾忠良回到府衙内，眼睛发直，坐卧不安，好像丢了魂一般。瘸腿师爷就像他肚子里的蛔虫，早明白他的肠子弯在哪里。贾忠良俯在

师爷耳边嘀咕了一番，朝后堂瞥了一眼，说："万万不可走漏风声，事成之后，定有重赏。"

瘸腿师爷来到柳园家，把白花花的银子往桌子上一放，说："柳老汉，你的福气来了，我家老爷看中了你家姑娘。"柳老汉冷冷地说："俺家闺女已经许了婆家，就是打鱼的黄河。"师爷嘴一撇："柳园到了贾府，有享不尽的荣华富贵，不比嫁给那水上飘零的穷小子强？只要您一点头，这银子就归您了！"柳老汉双眼一瞪："俺可不卖闺女！"师爷长叹一声："可惜我那婆娘不争气，生了三个丫头片子都是丑八怪。要不，这好事能轮到你？"柳老汉见他越说越不像样，抓起银子便扔出门外，大吼了一声："滚！"

瘸腿师爷灰溜溜地回到了府衙，向贾忠良添油加醋地说了一遍，贾忠良勃然大怒："难道就此罢手不成？"师爷鼠眼滴溜溜一转："我倒有个釜底抽薪之计，得先让柳园对黄河死了心。"他把歪点子一说，贾忠良顿时眉开眼笑。

一天，瘸腿师爷打扮成富商模样来到黄河家的渔船上，说他家有一只金钗不慎掉到后花园的水池里，央求黄河帮忙打捞。黄河不知是计，欣然前往。他刚跳下水，师爷就指挥着几个仆人把成袋的生石灰倾倒进水池里，顿时水泡翻滚、热气蒸腾。黄河疼痛难忍，挣扎着爬出水池，双目已经烧瞎了。他在母亲和柳园的搀扶下到府衙告状，贾知府反说他们是诬告良善的刁民，乱棍把他们打了出来。

黄河悲愤满腔，痛不欲生，紧握着柳园的手说："柳园妹，我已经成了废人，不能拖累你，你还是另外找个好人家吧。"柳园泪流满面地说："黄河哥，是我害了你，你看不见了，我还有眼睛哩，我侍候你一辈子！"黄河说："二老年纪大了，往后的日子怎么过啊？"柳园扑到他怀里，恳切地说："我能织布，能种地，你也闲不着。往后，你在家里照看咱们的宝宝。”黄河被柳园一片真情感动，又鼓起了生活的勇气。

贾忠良打听到柳园对黄河依然忠贞不变，和师爷又想出一条毒计。隆冬时节，寒风凛冽，河水冰冻三尺。两个如狼似虎的公差来到黄河的渔船上，喝道：“知府夫人这几天胃口不好，想吃黄河鲤鱼，限你明日送上十斤鲜鱼，如果办不到，就乖乖地把柳园送来抵押！”

公差走后，柳园哭道：“我死也不给狼心狗肺的贪官当小老婆！”黄河握紧拳头：“这难不倒俺，俺眼睛看不见，但水下的功夫没丢。”

他俩冒着刺骨的寒风在河面上刨开一个冰窟窿。黄河喝了几口白酒，腰间系根绳子，让柳园拽住绳头，光着身子跳进冰窟窿，摸到了几条金色鲤鱼交了差。

这事不知怎么传到了贾夫人的耳朵里，她醋性大发，撒泼打滚，把府衙闹得天翻地覆。她指着丈夫的鼻尖骂道：“我还当是你真的孝敬老娘，原来是让小狐狸精给迷上了。你这个没良心贼，我非告诉爹爹摘了你的乌纱帽不可！”贾忠良吓得双膝发软，跪在老婆面前，死活不敢认账。贾夫人冷笑道：“我就不信你这馋猫不偷腥，癞狗不吃屎，除非你把这个狐狸精给处置了。”贾忠良连连称是。

这天夜里，黄河知道柳园的爹到外县去买良种，对姑娘一个人待在家里很不放心，索性披上衣衫，拄上柳棍上岸找柳园说话。他刚走进柳林，忽听一阵脚步声，忙躲到树后。

两个黑衣蒙面大汉进了柳林，伏在沙堆后面，朝亮着灯光的小屋张望。一个哑喉咙说：“老大，这贾知府咋比咱当强盗的心还黑哩，霸占不了人家姑娘，就要害死人。”那个叫老大的压低声音：“少啰嗦，咱们要活命就得干，等屋里灯熄了就动手。”黄河心中一惊，悄悄绕过柳林，来到柳家后墙，轻轻叩动窗棂。柳园听见黄河的声音，慌忙出来把他搀进屋。黄河柔声问道：“天这么晚了，你咋还没歇？”柳园羞

涩地说："爹说农闲了就赶快把咱俩的喜事给办了，让那奸贼死了心。我正给你做新衣裳，来，试试合身不？"

黄河抚摸着合身的新衣，心如刀绞，勉强笑道："俺娘今夜身子不舒坦，你到船上替俺照看一下，我就睡在你房里吧。"柳园转身要走，黄河一把扯住她的衣袖："柳园妹，要是我有个三长两短，你可要照顾好两位老人啊！"柳园眉头紧锁："到底出了啥事？"黄河搪塞道："没事，俺就打个比方，咱俩不管谁先死，活着的都不能寻短见，要报仇！"

柳园哽咽着扑到黄河怀里："哥，咱们生生死死都要在一起。"

柳园摸黑深一脚浅一脚地来到渔船上，见老人已安然入睡，不像是有病的模样，不由困惑起来。想到刚才黄河失常的神态，一种不祥的预兆涌上心头。她急忙往回奔，来到黑漆漆的屋前，颤声呼唤黄河，听不见动静，一摸屋门，双门敞开。她慌忙点起油灯，只见桌倒椅翻，十分零乱，哪里还有黄河的影子？蓦地，她发现给黄河做的新衣上面溅满了斑斑血迹。

柳园疯了一般冲出家门，急奔大堤，灰蒙蒙的夜色下，只见两个黑影高举一团物件"扑通"扔进大河。一个粗哑的声音说道："柳园姑娘，莫怪俺弟兄心狠手辣，要索命你找贾知府两口子！"

柳园撕心裂肺地惨叫一声，疯狂地扑了上去，两个黑影吓得连滚带爬，仓皇逃跑。

"黄河哥，你在哪里？"柳园悲惨的呼唤在夜空飘荡，回答她的只有呜咽的涛声。天亮了，柳园披头散发，如痴如呆，喃喃地自言自语："黄河哥，等等我，我和你一起去。"她一步步向河中走去，河水很快淹没到她的胸前。她忽地打了个激灵，耳边响起了黄河临终的嘱咐："活着的不要轻生，要报仇。"她清醒过来，双眼喷射出复仇的怒火。

柳园进了开封城，捧着血衣沿街哭诉，揭露贾忠良抢占民女的丑恶嘴脸和残害黄河的滔天罪行。字字血，声声泪，闻者无不动容。这件事飞快传遍全城，激起民愤，百姓骚动，吓得贾忠良夫妇不敢出府门。

贾夫人写信向父亲求救。不久，一道诏书让贾忠良升迁到别的地方当官去了。贾忠良做贼一般，悄悄地把搜刮来的民脂民膏装满了三大船。大堤上，柳园搀扶着两位白发苍苍的老人，眼睁睁看着贼船离岸，悲愤欲绝。黄河的母亲跪在地上，扬起双臂，呼喊道："黄河啊，你显显灵吧！"

话音未落，晴空一声霹雳，狂风骤起，黄河咆哮，狂涛怒浪，犹如钢刀利剑，把官船撕得粉碎。贾忠良夫妇和瘸腿师爷都掉进了河里。

消息传开，大快人心，人们都说这是被残害的黄河冤魂不散，向作恶多端的贾忠良夫妇报仇雪恨。可是，从那以后黄河的脾气也变得暴躁无比了，浊浪翻滚，飞旋迭起，渔民不敢打鱼，渡船不敢离岸，南北交通断绝，两岸人烟稀少。

目触此景，柳园忧心如焚。她站在岸边，悄声地诉说："黄河哥，我知道你痛恨贪官污吏，你痛恨为富不仁，你痛恨人间不平，可是你不能萝卜白菜一锅熬啊。"大河扬波，哗哗作响，仿佛传出黄河痛苦的呻吟："柳园妹，你了解我的心，我的眼睛看不见啊。"柳园深情地说："我就当你的眼睛吧。"自此，不管严冬和酷暑，不分白天和黑夜，她都站在柳林岸边为黄河指点。天长日久，柳园姑娘化作了一座渡口。凡是从这里出发的船只，渔船出没风浪，有惊无险，满载而归，渡船劈波斩浪，安然往返。老百姓为了纪念柳园姑娘，就把这座渡口叫作柳园口。

（李程远搜集整理）

郑州邙山　摄影 / 王伟

瞎妇人堆邙山

传说，有一年黄河决了口，决口越塌越大，人们堵了几个月，决口还是堵不住。河台大人为这事心焦，整日愁眉苦脸，束手无策。

一天，河台大人府前来了个眼瞎的妇人。她蓬头垢面，破衣破裙，衣衫里兜了几捧黄土，开口就要见河台大人。门官知道河台大人心情不好，就撵这瞎妇人快走，瞎妇人横竖不走，还摸摸索索地从衣衫里抓出一把黄土说："快去叫河台大人，我给他送土来了。"门官看着瞎妇人呆愣愣的样子，听着她说话的口气，又可气又可笑，懒得再理她。瞎妇人不管门官高兴不高兴，一会儿说好听的，一会儿讲难听的，纠缠了老半天，门官烦得没有办法，只好去向河台大人禀告。河台大人听说是个要饭的瞎妇人求见，便让门官给她点银子和衣物，打发走算了。门官拿着一两碎银和两件衣服出来送给瞎妇人，瞎妇人只笑不接。眼看着太阳要落山了，门官好说歹说才把瞎妇人糊弄走了。

第二天一早，瞎妇人又来了，张口闭口说是给河台大人送土的，站在门口，凭你咋劝，就是不挪脚。门官急了，不问青红皂白就把瞎妇人给赶走了。

第三天，天刚蒙蒙亮，瞎妇人又来了。门官撵不走，举手就想打她。瞎妇人毫不惧怕，大声说道："我是天上派下来的神仙，你敢动手？"一句话就把门官给镇住了，他还真怕碰上神仙哩。门官撵又不敢撵，打也不敢打，就没好气地对瞎妇人说："别在这儿纠缠啦，河台大人在黄河大堤上，你去找他吧！"瞎妇人笑了笑，扭头走了。

前一天夜里，河台大人做了个梦，梦见黄河里面有条大蛟龙，两眼似灯盏，张着血盆大口对他吼着说："我馋啦，往河里扔个人，让我解解馋，我就让你封堤堵口，不然你永远堵不往决口，交不了差。"河

台大人想着这是蛟龙给自己托梦了，眼下堵口无路可走，那就弄个人试试吧。河台大人一边想着，一边上了黄河大堤，还没把给蛟龙送人吃的事想妥哩，就被瞎妇人拦住了去路。河台大人问瞎妇人：“你三番五次来找我，到底有啥事情？”瞎妇人说：“我给你送土来了。”说着撩开衣襟，让河台大人看里边的土。

“这点土有啥用？”

“堵口呗！”

河台大人冷冷一笑，就这两把土能堵口？分明是用疯言疯语戏弄我无能。他哼了一声，回头就走。瞎妇人“咯咯”地笑了起来。河台大人回头看着瞎妇人，心中生了个主意：干脆就把她喂蛟龙算了。

河台大人一声令下，官兵们七手八脚地把瞎妇人绑了起来，抬到河边。瞎妇人紧紧搂着衣衫中的黄土，高声喊道：“我是天帝派来的神仙，你们真是有眼无珠，有眼无珠！”瞎妇人越说，官兵们越把她当成疯子，几个人一起用劲，“嗖”的一声把她向决口扔去。

猛然间一个霹雷，天上闪出一道彩虹，没等瞎妇人挨着水面，那彩虹就将她托住，轻轻飘到了空中。河台大人一看，慌了手脚，这才知道瞎妇人来历不凡，就朝着瞎妇人跪下，又是磕头又是作揖，祈求神灵饶恕自己，丢下黄土，堵住决口。

只听天上一阵哈哈大笑，对瞎妇人喊了声：“把土都撒在黄河南岸吧！”瞎妇人便拽开衣襟，把黄土一把一把地向黄河南边扔。霎时天昏地暗，狂风大作，把河台大人和官兵们吓得个个面如土色，趴在地上不敢睁眼。过了一会儿，云消雾散，风平浪静，黄河南岸已堆起一座高高的黄土山岭。

这座山是瞎妇人用黄土堆成，因此人们把这座山叫作邙（盲）山。

（申法海、姗蒸搜集整理）

邙山岭

在河南境内的黄河南岸有一条逶迤连绵的山岭，叫邙山岭。说起邙山岭，还有一段神奇的故事。

黄河从前经常决堤泛滥，沿岸的百姓们吃尽了苦头。当时流传着这样一首歌谣："滔滔黄河南北滚，滚来滚去害人民，决堤泛滥无人管，拖儿带女去讨饭。"

秦始皇统一中国后，决心治服黄河。一天，洛阳郡令急匆匆来朝上书，说黄河在洛阳决堤，洪水冲毁了很多房屋和田地，淹没了孟津，洛阳危在旦夕，请皇上赶快处理此事。秦始皇立即下旨，令各地官吏用人力、物力支援受害百姓，违令者斩。第二天，秦始皇还亲自视察黄河，到了洛阳，看到街上到处都是讨饭的人，站在洛阳城的最高处向北望，孟津城已泡在洪水中。

夜里，秦始皇久久不能入睡。午夜，他刚刚入眠，就做了一个梦，梦见有很多百姓跪在他面前，恳求他治服黄河，接着黄河水竟冲进宫殿，卷走了老百姓和他自己。他大喊救命，这时洪水中站起来一个老人，将他推上岸，还告诉他，要想治服黄河，快到太行山找仙翁。秦始皇被噩梦吓醒，惊出了一身冷汗，次日早晨便带领人马向太行山飞奔而去。他们来到太行山里，找啊，找啊，一直找了三天三夜，连个仙翁的影子也没见。臣下劝秦始皇回朝，改日再来，这时秦始皇已经筋疲力尽，便叫随从找些水来喝，自己躺在青石板上歇息一会儿，心想：上哪儿去找仙翁啊？

秦始皇正闭目养神，忽然有一个东西掉到他身上，他睁开眼睛一看，是一块白玉，上面写着：仙翁在太行山最北的山头上，道路艰难，有志者事竟成，无志者万事空。秦始皇看着白玉，心里下定决心，一定要找到仙翁，治服黄河。

秦始皇又带领人马向最北面的一个山头走去。他走啊走，爬啊爬，经过千难万险，终于爬上山头，找到了仙翁。他跪在仙翁面前，诉说了黄河苦害百姓的情景和他自己的来意。仙翁看秦始皇一片诚心，爽快地哈哈大笑起来："我有一把神鞭，你只要拿在手中，就可以治服黄河。太行山中有一个巨蟒山，山上有一片柏林和花草，只要用此鞭驱赶，柏林和花草就会到黄河北岸，蟒山就会到黄河南岸。"秦始皇谢过仙翁，拿上神鞭又上路了。

他们在太行山里找到了一片柏林和花草，秦始皇用鞭子驱赶，这片柏林和花草就飞到了黄河北岸。接着又向前找，找到了巨蟒山，秦始皇又用鞭子使劲抽下去，巨蟒山惊叫一声，腾空而起，向南飞去，落在黄河南岸，此山就是现在的邙（蟒）山岭。黄河有邙山岭挡着，在这里再没有决过口。

（钱万成搜集整理）

邙山土　摄影／孟宪明

中流砥柱

三门峡下游有一座小石岛，名叫“中流砥柱”，黄河上的艄公叫它“朝我来”。冬天水浅的时候，它露出水面两丈多，洪水季节，它只露出一个尖顶，看起来好像马上就要被洪水淹没。但是，千百年来，任凭洪水再大，风浪再高，它总是挺立在激流当中，毫不动摇。大家都说中流砥柱这种坚强的性格就是我们伟大的民族性格。自古以来，它吸引了许多帝王将相、文人游客到这里游览观赏，并且留下了许多诗文。

唐太宗李世民曾经写下了这样一首诗：

仰临砥柱，北望龙门，

茫茫禹迹，浩浩长春。

柳公权也为它写了一首长诗，石岛上镌刻了前四句：

禹凿锋铓后，巍峨直至今，

孤峰浮水面，一柱钉波心。

其他的诗词歌赋还有许多许多。为什么中流砥柱这样吸引人呢？这里流传着一个故事。

三门峡有一句谚语：“古无门匠墓。”意思是说，自古以来，门匠死后都没有葬身之地。门匠就是艄公，他们熟悉当地的水情和地势，过往船只行到这里，就要雇他们掌舵领航，送过危险地带。干这一行的人，往往葬身于洪水中，连尸骨也捞不到，更不要说坟墓了。这里的老百姓在黄河两岸建了禹王庙，求大禹保佑过往船只和船工的平安。三门峡北岸山上的禹王庙与别的庙不同，庙里有两只铁鹅，和尚说这对铁鹅能预报行船的吉凶。怎样预报呢？原来铁鹅背上有一个小洞，船工们要问当天行船的吉凶，就把钱投进小洞里。钱落进鹅肚后，如果它不叫唤，这天船过三门就平安无事；如果它“嘎嘎嘎”叫几声，

这天就不能行船，硬要行船则一定会遇到凶险。船工们对和尚的话信以为真，每条船驶过三门峡的时候，船工们都会带着香烛酒肉，成群结队地到禹王庙烧香叩头，向铁鹅肚里扔钱。其实这是和尚们骗人的鬼话。铁鹅是和尚们定做的，铁鹅肚子里有一个机关，想让它叫唤，只要拽一下鹅腿，牵动鹅肚子里的机关，它就会叫起来。和尚们是看天色行事，如果天气不好，就让铁鹅叫唤几声；如果风平浪静，就不让它叫唤。这种办法碰巧灵验，船工们没有别的办法，就只好相信它。

有一次，几条货船从三门峡上游向下航行。一个老艄公带着船工们抬着供品到禹王庙烧香许愿，祈求禹王保佑他们平安过三门。烧香叩头以后，船工们就把钱扔进铁鹅背上的小洞里，和尚看当时天气很好，就没让铁鹅叫唤，假意在鹅身上摸了一番，然后对船工们说：“平安无事。”

老艄公听了这话很高兴，带着船工离开了禹王庙。下了山，老艄公把船驾到河中，看准了水势，决定从神门河放船。但是，天有不测风云，船刚到神门河口，突然刮起了一阵狂风，紧接着就下起了瓢泼大雨。刹那间，峡谷里白浪滔天，雾气腾腾，看不清水势，辨不明方向。老艄公驾的那只船像箭一样穿过了神门河，下面有许多明岛暗礁，这只船被风浪推着，眼看就要遭难。正在危急的时候，只听得老艄公向一个船工大喝一声：“掌好舵，朝我来！”说完老艄公“扑通”一声跳进了惊涛骇浪之中。船工们没有时间多想，驾着船，朝着发出喊声的地方冲过去。船驶到那个地方时，大家才看清，原来是老艄公像擎天柱似的屹立在激流当中。船工们想拉他上船，但是激流推着这只船飞快地向下游驶去了。

船行驶到安全地带之后，船工们把船停到岸边。大家上了岸，就返回上游找老销公。走到老艄公呼喊的地方，只见他已经变成了一座石岛，昂着头，挺立在激流当中。这个地方正好是一条没有暗礁的河道，老艄公献出了自己的身体，永远屹立在这里，为过往船只指引航向。后来人们把这座石岛叫作“中流砥柱”，也叫“朝我来”。

从此以后，中流砥柱就成了峡谷中的航标，船只驶过三门以后，就要朝着中流砥柱直冲过去，眼看就要与砥柱相撞时，砥柱前面波涛的回水正好把船推向旁边的安全航道。这样，船只就可以避开明岛暗礁，顺利地驶出峡谷。由于老艄公战胜了洪水，所以他总是高出水面，水涨岛也涨，永远淹不没，冲不垮。

（王喜才讲述，顾丰年搜集整理）

三门峡激水　摄影 / 王伟

茅津渡

在三门峡会兴渡口的对岸有一个茅津渡，这个渡口船只密集，买卖兴隆，人烟旺盛。渡口地势平缓，船只靠岸后，装卸货物和客人上下都很稳当。是谁把这个渡口修得这样平稳的呢？说来话长。

据说原来北岸的渡口在茅津东边五里的沙涧桃林。那个渡口不大，过往船只稀稀拉拉，买卖也不兴隆，只有一个姓刘的老汉在那里卖米汤和馍。

有一天，老汉刚熬好一锅米汤，有一个小孩端着破碗向刘老汉要饭。刘老汉见孩子十分可怜，就给他舀了满满一碗米汤，孩子端着碗"哧溜哧溜"没几口就把米汤喝完了。刘老汉见他没吃饱，又给他拿了一个馍。孩子把馍吃完以后对刘老汉说："大伯，你一个人怪忙，我留下给你做个帮手吧。"

刘老汉看这孩子又瘦又小，年龄不过十一二岁，怕他干不了什么活，不想收留他。但又看到他孤苦伶仃，无依无靠，老汉的心又软了下来。他对孩子点了点头说："好吧！只要你手脚勤快，我就留下你。"

孩子留下后，果然手脚勤快，早起晚睡。刘老汉很高兴，认他做了干儿子，取名刘喜。起先，老汉只让刘喜扫地、刷碗、烧锅，自己淘米、和面、烧汤、蒸馍。一个月以后，刘喜说："爹，你年纪大了，早晨多睡一会儿，我来淘米、和面。"老汉问："你都学会啦？"刘喜回答说："我先试试吧。"

第二天，刘喜天不亮就起来烧火做饭，烧的米汤又香又粘，蒸的馍又暄腾又香甜，刘老汉一见更加高兴。从此以后，做饭蒸馍的活也交给刘喜了。说也奇怪，自从刘喜做饭以后，每天只做一锅米汤、只蒸一笼馍就够卖了，这天顾客再多，锅里也总有米汤，笼里也总有馍。刘老汉心里奇怪。有一天清早，他躺在床上，偷偷地看刘喜和多少面、淘多少米。他不看不要紧，一看心里更加惊奇，原来刘喜用他那只要饭的破碗，只挖一碗米熬汤，只挖一碗面蒸馍。刘老汉心想：“这只碗难道是神碗？这孩子难道是神童？”刘老汉虽然这样想，但他不敢道破，怕泄露天机，只是对孩子更加疼爱了。

刘喜长到十五岁上，刘老汉给他定了亲。刘老汉生意兴隆，积攒了几个钱，想盖几间新房，将来给刘喜娶亲。但是沙涧桃林这个渡口地势狭窄，附近没有空地可以盖房子。刘老汉为这事愁得不行。刘喜看出了老汉的心事，他想出了一个办法，说：“爹，这里没有空地，咱们把房子盖到茅津吧！”

刘老汉觉得这个主意不错，茅津地方宽阔，地势风水都不错。父子俩商量好了以后，就在茅津盖起了新房子，把家搬了过来，爷儿俩往得宽宽敞敞的，老汉心里也美滋滋的。

可是，老汉高兴了没几天，又犯了愁。原来，沙涧桃林这个渡口虽小，但总有一些过往船只和行人，所以买卖不错。他们把家搬到茅津以后，饭铺也挪了过来，开设在河边的崖头上。这里地势倒不错，地方也宽敞，但过往行人很少，刘老汉的买卖就冷落了下来，所以老汉守着米汤锅发起了愁。

刘喜见老汉不高兴，就问道：“爹，你咋又发愁了？”

老汉指着米汤说：“这么多米汤卖不出去，咋不发愁哩。”

刘喜笑了笑说：“卖不出去呀，这可好办，我把它泼了！”说着，端起米汤就往门外泼。刘老汉急忙阻拦，但已经晚了，那米汤从崖头上一直流进黄河，流过的地方变成了一条又平又光的斜坡路，一直通到河口，就像一个码头。对岸的船开过来，船头正好与路面平，有的时候连跳板也不用架。这样，船工们就自动把船摆到了茅津。这个渡口地势好，路面又平又宽阔，所以比沙涧桃林更加繁华，过往船只昼夜不停。“茅津夜渡驾飞舟”便成为当地的奇景之一。

从此以后，刘老汉更加器重刘喜了。清早刘喜熬好米汤、蒸上馍以后，老汉自己守着饭铺做营生，让刘喜上学堂读书。刘喜天资聪颖，刻苦用功，后来考中了状元，当了御史。当地人都叫他“刘御史”。

（顾丰年搜集整理）

今日茅津渡　摄影／孟宪明

禹女献策

相传大禹的女儿三岁时，父亲就出门治水，整整十三年没回过一次家。母亲常把大禹的事迹讲给女儿听，使得禹女想念父亲之情日深。她常常依门远望，巴不得父亲突然出现在眼前。

有一天，禹女又在家门前远望，忽见从极远的天边有位身穿长袍的人向她飞奔而来。禹女惊喜地喊：“妈，爹爹回来了！”母亲闻声赶出门，却见一只大丹顶鹤向她家徐徐飞来，然后停在门口。母亲忙问：“仙鹤，你莫非能驾我女儿寻找她爹？”话音未落，这只仙鹤就温顺地卧在禹女面前。禹女骑在仙鹤背上，飞到了龙门山上。

这时，大禹正在用石斧敲打着坚硬的岩石，旁边放了一大堆用坏的工具。大禹抡起石斧，只听“哐当”一声，石斧被震得开了花，可岩石上只留下了一道白印。大禹开山遇阻，心里闷闷不乐，正在这时，禹女来到父亲面前。她见此情景，心中已明白大半，就低头仔细地端

陕西韩城东的大禹庙　摄影 / 孟宪明

详着山石。细心的禹女发现那青色的山石中夹着一条条丝线一样的白线，她站起身，抚摸着自己那乌黑的青丝，忽然想起自己每天不是顺着它梳理头发吗，何不也顺着这白色的石线击破顽石呢？她把自己的想法告诉了父亲。大禹依照女儿的建议，抡起一把石斧，顺着白色石线奋力砸去，只听“咯嘣”一声，顽石沿着线裂开一条长缝。众人也抡起石斧顺石线敲击，果然斧落石裂，工程飞速地向前进展。

禹女献策有功，受到众人的称颂，颂声震撼山岳。大禹领着女儿向众人再三拜谢说：“且莫颂功，抓紧时机开山事大。”哪知众人称颂之声早已惊动了龙门山上的众位仙姑，她们乘风来到龙门工地，把禹女接到相公坪北悬崖上的“莲花洞”里。风姑把莲花洞边三尺见方的一块平石板吹得干干净净，为禹女作梳妆台；石姑在台上给禹女打了个石坑作为脸盆；泉姑给禹女送来了清冽的泉水；只有金姑想得好，她把金子镀在一块光滑的褐石上，使石头日夜金光闪闪，作为禹女梳妆用的镜子。这些东西至今还在龙门山上流传着。

禹女就住在莲花洞里。她献的破石良策，流传千古，造福万民。

（芝叟、史鉴搜集整理）

孟津龙马负图寺　摄影 / 孟宪明

荆村的来历

渑池县张村乡有个荆村，传说是商朝时期西伯侯姬昌[1]拜荆的地方。

商朝末年，纣王无道。姬昌直言敢谏，被纣王囚在大牢，他在牢里装疯卖傻，哄住了纣王，七年后被放了出来。

姬昌骑上马，在孟津过了黄河，顺着祁山岭回西歧，走到渑池县张村南边，马夫的鞭子坏了，见路边长着荆条，就砍了一根当鞭子用。姬昌说："树是百姓栽的，咋能随便糟蹋呢？"马夫说："这不是百姓栽的树，是野荆条。"

姬昌一听，忙从马背上跳下来，跪在地上，朝着荆条磕了三个头。马夫不明白这是咋回事儿，赶忙搀起他问："侯爷，您咋给荆条磕头呢？"姬昌说："我小时候读书，不知道用功。老师为了让我学到真本事，每天掂根荆条，见我打盹或东张西望，就敲我的头。我能有今天，既是恩师的功劳，也是荆条的恩情，今儿个相见，怎能不拜？"马夫听了更加敬重侯爷的贤德。

后来有人在这里盖房居住，慢慢成了个村庄，就叫荆村。

（吴杰讲述，褚书采录）

【注释】

[1] 西伯侯姬昌：（前 1152—前 1056），姬姓，名昌，岐周（今陕西岐山县）人，周朝奠基者。公元前 1046 年，周武王（姬发）灭商建周后，追谥姬昌为文王，史称周文王，是中国历史上的一代明君。

娘娘河

唐朝的时候，在三门峡北岸的人门岛上开凿了一条两里长、两丈宽、一丈多深的运河，叫“娘娘河”。为什么叫“娘娘河”呢？这位娘娘是谁呢？说起来话就长了。

传说在黄河南岸有一个小村子，这里的人大部分都是船工和纤夫。村里住着父女两人，父亲也是个纤夫，女儿是个美丽的姑娘，会织网打鱼。父女两人整天辛勤劳动，但生活却非常穷苦。夏天，老纤夫光着身子，背着粗大的纤绳，拉着重船，缓缓上行，日头再毒，风雨再猛，也不能休息一会儿；冬天，老纤夫的一双脚泡在冰冷刺骨的河水里，雪再大，风再猛，也得一步一步地往前走。

生活虽然很苦，但父女俩过得倒也愉快。女儿操劳着家务，家里没粮了，就到野地里挖些野菜，掺点谷糠做窝窝，就这样，糠菜也能顶上半年粮。虽然是吃糠咽菜，闺女的脸却总是红艳艳的，一双大眼睛又黑又亮，嘴角上总是挂着微笑。老纤夫筋疲力尽地从外边回来，看到闺女高高兴兴的样子，就忘记了劳累，吃糠咽菜也觉得很香。

这时候，朝里出了个荒淫的皇帝。他虽然有三宫六院，七十二嫔妃，宫娥美女数不清，但还不满足，又派许多臣子到各地大选美女。那些大臣为了巴结皇上，从城里到乡下，四处搜寻美女。有一个大臣来到黄河岸边这个小村庄，看到了这个美丽的姑娘。

他觉得这闺女比皇宫里所有的美女都强得多。如果把她选进宫，皇帝定会给他加官晋爵。于是他命纤夫好好地给闺女收拾收拾，三天以后就带她进京城。

纤夫听到这个消息，吃不下饭，睡不着觉，脸上的皱纹更深了，背更驼了。闺女听到这个消息，红润的脸蛋变得苍白，一双大眼睛失去了光彩。她自己也悲痛难忍，还得安慰年迈的爹爹。进宫的前一天晚上，她心中暗暗打定了主意，强装着笑脸对她爹说："爹，我走后，你要保重身体，说不定哪天皇上开恩，我就回来看你。"

老纤夫没有搭话，一声不响地躺在床上，伤心落泪。闺女见爹爹不说话，也就睡下了。半夜，闺女悄悄起床，轻轻开了门，跑到黄河边对着黄河说道："黄河啊，你不要这样凶！爹年纪大了，拉纤很费劲，你要照应照应他，水势要平一点儿，稳一点儿，不要让他摔倒了！我没有什么东西报答你，你把我带走吧！"

姑娘说罢，眼一闭，就要往河里跳。这时，一双粗壮的胳膊把姑娘拦腰抱住。姑娘回头一看，原来是自己的爹。父女两人禁不住抱头痛哭起来。

过了好大一会儿，纤夫忍住了悲痛，对姑娘说："闺女，原来我也想走这条路，现在我的想法变了。咱们死了也是白死，你不如进宫去，也许能瞅个机会给咱们村里的穷人办点好事，我在这里也算有个盼头。"

闺女记住了爹爹的话，含着眼泪离开了家乡，告别了黄河。姑娘一进宫，园中盛开的花朵马上就谢了，满墙鲜艳的壁画也褪了颜色。皇帝见了她，高兴得手舞足蹈，马上就封她为娘娘，并且重赏了选她进宫的大臣。对于皇帝的宠爱，娘娘并不高兴，面对皇帝的冷落，娘娘也不悲伤，她只是想念她爹，想念家乡。没过多久，皇帝由于荒淫过度，得暴病死了。娘娘不哭也不笑，一心想回家看爹爹。但是，一入宫廷深似海，别说回家，就是出宫门也办不到。她几次想逃跑，但都没跑成。生活空虚无聊，她又想到了死。一想到死，爹爹的话又在她的耳边响起："咱们死了也是白死，你不如进宫去，也许能瞅个机会给咱村里的穷人办点好事。"想到这里，娘娘觉得自己还没给村里的穷人办一点儿好事，对不起爹爹，也对不起大家，死了也不能合眼。从此以后，娘娘就开始攒钱，自己一个钱也不花。过了好些年，娘娘攒了不少钱，再加上皇帝赏给她的金银首饰，数目很大。这笔钱怎么花呢？娘娘想了好几天。一想起家乡和黄河，在她眼前就出现了老父亲和许多纤夫、船工在黄河里和风浪搏斗的情景。在三门峡一带，河床陡，水流急，礁石多，船只上行十分困难，下行非常危险。多年来，不知道有多少船只在礁石上撞碎，不知道有多少船工和纤夫被黄河吞没。想到这里，娘娘决定拿这笔钱在黄河北岸的人门岛上开凿一条运河，船在运河里航行，肯定要比在黄河里安全得多。

娘娘的主意已定，就把全部体己钱拿出来开运河。老百姓拿起大锤、钎子和铁镐，在人门岛上一锤一锤地开出了一条两里多长的运河，船工、纤夫们都很高兴。

但是大家都没想到，运河开成以后却不能通航，工夫全都白费了。洪水季节，这条运河中的水也很急，况且河水浅、礁石多，船不能过；枯水季节，这条运河就干了。船工纤夫们仍然是顶着风、踏着浪，冒死过三门。

这个消息传到娘娘耳朵里，她更加闷闷不乐，最后忧愁成病，不久便死去了。人们为了纪念这位不知姓名的好心肠的娘娘，就把这条运河叫作“娘娘河”。

（顾丰年搜集整理）

洛阳龙门

河南省洛阳城南的龙门山有个山口，两侧是断崖绝壁，形成了一道门阙。石壁上有一千多个雕着佛像的石窟，石壁中间是奔流不息的伊水，这就是闻名天下的龙门。

古时候的龙门山是一道东西走向的青石山，并没有“龙门”这个山口。这个山口是怎样开的呢？民间流传着这样一个故事。

青石山下住着母子二人，母亲纺线织布，儿子上山放羊。

有一天，正午时分，放羊娃把吃饱的羊群赶到树荫下歇息，他躺在树下乘凉。一闭上眼睛，朦胧间，有个白胡子老人向他走来，问道：“龙门开不开？”放羊娃睁眼一看，周围啥人也没有，心想：我是做梦吧？他就没在意，休息了一会儿，继续在山上放羊。

第二天晌午，他把羊放饱了，照样把羊赶在树荫下歇息，他躺在树下乘凉。刚刚闭上眼睛，又见那位白胡子老人走来，弯下腰问道：“龙门开不开？”放羊娃一骨碌爬起来，四下瞅瞅，仍然没有人影，他觉得奇怪，便急匆匆地赶着羊群下山回家了。

他的母亲正在纺线，见儿子早早回来，便问：“今天咋恁早就回来了？”放羊娃说：“娘，今天我遇到仙人了。”接着便把事情的经过说了一遍。母亲想了想，说：“娃呀，你想，这座大山南边阴雨连天，已经积水成灾，莫不是山神显灵，要救那一边百姓哩？明天那老人再问你，你就答应开。”

第二天上午，放羊娃急着答应老人的问话，天不晌午，就把羊赶到树荫下，他又躺在原来的地方，闭上了眼睛，心里说：白胡子爷爷你快来吧，俺娘叫俺答应哩。想着想着，老人已经站在他的身边，低头问道：“龙门开不开？”放羊娃应声答道：“开！”这声回答很响亮，远近的山都听见了，连声应着“开！开！开！”的回声。说时迟那时快，只听轰隆一声巨响，天昏地暗，接着是电闪雷鸣，倾盆大雨下起来了。

一阵狂风暴雨过后，只见青石山开了一道山口，山南的积水顺着山口流了下来，像一条长龙奔腾而下。人们就称这个山口为“龙门”，青石山也改名为“龙门山”。

山开之后，人们发现山口两边的峭壁上，满是石窟佛像。有些佛像活灵活现，好似真人一般，有些佛像鼻子眼睛模模糊糊。人们说，那些石像的鼻眼不清是因为放羊娃心太急了，没到正午就答应开了龙门，它们还没有长好呢。

放羊娃呢？传说龙门开了之后，河水奔腾而下，他来不及躲开，被滚滚的河水冲走了，后来，他变成了一棵柏树，长在龙门山上。这树四季常青，却不再长高，好像永远就那么大，人们叫它“童子柏”。

（郭大拴讲述，梁书根搜集整理）

看到黄河 摄影 / 孟宪明

武陟油茶的来历

清朝时候，武陟县二铺营南边的黄河大堤经常开口子。雍正初年，黄河大堤又从这儿开口子了，成千上万的民工修堤堵口子，不分昼夜地干。这一天，刚继位不久的雍正皇帝在武陟县知县吴世禄的陪同下亲自到工地察看。

雍正皇帝见大堤上挂着“油茶”牌子的小摊儿前里三层外三层地围了很多人，心想：这种吃食一定不赖。他想去尝尝，随驾的礼部尚书劝他说：“万岁，万万不可。皇上咋能与百姓混在一块儿吃东西呢？”吴世禄也劝他说：“万岁，那是炒面熬的糊涂，百姓喝的东西，没啥好喝的。”雍正皇帝听他们这样说，便打消了尝尝的念头。

晚上，雍正皇帝睡在床上，想着那油茶，咋也睡不着。他起来叫醒太监，俩人扮成民工，又来到了大堤上。大堤上灯火通明，民工们还在堵口子，人来车往很热闹，油茶摊儿周围还是围了不少人。雍正皇帝和太监挤进人群，太监找了个板凳叫他坐下，掏钱买了一碗油茶。雍正皇帝一喝，感到清香可口，比山珍海味还要好喝，喝了一碗，又叫盛一碗。两碗下肚，肚子鼓了起来，可他喝上了瘾，就又叫盛。太监慌了，心想：万岁从来没有吃过这么多的东西，再喝一碗，万一撑坏了肚子，可不得了。就劝他说：“喝多了会伤身体，我看喝的中了。”雍正皇帝说：“不中，我还没喝够哩，快盛！”太监知道雍正皇帝的脾气，劝得多了惹他心烦，只好又买了一碗。雍正皇帝喝了半碗，就再也喝不进去了，边揉肚子边笑着说：“武陟油茶美胜酥，京城繁华寻却无。奈何小哉肉布袋，难装足意一大壶。这油茶真正是好啊！”

第二天，吴世禄见雍正皇帝，问他想吃啥饭，雍正皇帝说：“我啥也不吃，只喝油茶。”吴世禄说，“油茶是百姓喝的东西，不好喝。”雍正皇帝说："你不要哄我了！我昨夜已经喝过了。武陟油茶，山珍海味难比，好喝得很啊！你只管做去，不要再多说了！"吴世禄哪敢再多嘴，忙命人把卖油茶的叫来，专门为雍正皇帝做了一锅好油茶。雍正皇帝临走时说："县城里可以开设油茶馆，接待往来文武百官。"吴世禄连连点头。雍正皇帝走后，吴世禄随即下令在县城里开设了几家油茶馆，每年特意做一些油茶粉向皇上进贡。从那以后，武陟油茶在全国出了名。

（王本鸿讲述，王广先采录者）

韭花 摄影/孟宪明

黄河故道遇高人 戒子千万别逞能

一百多年前，豫北黄河故道里有个杜堤村[1]，村里有个理发匠叫杜妞，他家祖上几代都是理发匠，几辈都是单传[2]。杜妞很争气，十八岁娶了个媳妇，五年内生了仨小子，全家人高兴坏了。老掌柜一提气，把剃头挑子担到汲县[3]城，不几年，便在下街买了一间门面。俗话说："爷儿俩开店，挣了钱净赚。"他们很快在汲县城有了点名气。

杜妞毕竟是门里出身，理发手艺越来越精，四十岁那年他爹去世了，杜妞就撑起了门店。杜妞跟他老婆商量："虽说剃头能挣个钱，但这不是长久之计。我打算让老大、老二跟我学剃头，挣了钱不买田不置地，就专供老三念书。等老三有了出息，弄不好你还能做个诰命夫人呢。"老婆听了他的话，心理美滋滋的。

一家人齐心协力。杜妞的手艺越发精湛，老一辈留下的绝招他样样都不含糊，更可喜的是，他还独创了一手妙招叫"撂刀割发"，就是把磨得飞快的剃头刀撂到空中，让刀刃落到理发人的头上，力道刚好把头发剃掉而不伤头皮。他练到双手撂刀，理发的人只觉得头皮一凉一凉的，不一会儿就能剃个光头。于是，人们给他送了个雅号叫"杜撂刀"。杜撂刀的名气越来越大，以至于后来人们都不知道他的名字，都喊他杜撂刀。杜撂刀剃头剃到七十岁，在汲县城无人不知，所到之处，很受人尊重。

一直到了民国时期，有一天汲县城进驻了很多军队。一个军官带了两个勤务兵来理发。军官抬头看了看门店，不经意地说："将就着理一下算了。"杜撂刀心里有点别扭，心想：乖乖，别看你挎个盒子炮怪威风，老子给你拿出点功夫见识见识。杜撂刀这么想着，却客气地说：

“长官洪福啊！小人给你露一手吧？”军官满不在乎地说道：“理个发能有什么手段，亮亮你的手段吧。”

杜撂刀说：“长官，亮招儿有个条件，剃头的时候你要闭住眼，不然会吓住你。”军官眼睛一瞪，说：“老子就要看你亮招儿，你只管剃无妨。”见军官不含糊，杜撂刀一声“好嘞——”，把剃头刀在辟刀布上“蹭蹭”辟了几下。只见他左右开弓，“嗖嗖嗖”，刀子飞起来。那速度，只见刀落，不见刀起。只一袋烟的工夫，就把军官的头剃得光溜溜滑唧唧的。军官知道，这撂刀非常之利，只要他一哆嗦，头皮就会被旋下来一块。虽然心里有些害怕，但碍于面子，身体也纹丝不动。末了，只听杜撂刀一拍巴掌，说道：“怎么样？过瘾吧？”

军官还在发愣，伸手一摸，那头皮无论咋摸都是光的，连一根头发茬都摸不到。心里既是佩服，又生了嫉妒，心想：我走南闯北三十年，火里滚，血里爬，还从来没见过这一招儿。但是他又不愿夸杜撂刀的手艺，一时感觉没法下台。他一皱眉头，眼睛一亮，说：“妙，确实是妙招儿。不过，今天老子也得给你亮一招儿。”于是，左看右看，看见门店前有一棵一搂粗的黑槐树，说：“兄弟，我亮招也有个条件，得委屈你一下。”不由分说，叫勤务兵把杜撂刀绑到槐树上，然后掏出手枪，“砰砰砰”打了十几枪。杜撂刀哪里见过这阵势？只觉得头皮一热一热的，吓得魂飞魄散。军官说：“老子这绝招叫‘子弹钉发梢’，不信你看看。”等杜撂刀看时，树上的每一颗子弹和坑之间，都夹着一根一寸长的头发梢。他心里不禁打了个寒噤，心想：这军官要是想要我的命，那简直太容易了。于是，杜撂刀拱手道：“长官，小人佩服！”那军官哈哈大笑，装起手枪扬长而去。杜撂刀一下子瘫在剃头椅子上，从此一病不起。

三个儿子到处求医，仍然没有治好爹的病。过了一个月，杜撂刀感觉自己阳寿不长了，把三个儿子叫到跟前，嘱咐道：“黄河故道有高

人，一人更比一人高。留着绝招慢慢用，千万不要再逞能。”儿子们已经哭成了泪人，不停地点头说：“爹，您放心吧，今后我们会时时处处谨慎做人。”

（卜宪禄讲述，霍清廉、张晓杰搜集整理）

【注释】

［1］杜堤村：今卫辉市柳庄乡杜堤村。［2］单传：方言，即独生子。［3］汲县：县名，今卫辉市。

露天理发师　摄影 / 孟宪明

黄河口生长繁茂的适生草木　摄影 / 侯全亮

泰山救玉凤

很早很早以前，在山东博兴县的北方有一个美丽的村庄，庄里有一户人家，母女二人过日子。女儿叫玉凤，长得美丽动人，又心灵手巧，心地善良，孝顺母亲，全庄人都夸她是个好闺女。

这个庄十里外有个大庄，庄里有个姓刘的大财主。这个财主凶狠、毒辣，还好色，谁家有好闺女都难逃过他的手，人们都背地里叫他刘鬼。刘鬼和一个妖道结了把兄弟，妖道名叫黄沙魔，因为他有一个宝贝袋子，里边全装着黄沙，他还能呼风唤雨，移山倒水。这一鬼一魔结成把兄弟，到处欺负人，无恶不作。

一天，刘鬼带着几个打手出来闲逛，来到了玉凤住的庄里，刚巧碰上玉凤。刘鬼还没见过这么美丽动人的闺女，当时就被玉凤的容貌引得神魂颠倒了，痴痴地看了一阵，眼看玉凤走远了，他急忙叫打手们去抢玉凤。打手们一齐撵上玉凤，动手就绑，玉凤气得一边呼救一边骂。乡亲们听见了，纷纷赶来，把刘鬼和打手们围在中间，气呼呼地瞪着他们。刘鬼一看，好汉不吃眼前亏，瞪了乡亲们和玉凤一眼，生气地走了。

刘鬼回去后，越想越生气，派人把他的把兄弟黄沙魔请来，装着很委屈的样子说：“大哥，兄弟我受了人气了，请大哥帮我的忙，制服那些人，把玉凤姑娘抢来。”

黄沙魔听了火冒三丈，说：“你我是结拜兄弟，谁欺负你都不行，我马上去！”

黄沙魔腾云驾雾，不大工夫就来到玉凤家村头上空。他念动咒语，把村北河里的水引了过来，又打开了他盛着黄沙的袋子，只见黄沙遮天蔽日，大风刮得房屋摇晃，大水眼看就要淹没村子。乡亲们吓坏了，都出门跪在地上磕头。黄沙魔说："要想全村人不遭难，只要玉凤嫁给刘鬼就行。要是玉凤不答应，我马上把全庄人淹死！"

玉凤听了，想了想，一狠心站到庄头对黄沙魔说："要我答应嫁刘鬼也不难，只要他答应我三个条件就行。"黄沙魔听了，赶忙问啥条件。玉凤说："第一，先把村外的水退下去。第二，大水淹了庄稼和房屋，刘鬼全赔，帮助乡亲们度过荒年。第三，一个月后才能成亲。"黄沙魔又把这些话传给了刘鬼，刘鬼一听玉凤答应亲事了，他啥条件都可以照办，就全答应了。乡亲们都知道玉凤是为了大家才允亲的，都到她家看她。玉凤茶不思，饭不想，一个人呆呆地流泪。一天夜里，一个英俊的青年来到了玉凤的屋里，玉凤吓得哆哆嗦嗦地向屋角退，正要张口喊人，那个青年开口了："我是泰山上的山神，名叫泰山。我师父知道了你的遭遇，派我来帮助你。"

玉凤听了又惊又喜，忙说："谢谢你和你师父，只是那个黄沙魔会妖术，很厉害的。"

泰山说："这些不难对付，你先照着这张图编一个筐，编好了我再来。"说完，一闪就不见了。

玉凤展开泰山给的那张图，看见上边画了一个筐。她心灵手巧，照着图上的样子，用河边的柳条子，十天的工夫就编成了一个圆圆的筐，刚编完，泰山就来了，他对玉凤说："我这次来教你武艺。"于是，泰山又教了玉凤十天武艺。

财主娶亲的日子到了，泰山拿出一粒仙丹，对玉凤说："娶亲的人快到了，你吃下这粒仙丹，你的力气就大了。"

玉凤接过仙丹一口吃下去，真的长了很多力气。这时，娶亲的人来了，两个人一齐迎了出来，泰山拔出宝剑，几下子就把刘鬼和打手们杀死了。他回头拉住玉凤，让玉凤拿上那个筐，两人驾起一朵彩云，向正西飞去。不大工夫便飞到了刘鬼的庄，玉凤把筐朝刘鬼家一晃，刘鬼家的东西就都飞进了筐里。玉凤又朝身后一倒，那些东西都落进了她的庄里。

这时，黄沙魔正在刘鬼家吃喝，一看这情景，大吃一惊。他抬头一看，是玉凤和泰山二人。他拿出大刀，跳到空中和两个人打了起来。三个人打在一起，直打得天昏地暗，日月无光。黄沙魔渐渐败下阵来，他咬了咬牙，把盛黄沙的宝袋拿了出来。泰山一剑砍去，砍下了黄沙魔的一只手，把他的宝袋也刺破了，只见黄沙滚滚而出。泰山抓过袋子，用力向西扔去，宝袋落了下来，变成了现在的黄土高原，流出来的黄沙，把澄清的河水搅浑了，成了今天的黄河。黄沙魔见宝贝没有了，急忙念咒语，想用水淹了村子。玉凤急忙扔出筐，把黄沙魔扣在了水中，水从筐的大眼小眼里往外冒，两个人又移来了几座山把宝筐围起来，这里就是今天的泉城——济南。

玉凤家乡的人为了纪念她，照着她编的筐的样式，家家户户都编筐。这种编筐风俗延续到今天，成了博兴县的一种特色。

（舒立臣、张永兵搜集整理）

龙洞

济南人说："要看好水到趵突，想瞧奇景去龙洞。"趵突泉是"天下第一泉"，"玉鼎翻云"是济南"十六景"中的一景。龙洞是济南山水最好的地方，"锦屏春晓"是济南"八大景"中的一大景。上龙洞，一定要爬龙洞山，因为它是个很有名气的山，这个山又叫"禹登山"。为啥又叫这个名字呢？这里面有个故事。

这故事得从济南城北的黄河说起。济南北边这段黄河过去叫大清河，也叫济水。传说很早很早以前，济水里藏着一条大黑龙，所以水是黑的。后来济水又被大黄龙占了，水就又变成黄的了。传说济水里的黑龙动不动就出来祸害人。凡是龙，都能布云降雨、戏水掀浪。这条大黑龙经常从济水里窜出来，不需要下雨的时候，它下个没完没了，把济南附近的大片土地和庄稼淹得很惨。它高兴起来就在济水里翻腾，鼓风掀浪，济水就漫过河堤，四处流淌，淹了庄稼，冲倒大树，掀倒房屋，平民百姓只得抛家离舍，四处逃命。那时候，人们恨这黑龙恨得牙根疼！

传说，舜也曾在千佛山下耕种田地，他到晚年也受过这条黑龙的祸害，可是没办法制服他。年轻力壮的大禹继舜之后坐了天下，决心制服这条经常作恶的黑龙。那时禹不但年轻，而且力大无比，他手一推能掀倒一座山，脚一跺能踏出一个湖，嘴一呼气能刮一场小风，腿一迈步能开一条大路。禹知道济水里那条黑龙不好惹，可是为了让济南一带的平民百姓能过上安生日子，他豁上拼个头破血流也要降服这条恶龙。

一天，大禹迈着大步，"卟哒卟哒"来到济水边，打眼一看，黑龙藏在河底，正瞪着两只怪眼瞅着他。他大喊一声："黑龙出来受死！"

黑龙从来不吃气，他听了禹的喊声，气得两眼都红了，“咚隆”一声钻出水面，张口说话了：“我看你是活得不耐烦了，要上这儿来找死！”禹没有闲工夫和他斗嘴，“哗哗唧唧”地下了水，和黑龙扭打在一起。

这黑龙平日威风惯了，从来不把别人放在眼里。他心想：你这个大禹是空握皮锤的汉子，有啥本事，竟敢来惹我？我只要一伸爪、一扫尾，就能把你摔进河水里，灌你个大肚儿溜圆！他这么想着，就伸爪去抓大禹。大禹把他的爪子抓在手里，用力一箍，黑龙就疼得“嗷”地叫了一声。他见这一招不管事，就用头朝大禹拱来，大禹双手扳住两个龙角，用力一掀，黑龙一个跟头跌在水里，好大一会儿没爬起来。他见第二招又不管事，就来了最后的绝招：使上浑身的力气，用尾巴朝大禹扫来。大禹没防备，被他扫了一个趔趄，差点倒在地上。黑龙“哈哈”大笑起来，又使劲用尾巴朝大禹扫来。大禹也运足了气，双手抓住了黑龙的尾巴，猛地一拽，使劲一抡，又把黑龙摔出了河水。黑龙看大禹有这么大的力气，知道斗不过他，转身往东南逃去，身后立即刮起了一阵黑风。大禹决心要制服这条黑龙，为民除害，于是就在后边紧紧追赶。他两腿一迈，呼呼生风。黑龙在逃跑的路上看到前头有座高山，半山腰有个大洞，觉得正好可以躲藏，就一头钻了进去。谁知这个山洞不深，他只能钻进大半个身子，还有一小截尾巴露在洞口外边，怎么也钻不进去。大禹跟着赶到这山脚下，四下看了看，没有看到黑龙，于是就爬上一个高岗，抬头寻找黑龙。他的眼可尖了，传说十里以外的小飞虫，他还能分辨出是公是母哩！这时他已经看见黑龙钻进了一个山洞里，尾巴露在外面，便伸手去抓黑龙的尾巴。黑龙急了，拼命往洞里拱，猛一使劲，竟用龙角钻出一截山洞，将尾巴就快收进去了。禹赶忙抓住黑龙的尾巴尖，想把他拽出来，可是这尾巴尖太难抓了，到底叫黑龙收进洞里去了。黑龙也知道，自己钻在洞里，日久天长是要闷死的，就拼命往前拱。他这一拱还真管事，竟拱透了大山，“呼”的一声，窜出山去，往南逃走了。

大禹一看黑龙又飞走了，就在后头紧紧追赶。追赶到龙洞寺，他终于赶上了黑龙。大禹上去一手抓住黑龙的尾巴，一手朝龙头狠狠打去。黑龙在地上拼命扭动、抓挠，却怎么也逃不掉了。大禹的拳头却越砸越有劲，一拳头足有一万斤重，打得黑龙浑身青一块紫一块，疼得它在地上直打滚。黑龙在地上一连挖出三个大坑，最后终于被大禹打死了。

大禹站住脚喘了几口气，抹了两把汗，稍微歇了一阵，就拖起黑龙向东南走去。他用劲拖着黑龙，龙身子把一道山岭一下子刮成一道山沟，最后把黑龙扔进了东海里，消除了济南一带的一大祸害。平民百姓又能平平安安地种庄稼、过日子了，出现了一片五谷丰登、六畜兴旺的景象。人民安居乐业了，不忘大禹的功劳，捐钱凑料修了个大禹庙，年年祀奉。为了纪念大禹为民除害的恩德，人们把当初大禹为制服黑龙登上的龙洞山叫作“禹登山”，把大禹追赶黑龙登上的高岗平台叫作“禹登台”，把黑龙战败后钻过的山洞叫作“龙洞”。如今龙洞还在半山腰上，从洞这头到洞那头弯弯曲曲的，传说是黑龙拱出来的，这座山就叫“龙洞山”，又叫“禹登山”。黑龙被大禹痛打后打滚挖出的三个大坑，后来形成了三个泉水潭，人们把它们叫作“龙潭”，至今泉水还很旺呢。大禹拖着打死的黑龙往东海扔的时候，黑龙身子所到之处被刮成了一道山沟，人们把它叫作“龙洞沟”，也叫“藏龙洞”。

（李奎元搜集整理）

黄河源头鄂陵湖　摄影 / 王伟

血染鱼尾

黄河鲤鱼的尾巴像在红水里蘸了一下，色泽鲜艳，十分好看。那黄河鲤鱼的尾巴为啥是红的呢？这里面还有个传说哩。

春秋时期，在黄河的源头卡日曲的山坡上住着母子二人，儿子名叫李可。他们靠劳动维持生活，还经常到黄河边帮助孤寡老人洗衣、担水、浇田。李可十五岁那年母亲过世了，只剩下他一个人，他很难过，日夜想念死去的娘。一天夜里，他熟睡之间看见娘在黄河水里端坐着，惊醒过来发现是一场梦，便到黄河边去散心。突然，他听到河里“扑啦”一声，抬头一看，水中的草丛里有一条半尺长的青色鱼，一动也不动。李可忙上前把鱼拾起，见是条母鱼，肚子鼓鼓的。李可觉得很奇怪，从来没见过这河里有鱼，今天怎么会有这样一条好鱼？他想起了昨夜的梦，这鱼会不会是娘的化身，又来河边行善啦？于是他双手把鱼捧在胸前，默默地祷告起来。

这时，北山的山大王巴巴领着一群喽啰走来，他们一个个横眉怒目，龇牙咧嘴，有的手持长矛，有的手握短刀。到了李可跟前，他们不问青红皂白，便抢李可手中的鱼。李可知道，这鱼一旦到他们手里，就会被宰杀，成为下酒菜。李可想把鱼扔到河里，可河里水草多，鱼不能很快游走，仍是逃脱不了，怎么办呢？李可急中生智，指着对岸说：“那块大石头边有很多又大又肥的鱼！”这伙强盗一听，争先恐后地跑去了。李可趁机捧着鱼就逃。强盗们发现受了骗，十分恼火，回头就追李可。山大王巴巴下令，把鱼和人一起杀死吃了。李可在前边跑，强盗们在后边追，李可路熟，手脚快，翻过一个小山头，便钻进了一个秘密山洞里。强盗们追过山头一看，不见人影，便在那里搜来找去，没发现一点线索，气得山大王巴巴乱骂了一阵就走了。刚走两

步，山大王巴巴又停住了，对喽啰们说：“这个拿鱼的人没有走远，就在这一片儿藏着，你们几个留下，守在这里，他不出来就饿死他！”

山洞里除了一滴滴清水渗进去以外，什么也没有。李可想：这地方待的时间长了，鱼迟早是要干死的。怎么办呢？想到这里，李可把心一横，决定与这鱼同生共死。他咬破手指，把鲜血和洞壁上渗出的清水混在一起，一滴一滴地滴在鱼嘴里。就这样一天一天过去，鱼也没有死。到了第六天，李可听见洞外有人问：“见到那个拿鱼的人没有？”守在那里的几个喽啰厌烦地说：“哼！几天几夜不合眼，也没见个人影儿！”有人说：“算啦，算啦，走吧！”李可听着外边的脚步声向远处消失了。到了半夜，李可小心翼翼地试探着出了洞，不顾饿了几天的虚弱身体，捧着那条鱼，艰难地爬过山头，到了黄河边，舀了一盆水，把鱼放在里边，又做了个木筏，带着那条鱼顺着黄河东流而下，一直到了河南孟津一带，在一个河湾里停了下来。李可端着那盆水，看着里边的鱼说：“你现在到了安身之处，愿你多多行善。”说罢就把这条鱼撒在黄河里了，李可也在这岸上落了户。

时隔不久，这条鱼在这里产下很多鱼子，都是红色的，大概是母鱼吃了李可的血的缘故。后来，这些鱼子长成的鱼都拖着悠悠的红尾巴，人们都说这里的鱼尾巴是李可的血染红的。从此，黄河里就有了这种鱼。因为染红鱼尾巴的人姓李，所以人们都把这种鱼称为“李鱼”，就是现在说的“黄河红尾巴鲤鱼”。

（徐敬轩搜集整理）

祖厉河

祖厉河是黄河上游的一条一级支流。从源头的角度看，它由祖河和厉河汇集而成，故叫祖厉河。祖厉河位于我国甘肃省兰州市东侧，源自会宁县南华家岭，向北流经会宁县和靖远县入黄河。因为祖厉河纵贯会宁县全境，这里的人们受其惠泽最多，所以这里流传着一个美丽的故事。

相传在很久以前，祖厉河是一条干涸的河滩，两边虽有万亩良田，但一遇旱年，山地起火，平地生烟，庄稼颗粒无收。附近村子里大部分人们忍受不住干旱与饥渴，走的走，逃的逃，人烟渐少。有一年，这里一连三四个月没有下雨，农田龟裂，井底朝天。乡亲们无奈，只好排起长长的队伍，顶着草帽，绾着裤脚，扛着鸡、羊等供品到龙王庙求雨。尽管人们把供品堆成了山，还是不见一滴雨。

村子里有父子俩，父亲名叫李祖，儿子名叫李厉。父亲年轻时为村里挖井，被坍塌的石块砸伤了两腿，如今瘫痪不能行走。求雨时他叫儿子背着他，走在求雨队列的前面，一个劲儿地喊着老天爷，唤着活菩萨。儿子俯在地上，汗水湿透了衣衫，他再也忍耐不住了，心想：“难道非得等老天爷下雨？不！我要自己找水去。”

回家后，他扛着镢头去干河滩挖井，挖呀挖，腰累酸了，手磨破了，却连一把湿土都没有。过度的劳累和饥渴使他昏倒了，朦胧中看见一位老翁对他说：“孩子，要找水，别怕难，到华家岭去引清泉。”一连三遍都这么说。他问：“老爷爷，华家岭在哪儿？怎么引水？”老翁说：“华家岭就在离此地百里之处的通渭[1]，必须要有人每天去那里担水，把水倒在山下的河滩上，不论遇到什么困难，都不动摇。这样担上一百天，华家岭清泉的水就引过来了，河水就永远不会干涸了。”

李厉醒来才发现是一场梦。他把梦中的事告诉了父亲，父亲含泪鼓励他说：“去吧，为了咱这地方的百姓……”

“那你呢？”李厉说。

父亲说：“不要管我，你去吧，只要你能找来水。”

乡亲们听说李厉要去担清泉水，都争着要和他一块去。他说：“谢谢乡亲们的好意，但这事必须我一个人去。”乡亲们纷纷表示一定会替他照料好父亲的生活，他便启程了。

李厉告别了父亲和乡亲，来到了华家岭。在山的最高处找到一处清泉，水和山顶一样平，却不往外溢。他顾不得抹去脸上的汗水，担起一担水，急匆匆奔到干河滩，将水泼到发烫的沙滩上。从此以后，他就日日夜夜往返着，把泉水一担一担地挑回干河滩，汗水滴进了密密的脚窝。他每天天不亮就赶路，到华家岭上，太阳才刚露头，吸几口清风，吃几个野果，再渴也不动清泉的一滴水。清泉的水位慢慢降低了，他的脸也渐渐消瘦了。担到第九十九天，他已筋疲力尽。到第一百天的最后一趟，他走不动了，他爬着山路，拖着两只木桶来到泉边，终于把最后一担水拖到了干河滩。随着哗哗的流水声，他再也支撑不住瘦弱的身体，倒在了沙滩上。

这时，滔滔的流水自泉中喷涌出来，水来了，乡亲们得救了，李厉却再也没有回来。李祖不见儿子回来，也辞世而去。人们为了纪念他们父子，便把这条河叫作“祖厉河”。

（李顺回忆记录）

【注释】

［1］通渭：县名，在今会宁县南。

黄河的传说

传说很久很久以前，古老的黄河像一匹很难驯服的野马，它任意奔流，好像一个龇牙咧嘴的怪物，日夜怒吼，滔滔不息，吞噬着万顷良田，咬啮着千万重山，黄河两岸的回汉人民只能在山尖、沟底过着刀耕火种的生活。

那时候，宁夏不是一马平川的塞上平原，而是青山重叠、沟壑纵横的山地，没有一块平坦的田地，也没有一块田能灌上黄河水。

传说，牛首山[1]上住着几户回民和汉民，他们从祖辈起便在山底挑水，在山头种地。老老小小忙个不停，却依旧吃不饱、穿不暖，天长日久，谁也受不了这种折磨。

有一年，一个七十开外的老回民，名叫尔德，在山上开了一个瓜果园，种了些黄瓜。他每天起早贪黑到黄河里去挑水浇黄瓜，肩膀压肿了，脚底起皮了，他精心地培育着黄瓜，黄瓜长得又嫩又甜。

这一天，尔德老汉累了，躺在菜园门口睡着了。

他刚睡熟，就梦见天空飘来一朵白云，渐渐地，那朵白云变成了一个白胡子阿訇，抖动着银色的胡须，对尔德老汉说："今天有两场大风，你要注意。中午是一场黄风，能把黄瓜吹蔫；后晌有一场黑风，能使黄瓜蒂落。不管有多大的风，你都不要把黄瓜摘下来。"

尔德老汉惊醒一看，不见了白胡子阿訇，却见北面黄风铺天盖地，霎时刮到牛首山来了。尔德老汉细细瞅着黄瓜，果然一个个地蔫了，他心里非常难过，一年的血汗都白费了，可想起白胡子阿訇的话，他就没有动。

到了后晌，一股黑风刮过，吹得山摇地动，树叶落下一层又一层。尔德老汉一看，黄瓜快要落地了，他气得摘掉了一个又蔫又小的黄瓜

使劲扔进了黄河。黄河马上断了一条线，像神仙用刀切过一样，清清楚楚地看见了河底，尔德老汉往下猛扑时，河水“哗”地一下又合拢了。老汉又累又饿，坐在河岸上眨眨眼睛，眼前金花乱舞，晕晕昏昏便啥也不知道了。

这时，尔德老汉又听见那位白胡子阿訇说：“这黄瓜就是征服黄河的钥匙，它可以叫黄河断流，也可叫黄河听人的话。可现在黄河被黄风和黑风这两个伊比利斯折腾苦了。你不能心急，要有耐心，要下更大的工夫。明年，你再种一园子黄瓜，黄瓜熟了的时候，你拣最大的一个扔进黄河里。那时，你走进河底的洞里，珠宝由你挑，粮种由你拿，还有一把宝剑可以斩龙杀妖，驯服黄河，你剑指哪里，黄河水就流向哪里。”

第二年，勤劳的尔德老汉又种了一园子黄瓜，他不怕路远，不惜流汗，从黄河里挑水浇瓜。功夫不负苦心人，园子里结了一个三尺长的大黄瓜，长得像一把钥匙。老汉高兴得日夜睡在瓜园里，一直等到瓜熟。

这一天，天气晴得没一点儿云彩，尔德老汉把那三尺长的黄瓜摘下来，念了个“太斯米”[2]，把黄瓜扔进了黄河里。只听黄河一声咆哮，裂开了一条长缝，河底的石头都看得清清楚楚。尔德老汉下到河底，见靠着河岸有个洞，洞里珍珠玛瑙应有尽有。老汉拿了些，刚要往出走，听见一阵暴风狂吼，一时河面上波涛滚滚，一浪高过一浪。尔德老汉拿起宝剑向那黑旋风和黄旋风左右猛劈了几十剑。一会儿，黑风和黄风都吹出天边去了。

这时，黄河的断缝渐渐地合拢了。尔德老汉想起白胡子阿訇的嘱咐，这宝剑可以征服黄河，他心想：我要叫黄河填满沟壑，淤平山梁。老汉手持两把宝剑，向黄河猛劈下去，黄河的水马上不流了，好像前面堵了一道长城，只是节节升高，远远地看去真怕人。

三天以后，南至六盘山，西至贺兰山，到处都是水，只留下几个山尖尖。尔德老汉这才抽出宝剑，叫黄河水向前流去。

从此以后，山大沟深的宁夏变成了一马平川，居住在黄河两岸的回汉人民靠着自己勤劳的双手开渠造田，过上了幸福的生活。

（马彦全讲述，王正伟采录）

【注释】

［1］牛首山：山名，在青铜峡市与中卫市中宁县接壤处。［2］太斯米：阿拉伯语音译名词，或译泰斯米，意为“诵真主之名”。

宁夏的杨树 摄影/孟宪明

左伯桃的传说

我国最早的历史典籍《尚书·禹贡》上说："（大禹）导河自积石，至龙门，入于沧海。"积石山在甘、青边界，大禹治水时开凿的积石峡以及始建于西秦的炳灵寺给秀丽的积石山增添了不少光彩。在这大禹"导河积石"的地方流传着一桩左伯桃舍身为友的动人故事。

传说，在两千五百年前的春秋时期，楚国出了一个贤明王侯，叫楚元王。他是一个爱好知识、招贤纳才的人，四面八方的有志的读书人都来应召。当时，地处西域边关的西羌积石山中有一个年近四十多岁的读书人，名叫左伯桃。他从小就失去了父母，一个人勤苦耕读，知书识礼，很有才能，总想为国家干一番大事业，可那个时期各个诸侯连年争战，逞强称霸，弱肉强食，他便一直隐居在积石山中，以耕读为生。他听说楚元王招纳贤才，很有作为，便产生了应召的念头，于是背起书囊，辞别了乡亲，向楚国进发。在那个人烟稀少、交通不便、风云多变的情况下，左伯桃孤身一人，千里迢迢地从黄河上游前往江汉一带，是多么不容易的事。

他早起晚睡，从天明走到天黑，走呀走呀，这一天来到了雍州城。这时已经是初冬天气，又是刮风，又是下雨，左伯桃在雨中行走，浑身上下都是水，眼看天色已晚，他想找个地方歇息一下。这时眼前出现了一片竹林，竹林中隐隐有几间茅屋，从迷雾中漏出几丝火光。左伯桃上前敲了几下篱笆门，不大一会儿便有人来开门，左伯桃恭敬地向那人说明来意，那人热情地请左伯桃进了屋子。左伯桃这才看清这是一个不大的草屋，里面只有一张床铺，床铺上堆着许多书卷。他又打量了一下眼前的这个主人，明白他也是一个和自己一样爱好知识的读书人。俩人一见如故，畅谈到深夜，左伯桃这才知道这位主人叫羊角哀。俩人十分高兴，志趣相投，就结拜为兄弟。左伯桃年长五岁，当了哥哥，羊角哀成了弟弟。异乡逢知己，这是多么欣喜的事情，左伯桃住了三天，两人商定一同去楚国。

上路以后，连日风雨，二人行过岐阳[1]，来到梁山[2]，天气突然变冷，雨变成了雪，雪越下越大，积雪深约一尺，方圆百里杳无人烟，前无客店，后无村庄，两人衣着单薄，已冻得面色苍白，手脚麻木，带的干粮也剩下不多了。左伯桃心想：与其两个人同时冻死、饿死在这里，不如存下这点干粮，脱下我的衣服，让羊角哀拿上吃的穿的，一个人前去应召，等羊角哀壮志得酬，再回来埋葬我也未尝不可，为啥要俩人一块在此等死呢？这样想着，左伯桃对羊角哀说道：“小弟，而今大雪纷飞，道路难行，若一个人前去，有这些吃穿还有可能到达楚国，二人同去，万万不可能做到，只有冻死半路，一事无成。贤弟，你可穿了我的衣服，拿上这点干粮，赶快前去楚国，楚王必然重用于你。到那时，你再来梁山埋我。快点去吧！免得二人一块冻死饿死！”

羊角哀哪里肯依，只是苦苦哀求：“死则同死，生则同生，决不能丢下兄长单独求生。”这时，左伯桃已经冻得寸步难行，羊角哀搀扶着他到一棵枯桑树下歇息。左伯桃打定主意要舍身为友，就叫羊角哀去拾些干柴生火。羊角哀去拾干柴时，他自己却脱光了衣服，解下了干粮，站在风雪中立等冻死。羊角哀抱着干柴回来时，左伯桃已快要冻僵了。羊角哀见左伯桃浑身脱得赤条条的，衣服放成一堆，一阵心酸，泪如雨下，急忙抱住左伯桃，苦苦相劝道：“兄长远离积石山来到这里，好不容易！如今怎么能舍得兄长死去，切莫这样，快快穿上衣服。要死一块儿死！”左伯桃断断续续地说：“我自离开积石山，告别了哺育我长大的黄河，到贤弟家中，一见如故，情同手足。贤弟学识深厚，志向宏大，将来前程无量，赶快穿上我的衣服，以免同遭灾祸。”羊角哀还想再劝，看看左伯桃神色大变，已不能说话，只挥手叫羊角哀快去，然后双目一闭，与世长辞了。

羊角哀哭得死去活来，忍痛告别了左伯桃，拜了几拜，洒泪离去。

羊角哀到了楚国，向楚元王说明来意。楚元王果然贤明，他见羊角哀志趣不凡，学识渊博，便破例重用。羊角哀又向楚王禀告了左伯桃舍身为友的情形。楚王对这个积石山下黄河岸边的读书人舍己为贤的品德赞叹不已，十分敬重此人，立即派人跟羊角哀来到梁山，安葬了左伯桃。后人称左伯桃为黄河的儿子，是积石山宏伟壮观的象征。

（汪鸿明搜集整理）

【注释】

［1］岐阳：岐山南，今陕西扶县西北。［2］梁山：今陕西乾县西北。

河源之雪　摄影/王伟

蔡寡妇搭天桥

很早以前，洮河注入黄河的河口对面的山洞中住着一个蔡寡妇。她长得很丑，无依无靠，整天拿着个破饭罐，四处乞讨。

蔡寡妇的丈夫生前是个船工，靠着一身好水性，在黄河里滚来滚去，摆渡过往行人。这里是有名的刘家峡河段，谷深崖陡，水急浪大，羊皮筏子摆渡行人时常常出事，不少人因为过河，沉入河底，葬身鱼腹。有一天，蔡寡妇的丈夫做了个梦，梦见在河两边的山崖上飞架起了一座天桥，来来往往的行人在桥上走来走去，再不怕落水了。他看着看着高兴地笑了起来，睡梦里笑出了声，他也惊醒了，他告诉妻子说："如果能在峡谷上架个天桥就好了。"从此，他整日想着怎样才能搭起一座梦里见过的天桥。有一天，他爬上山崖去查看地形，寻思着搭天桥的办法，一不小心摔下了山崖，滚进了黄河里。

丈夫死的时候蔡寡妇已怀有身孕，她想想惨死的丈夫，想想肚子里的孩子，趴在黄河边哭了三天三夜，然后拖着笨重的身子，走东串西，饥一顿，饱一顿，一口一口地要饭过日子。她强撑着熬了一个月，真是老天不长眼，一场大雨冲塌了她住的茅屋。没有办法，她忍着悲痛流着眼泪，扛着大窟窿小眼儿的破棉被，找了个山洞住了进去。

远近都知道蔡寡妇是个长得丑、心地善良的人，穷百姓们都尽力帮她。蔡寡妇的肚子一天天大起来，走路越来越艰难。她讨饭除了要顾眼前以外，还得剩些碎米碎馍，准备生孩子时吃。

一天，天快黑了，她怀揣着几块碎馍，端着一罐剩饭，回到了她住的洞口。正要进洞时，隐隐约约听到一阵哼哼声。她侧耳细听，又向传来声音的方向走几步，听清了，是个女人的呻吟声。她忙放下饭罐，顺着声音找去，走走歇歇，在一块大石头后边找到了哼哼的人，是个瘦得皮包骨头的年轻姑娘。

蔡寡妇费了很大的劲，喘着粗气，扶起了这个姑娘。姑娘四肢瘫软，眼也不睁。蔡寡妇连扶带拖，到了半夜才和姑娘回到山洞里。她点着柴火，把剩下的饭温了温，给那姑娘喂了半碗，姑娘睁开了眼。蔡寡妇问她是哪里人，为啥倒在山上？姑娘一言不发，只是说饥。蔡寡妇把积攒的碎馍剩饭都给姑娘吃了，她还是说饥。

蔡寡妇眼里含着泪说："姑娘呀，我实在是没有半星米面了，你忍一忍吧，明天我去给你讨饭吃。"姑娘点点头，闭眼睡了。

第二天，天还黑乎乎的，蔡寡妇就起来了，把自己铺盖的破被给姑娘盖上，掂起饭罐，摸摸索索地出了山洞。她挺着大肚子，跑到晌午才讨了一罐饭和两块馍，自己一口没吃，全拿回山洞喂了姑娘。这样过了几天，姑娘渐渐有了精神，能坐起来了，能走路了，可蔡寡妇越来越瘦了，有气无力，两眼塌坑，脖子上的筋也绷得老高。为了救那个姑娘，蔡寡妇把自己全忘了。

姑娘要走了，对蔡寡妇说："你真是个心善的人！我住在河对岸，过河探亲，生了病，要不是你救了我，我早就没命了。我咋样谢你呀？"

蔡寡妇忙说："别那样说，你能回去，高高兴兴地见着爹娘，我就高兴。"

第二天，蔡寡妇照样早早起来去要饭，等她晌午回来，进山洞一看，打了个愣怔，那姑娘不见了，洞中央放了个破碗，里边放满了银子。她赶快出来又喊又叫，四下里连个人影儿也没有。她看看银子想：这一定是姑娘留下的，这银子我不能要，得给她送回去。

蔡寡妇坐着羊皮筏子摆渡过了黄河。到了河对岸，她才想起来，姑娘没留下村名，去哪儿找她呢？

黄河上的羊皮筏子　摄影 / 孟宪明

其实，这位姑娘是观音菩萨派来的一位仙女。人们都说蔡寡妇人丑心善，观音菩萨要试试她，结果蔡寡妇果真是个善良人。

蔡寡妇在河边没了主意，自己拖着个身子咋找那个姑娘呢？正发愁呢，肚里一阵阵疼起来，怕是要临产了，只有回去了。这时变了天，乌云翻滚，霹雷闪电一个接一个，狂风吼叫着，羊皮筏子像一片树叶漂在激流上，"呼"地被扔在浪头上，"唰"地又被甩在浪底下，随时都会被扣过去，被河浪吞没。筏子上的人们个个脸色苍白，魂早吓飞了。

筏子到了河中心，风搅雨，雨伴风，猛然一个丈把高的大浪向筏子扑来，人们"啊"地叫了一声，撕心裂肺，闭眼等死。正在这生死关头，一道闪电划破天空，传来震撼山石的喊声："船呀船，不要翻，上边坐着蔡状元，船呀船，稳当当，上边坐着状元娘！"伴随着喊声，黄河顿时风平浪静，那个大浪头也飞向了一边。乌云散了，天气晴了。

过了河，大家都要谢蔡状元。可哪有蔡状元呀？问来问去，问到

蔡寡妇身上，大家见她怀孕将产，又姓蔡，都跪下来谢她，说她怀的一定是个贵人。

蔡寡妇在山洞里生下了孩子，人们给她送来衣服和吃的。没出满月，蔡寡妇便带着儿子继续四处要饭。几年过去了，儿子长得聪明伶俐，长到十五岁就想进京赶考。儿子要去赶考，没路费没盘缠，怎么办呢？孩子发现了盛银子的破碗，就要拿去当盘缠。蔡寡妇就对他说："孩子，这银子是人家的，早晚要找到那姑娘还给人家，咱还是另想办法吧。"

晚上，娘俩依偎着正睡哩，山洞里亮了。蔡寡妇睁眼一看，那个姑娘进了山洞。她赶快把那一碗银子捧起来，说："姑娘，这银子还给你。"姑娘说："银子我不要了，让孩子用吧！"蔡寡妇无奈，只好叫儿子带上银子，进京赶考去了。

自儿子走后，蔡寡妇天天想、夜夜盼。一天天过去了，儿子还是没有一点音信，思念儿子的日子真难熬呀，她病倒了，躺在山洞里，一转眼就是仨月，四肢无力，只剩下了一口气。

这一天，蔡寡妇琢磨着自己快不行了，泪不住地流，她怕临死前不能再见儿子一面，正伤心呢，忽然听到叫"娘"的声音，进来个穿红袍戴纱帽的人。这是蔡寡妇的儿子中了状元回来了。儿子进洞就扑在她身边，眼泪止不住地流。

蔡寡妇气息奄奄地睁开眼，嗫嚅地说："回来就好，娘不行了。"

蔡状元说："娘，您老有啥吩咐？"

"孩子，你爹为搭天桥而死，娘只希望你当了官，在这黄河上架个天桥，别叫老百姓为过河弄得家破人亡吧！"蔡寡妇嘱咐完便合上眼，咽了气。

后来，蔡状元在这里搭了一座天桥，穷苦的老百姓再也不用坐羊皮筏子过河了。虽说这天桥是蔡状元架的，人们仍然念念不忘善良的蔡寡妇，都说这天桥是蔡寡妇架的，还在她住的那个山洞里塑了她的金身，为她烧香上供。

（申法海搜集整理）

河岸千尺崖　摄影 / 孟宪明

黄河水为什么是黄的?

从前，在黄河北岸的太行山脚下有个王家庄，庄里有个王员外，家有良田百顷，骡马成群，膝下没有儿子，只有一个女儿。

女儿年方二八，花容月貌，是方圆百里出了名的好姑娘。因母亲生她时夜梦黄河涨水，就取名叫“黄河”。黄河姑娘爱穿黄衣裙，爱贴黄花，远远看去像一颗金灿灿的织女星。后来她的母亲过世，留下父女二人相依为命。

王员外六旬开外了，打算找一个品德皆优、才貌双全的女婿继承家业。消息一传出去，白面书生、风流才子走马灯似的上门求婚。父亲看中的，女儿看不中，来求婚的一个个都碰了大钉子，慢慢就无人敢登门了。表面上看黄河姑娘照常读书弹琴、描龙绣凤，只有她的贴身丫环春风知道姑娘的愁闷。

姑娘要求父亲重新整修后花园，王员外满口答应，吩咐管家差人去采石购花，挑花选鹤忙得不亦乐乎，还雇来一位叫长江的青年石匠。此人二十出头，生得浓眉大眼、肩宽腰壮，而且心灵手巧、朴实善良。他砌筑假山、雕凿鱼池，活儿干得件件精巧。他干一天，黄河姑娘便立在绣楼窗口看一天，她的目光好似两支利箭，想钻进长江的胸腔里。春风丫环早就看出了门道，就对小姐说：“小姐，这花园修得太大了，如果小一点，我用就托盘端回来，放在您的床头，让您白天黑夜看，伸手还能摸得着。”“死丫头，我打你这个贫嘴！”

一天中午，晴空万里，长江正在聚精会神地雕刻鱼池的汉白玉栏杆，忽然花丛中窜出个玉毛红眼兔子，正好被天空飞过来的一只老鹰看见了，猛扑下来抓它。长江手疾眼快，把手中的凿子朝老鹰掷去，正好打在老鹰身上。老鹰负痛飞走，兔子被抓伤蜷伏在地，他抱起玉兔用棉布敷上止血，掰了块吃剩的饼喂它，然后又把它送回了花丛。这一切被黄河姑娘看得一清二楚。自那天以后，黄河姑娘可怜起那个小石匠了，每天下午都坐在绣楼窗口弹琴，希望他听着琴声，活会干得慢一些，减少点劳累。谁知长江听见琴声，心脏跳动得更快了，手上的活也不由得干得更快了。

那时正值六月，刚刚还是烈日炎炎，忽然间吼雷打闪，下起了瓢泼大雨，长江躲避不及，被淋成了落汤鸡。黄河姑娘心疼得像打湿了自己一样，也不顾春风贫嘴，便让她找了件衣服给长江送去。可是绣楼里哪有男人穿的衣裳，她只好把自己的硫黄缎菊花斗篷打发春风给他送去。

长江披上那件斗篷，好像围着火炉，不但湿衣服马上被烘干了，心里都被烘得热乎乎的。他几次碰见春风经过花园，央求她把斗篷还给小姐，春风总是笑而不语，扬长而去。一天下午，春风悄悄告诉他："今晚月上柳梢头，你进月门，躲中庭，往右拐，进旁门，碰到丁香树，把楼登，亲自将斗篷送还给小姐。"长江孤身一人，虽说有这一手绝技，但三年前埋葬父母欠下的外债还未偿还，因此，对讨个媳妇安家立业的事儿在梦里也没有想过。自披过斗篷，听过琴声，枯井似的心里也泛起了微澜。春风告诉他去送还斗篷，他心里又惊又喜，又担心惹出什么是非来，但他还是硬着头皮按时去了。谁知他慌里慌张地竟把路线搞错了，把"进月门，躲中庭"记成了"进月门，过中庭"，于是闯进了王员外的住处，王员外见他抱着小姐的斗篷，就大喊捉贼。管家和众奴仆持棍抡棒一齐涌来，把小石匠五花大绑起来。王员外怒气冲冲地审问："好个大胆的小石匠，竟敢偷盗我女儿的衣物。"长江说："小人不敢，哪里是偷？"老员外一手叉腰，一手指着长江的鼻子，吹胡瞪眼地说："人赃俱获，你还想抵赖，贼骨头不打不招！"一声令下，棍棒齐加，长江大喊冤枉。

黄河姑娘正在绣楼里等得着急，忽闻中庭乱成一锅粥，担心长江出个差错，便叫春风前去打听，春风回来一说，小姐心如刀割，她不顾一切冲向中庭，对她爹说："爹爹，请不要冤枉好人，那天下暴雨他淋湿了衣服，是女儿借给他的。"老员外虽然疼爱女儿，但当着管家和众奴仆，觉着老脸实在没地方搁，再想，如果女儿真的看上了这个小石匠，堂堂员外人家找了个玩凿子的女婿，岂不被人耻笑死。想到这里便硬了一条心，气哼哼地说："管家和春风把小姐送回绣楼，不要让她再胡言乱语。小石匠老夫另有处置。"黄河姑娘也看透了她爹的心事，在此危急关头，也就不顾羞涩了，说："爹爹，到了这种田地，孩儿只好把心里话实说了，我已看见小石匠的心是好的。如果爹爹真的疼爱我，就答应了吧！""你……你竟敢这样……真是气死我也！"

"爹爹，如不答应，你怎么处置小石匠，也把女儿一同处置了吧！"黄河的语气一点也不含糊。气得老头半晌说不出话来。最后他使出个绝招，说："要我承认这件亲事也不难，只要小石匠能把黄河水引来浇我家的田地，我就招他为女婿。"

黄河姑娘心中暗暗叫苦："多狠心的爹爹呀，隔着一座太行山怎会引来黄河水呢？"她急得呜呜地哭起来。长江松绑后拍拍身上的尘土，向老员外拱拱手，说道："现在我就去挖山。"随即忍着疼痛一瘸一拐地向门外走去，姑娘抢过斗篷和春风一同追出门来。长江听见身后的脚步声，立即停步回头，见是小姐，千言万语汇成了一句话："我一定和河水一起回来，请保重！"黄河姑娘把硫黄缎菊花斗篷双手递给他，说："这给你路上遮风避雨，看见它，就像见到了我，我一定等着你。"黄河姑娘说着，眼泪像断线的珍珠一样滚落胸前。

长江解下扎腰的一条白色丝绦赠给小姐说："让它把咱俩的心永远

连在一起，我会回来的！”

长江一去，三年没有消息，黄河姑娘朝思暮想，度日如年。

一日春困，忽听楼下人声嘈杂，锣鼓喧天，春风打听了一圈，回来说：“黄河水顺着新开的渠道流来了，长江姑爷踩着浪头也回来了。”她高兴得发狂，下楼梯时当作走平地，一头栽了下去，发现原来是一场梦，醒来看见春风伏在几案上睡得正香。她觉着心惊肉跳坐卧不安，决心瞒过父亲，和春风出去找长江。姑娘家没有出过远门，第一夜就碰上了坏天气，月黑星藏不辨南北，忽见前边有盏白光闪闪的灯笼，不论她紧跑慢走，灯笼老在前头，等到天亮了才看清是一只玉毛白兔，白天不见了，到黑夜又照常出现。她不由得想起当年长江在花园救白兔的情景，越发思念他。她们整整走了三天三夜才翻过太行山岭，踏着一片黄沙，远远望见黄河上一群人在那里吵吵嚷嚷、挥锹抡镢，正好后边过来一位白须白发的老爷爷对她说：“三年前这里来了一个青年石匠，挖渠凿山，发誓要把黄河水引到王家庄。你们想，没有人给他烧茶送饭，他饥了采些野果，渴了喝点河水，夜间没有行李，就只盖个斗篷，不到半年就累死了。附近好心的人们可怜他，给他备办个薄棺，把斗篷铺在了他的身底，前边人多处就是他的坟墓。每天夜里墓里都会发出凄切的琴声，声闻十数里，人们听了都睡不着。当地人都说是出了墓妖，前边正掘墓哩。”黄河姑娘听完就晕厥过去了。春风告诉老人：“那青年石匠就是我们姑爷。”两人急忙抱起黄河姑娘，掐人中的掐人中，屈腿的屈腿。黄河姑娘终于醒过来了，却放声大哭。老爷爷安慰她说：“哭也是没有用的，前边也许快挖出来了，赶快去见最后一面吧。”

“挖出来了，挖出来了！”一个愣头愣脑的小伙子叫喊着。因为墓地在河岸，土地潮湿，两年多的工夫，棺木和尸体早已骨化形销，奇怪的是铺着的硫黄缎菊花斗篷还是那样黄澄澄的，上边有一颗红玛瑙似的心，在频频地跳动，琴声正是从这颗心上发出的。

人群像开了锅，有的说："这颗心就是墓妖的心，快架起火来烧掉，以免继续作祟。"有的说："这是小石匠生前没有遂了心愿，人死心不死，尸烂心不烂！"正在人们七嘴八舌议论纷纷之时，白发老爷爷和春风搀扶着黄河姑娘赶到。他提着嗓门喊道："乡亲们让开点，小石匠的亲人来了！"

黄河姑娘一下子扑了过去，双手捧起那颗红玛瑙似的心，贴近自己的胸口，看着看着眼里渗出了血，滴在那颗心上，那颗红玛瑙似的心便再也不动了。看的人都惊呆了。忽然刮来一阵强劲的北风，黄河姑娘披起斗篷，捧着小石匠的心，乘风向黄河飞去。众人追赶不及，只听"扑通"一声，她已葬身波涛之中。从此便流传下这句"不见黄河心不死"的谚语。据说黄河之水原是清的，自黄河姑娘投河而死，她穿的黄衣裙和披着的黄斗篷把河水也给染黄了。

（张力搜集整理）

黄水解人意　摄影 / 孟宪明

黄河神

相传黄河神和龙王都是玉皇大帝的儿子。哥哥会说顺耳好听的话，善投玉皇大帝之所好，玉皇大帝就给他个龙王的职位；而弟弟正直豪爽，玉皇大帝只给他个黄河神的职位。黄河神不在乎权位高低，就履行职责管理黄河。由于他爱护百姓，把黄河治理得很好。

闲暇没事的时候，黄河神就去邙山，或跟邙山神一块饮酒下棋，或往下观看人间百姓们种庄稼、收五谷、牧六畜的繁忙景象，所以人们都很尊敬他。那自私卑鄙的哥哥龙王就嫉妒弟弟黄河神，常常故意找岔子刁难他，正直不阿的黄河神根本不听哥哥的胡乱差遣，便惹怒龙王积了怨气。

这年夏天，黄河神从一些无名小河里往黄河里调鱼，让邙山附近的人们撒网捕鱼。近处的人们都捕了很多很多的鱼，远处的人们听说后也赶来了。黄河神又从别的地方继续调鱼，直到人们说“够了，够了，我们都捕了很多鱼了”，黄河神才停下休息。谁知忽然传来了玉皇大帝的圣旨，要他赶快回天庭。原来，龙王到凌霄宝殿在玉皇大帝面前说了黄河神的很多坏话，玉皇大帝偏听偏信，就下旨：“放水把邙山附近大小一千个村庄淹完，半拉寨子也不留。”

黄河神听了以后心中很是难过，因为他跟山下的百姓们有着深厚的感情，他急忙找邙山神商量说：“你看这事儿咋办？”

邙山神一听也焦急起来了。他俩盘算着，去找玉皇大帝求情吧，肯定是没用，看着淹害老百姓袖手不管吧，又于心不忍。盘算来盘算去，也没有好主意。

猛然间，黄河神想起邙山脚下有个庄叫大庄，有个庄叫小庄，还有个庄叫十百，十百就是一千，这样正好是大小一千个村庄。可半拉寨子也不留咋办咧？邙山神说："好了，好了，山下刚好还有个庄叫半拉寨子。"黄河神听罢，心中的石头这才落了地。于是，他们就告知这四个庄的百姓，让百姓们赶快撤走后，便放水把这四个庄淹了。

淹完以后，黄河神和邙山神一块到天庭向玉皇大帝回旨："按照您的旨意，淹了大小一千个村庄，半拉寨子也没留。"

玉皇大帝很高兴，夸奖了他俩一番。

百姓们知道这事后很感激他俩，等他们回来后，人们就杀鸡宰羊地敬奉他俩。邙山神说："别感谢我了，要感谢就感谢黄河神吧。他爱看戏，你们找个戏班子唱几天戏就行了。"

大伙就凑钱请来了戏班子，搭台唱戏来感谢黄河神。自此，凡是求雨还愿时就要请戏班子唱戏的做法流传了下来，形成了风俗。

（李正太搜集整理）

邙山　摄影 / 王伟

河大王黄天成的故事

住在黄河边，靠行船过日子的人，都要看黄河的脸色行事。豫西黄河两岸有句俗话说得好：下煤窑的人，是埋了没死；行船拉纤的人，是死了没埋。行船都要先祷告，求得河大王保佑，让他们出船风平浪静，平安返航。可是，谁也说不出河大王长得啥模样。

行船的人们传说，河大王喜欢骑着蛇玩，还爱看戏。所以在行船时只要看见有蛇上船，人们就认为这是河大王来保佑他们了。他们会赶快把神蛇请入盘中，放在供桌上，焚香上供，敬若神明。等船到家后，赶紧写戏、搭戏台，把盛蛇的盘子请到戏台前的供桌上。锣鼓家伙一响，神蛇在供桌上，一动不动地探着头，好像在看戏。大戏三天过后，如果神蛇还在供桌上，说明河大王戏还没看够，大戏接着唱；如果神蛇不见了，就说明河大王的戏看够了，该敲锣撤戏了。

听老辈子人说，河大王也是个人。他家住在狂口[1]附近的一个村子里，祖上姓黄，他叫黄天成。天成从小命硬，尅父母，生下来不到百天，他妈就死了，刚满周岁，他爹也死了。他没爹没妈，成了孤儿，是他舅舅在艰难中把他抚养大的。

天成跟着舅舅过日子。他生性喜欢水，舅舅在黄河里打鱼，他就在黄河边玩水。舅舅干农活，他就到坑塘边或水井边玩。三四岁的时候，舅舅一眼没看见，他就爬在井台上玩耍，舅舅怕他掉到水里淹死，每天无论干什么都一步不离地带着他。

一天，他又爬到井台上玩耍，舅舅喊他一声，他心一惊，脚一软，“扑通”一声就掉进井里了。舅舅急了，赶快跑到井边喊，喊了半天，看不见他，也听不到井里一点动静，舅舅急得哭着去喊人搭救。捞他的人下到井里，只见天成骑在一条木桶粗的大长虫的背上，笑嘻嘻地玩耍呢。后来，舅舅问他："井里阴森森的，还有大长虫，你不害怕？"天成人小鬼大地瞪大眼睛说："没事，我在井里耍，和看戏一样，好玩。"说着还嘻嘻哈哈地笑。

过了两年，舅舅请人造了一艘大木船，打好后请了四五十个人，要把船推进河里跑航运。天成见了，对舅舅说："你请恁多人，太费事了。这活儿我一个人就干了，你们不用管了。"舅舅听他小娃子说话口气太粗，骂道："你一个小屁孩敢作精，说大话噎人！去一边玩去！"说罢，再没搭理他就领着人走了。天成心里不高兴，眉头一皱，就在院子里的地上画了一棵大树，树上栓了一条大纱绳，大纱绳另一头画了一艘大船。

舅舅领着四五十人把木船运到黄河边，大家一齐使劲往河里推，可是无论咋推，那大船就像扎了根一样，一动不动。一群人满头大汗，忙了一上午，一个个累得半死，一点用也没有。晌午回家，舅舅说："今天是咋啦？恁多人也不济事。船也下不了水。"天成说："咋了？不听我的话呗！"舅舅听了，愣了半天。天成把地上的纱绳抹去，又在画中船的下面画了几道水波纹。抬头对他舅说："后晌，你再去河边看看，船不用人推已经下水了。"舅舅半信半疑，到了河边一看，大木船果真已经漂在水里了。舅舅这才知道到天成不是凡人。

舅舅要航运行船，规划的航线是：空船溯流而上，先到潞村[2]装上盐运到开封贩卖，再买一船粮食和日杂货回来卖。这样两地跑，挣些养家糊口的辛苦钱。

天成听说了，也要撵着去。舅舅见天成态度坚决，又念他年纪小却本事大，就叫他跟十几个水手一起去开封参与航运。起船那天，舅舅把路上用的盘缠交给天成保管。不料，天成接过盘缠，手一扬，"哗啦"一声，把钱全部扔到河里了。一船的人都傻眼了，天成却笑笑说：

“没事，钱放到水里比身上保险。”他说着，从身上摸出一个小笊篱，往水里一舀，一笊篱钱，又一舀，又一笊篱钱。他见大家都惊得目瞪口呆，把钱又扔进水里，说：“大家尽管放心，用钱的时候，要多少舀多少。”

天成跟着舅舅行船，从潞村装上一船盐运到开封，再贩运货物回到狂口卖掉。这样来来往往，一晃十几年过去了，天成也长成了十七八的大小伙子。

有一年，天成跟着舅舅从开封回狂口的途中，天降大雨，黄河水暴涨。巨浪在大坝上冲开了决口，洪水灌入农田漫了庄稼，冲塌了老百姓的房屋，冲走了牛羊和猪。洪水像巨龙一样肆虐乱窜，所到之处，人们大哭小叫，惨不忍睹。

地方官员和附近村里的棒劳力一起用柴火捆和门板来堵口子，可是决口出来的洪水太猛，眼都不眨，就把柴火捆和门板一股劲儿冲得没踪影了。

天成从小在黄河边长大，他知道庄稼人的辛苦。紧急关头，大水无情，人命关天，他的眼睛都急红了。只见他急中生智，上船把拉纤的大纱绳解开，系在腰里，两只胳膊扛起两块门板，纵身跳进洪流湍急的决口处。众人见到这种情景，也都豁出性命，齐心协力，一口气堵住了决口。可是，就在堵住口子的一刹那，一个大浪把天成卷回河里，再也没有出来。大家都知道，天成死了。

舅舅早已哭成了泪人。恍惚中，有一位慈眉善目的老者对天成他舅说：“我刚才看得很清楚，是天神把你外甥接走了，他的元神化作一股青烟直上云霄了。玉皇大帝念他体恤黎民疾苦，堵决口有功，封他为河大王，让他掌管黄河水情。”天成的舅舅听得正清，一眨眼，老人不见了。于是，天成变成河大王的事情就传开了。

黄河中下游的人们记住了河大王的功德。尤其是开封上游到三门峡之间，在黄河沿岸行船的人，世世代代祈求河大王保佑他们行船平安。每年黄河解冻，行船开运的时候，船工们都要兑份子给河大王写戏。所以，黄河边就有了请河大王看戏的习俗。

（霍清廉、张晓杰搜集整理）

【注释】

［1］狂口：现为村庄，在今洛阳市新安县北三十五公里处的黄河南岸。这里一直都是官商交易的重要渡口，曾有“天下口，数汉口，汉口数罢是狂口”的美誉，为黄河流域最大的水旱码头。［2］潞村：在今山西运城市境内。

唱大戏　摄影／孟宪明

风陵渡　摄影 / 孟宪明

刘二婶抛子祭河

这世上三百六十行，行行都有它们的规矩和忌讳。过去，在黄河上坐船是不能乱说话的，常有人因不经心说句不吉利的话就被祭了河神而丧生。

刘二是个老老实实的庄稼人，娶了个精明能干的媳妇，两口子亲亲热热，一年后添了个胖小子，起名大祥。儿子满月，刘二陪着媳妇走娘家。他们到渡口坐船，和一个带着金银珠宝的大财主遇到一起。

船刚启动，迎面吹来一阵凉飕飕的微风。刘二媳妇刚满月，身体虚弱，生怕起风变天，顺口说："哎哟，大祥他爹，看样儿要起大风哩！"这话被坐在一旁的财主听到了，狠狠地瞪了她一眼。船到黄河中间，突然刮起大风，顶头风吹得大船来回摇晃，一点也走不动。财主看着满箱的金银珠宝，生怕船有个好歹，就对艄公说："今天起风，全怨这个臭娘们儿胡说八道，不拿她祭河神，风难停。"一句话，吓傻了刘二媳妇，她连忙分辩道："我就对孩儿他爹说了句看样儿要起风哩……"刘二忙捂住了她的嘴。财主指着她说："看，还说哩，把她祭河神！"财主的几个家丁饿狼似地扑上去，抬起刘二媳妇就抛进了黄河。

刘二没了妻子，生活像塌了半边天，再加上还有个吃奶孩子，作难透了。他苦磨活熬，忙里忙外，总算把儿子拉扯到五岁。可是，他忙完地里忙家里，缝补洗涮，家里没个女人真是不行。

后来，经人说合，刘二才续娶了个年轻寡妇。这女人脚勤手快，很会过日子，村里人见刘二新娶的媳妇善良贤惠，都亲切地称她刘二婶。刘二婶对大祥知冷知热，把大祥打扮得齐齐整整，大祥也很亲她，外人根本看不出刘二婶是后娘。刘二看着娘俩亲热，心里也痛快。

大祥八岁那年，刘二婶怀了孕。平时喜眉笑脸的刘二却像换了个人，常蹲在一边心事重重，他怕刘二婶有了亲生儿子，外待大祥。

十月怀胎，刘二婶生了个大胖小子，起名小祥。

刘二婶有了小祥，对大祥照样疼，照样亲。从没让四乡八邻、亲戚朋友说过一个不字。人人都夸刘二婶，真是天下少有的后娘啊！

这一年元宵节，村上的人都到开封府去观彩灯看热闹，大祥和小祥一齐吵着要去。刘二婶央求刘二，说："大祥十二三岁啦，小祥也五六岁啦，叫他们去见见世面吧！"刘二说："中！"

刘二背着小祥在前面走，刘二婶拉着大祥在后面跟，四个人高高兴兴地到了黄河渡口。

船上坐满了人，刘二一家挤在一块。开船前，船老大点燃了一炷香，对着天拜了三拜，又朝河心磕了三个头，说："上天显灵，无风无浪，河神保佑，平安过河。"随后高喊一声："开船啰！"接着，把舵的、拦头的、撑篙的齐喊号子，掉转船头朝南驶去。走着走着，天突然起了风。风吹浪起，船一颠一簸，人晃来晃去。船老大怕船上的人害怕，便喊了起来："风好，风好！坐船如坐轿，大王爷保佑，平安无事。"

船到河心，风更大，船更晃，人们个个提心吊胆。大祥看看大人们都绷着脸，不吭不哈，心里害怕，就问他爹："这船一扭一晃，翻了咋办？"这可是句不吉利话，让船上的人听到可不得了。刘二婶忙把大祥扯到怀里，紧紧搂着两个儿子。

船老大听到了，骂着走了过来："哪个混账东西，胡言乱语。"他看着刘二婶，喝道："知道不知道规矩？"刘二婶忙赔笑脸说："小孩家，不知天高地厚，嘴狂，大哥别急。"说着，把准备在相国寺烧的香箔拿出来，点在船帮上祷告。但任凭刘二婶烧香祷告，风照样刮，船照样晃。真是越怕越有鬼，船竟在水中转起来。船上的人又喊又叫，

乱成一团。

船老大也慌了，万一出事，这可是一船人呀。船老大又来到刘二婶面前，说：“你的孩子胡说八道，惹怒了河神爷，现在要救全船人，只有让讲狂话的人去祭河神爷。”船老大的话像一记闷棍打在刘二头上，刘二发了呆，大祥的亲生母亲被扔进黄河的事他还历历在目呢。

刘二婶推开怀里的大祥和小祥，跪在船老大面前，抽噎着哀求：“孩子小，饶了他吧。”船老大阴沉着脸说：“这一船人的命值钱，还是你一个儿子的命值钱？你掂量掂量。”这时，船转得更快了，人们哭叫声一片，凄凄惨惨。

刘二婶心想：为了全船人，只有舍去儿子了。刘二看着刘二婶的脸色，猜出了她的心思，扑在大祥身上哭了起来。

刘二婶劝刘二说：“他爹，咱孩儿惹的祸，别连累大家，叫他去吧！”刘二婶把小祥推在船老大跟前，说：“这孩子缺管教，活该他去祭河神爷。”船老大眨眨眼，瞟瞟大祥。刘二婶忙说：“是俺二孩说的，你问问他爹。”刘二明白了媳妇的心，大张着嘴说不出半个字。刘二婶忍着泪，催刘二快说，刘二心更酸了，泪如泉涌。

刘二婶对船老大说：“他爹心疼孩子，吓傻了，你问问我身边的人。”刘二婶身边坐着几个同村的人，都知道是大祥说的，此时此刻他们看透了刘二婶的心，她要舍弃亲生子，救下这个没娘的孩子。任刘二婶一再追问，谁也不愿讲是，也不忍讲不是。小祥是个小孩子，不知道啥是祭河神，他还想看看呢，就说：“是我说的，叫我去祭吧！”

刘二婶搂住小祥的头失声痛哭，她把小祥浑身上下抚摸了一遍，一狠心，推给了船老大。船老大抱起小祥走到船头，小祥一看要向河里扔他，哭叫起来：“妈！我不去！”

小祥被扔进滚滚的黄水浊浪里，翻了两下便不见了。说来也怪，过了一会儿，风小了，浪小了，船也不转了。船到了对岸，刘二婶已哭干了眼泪，叫哑了喉咙。

刘二先把大祥送上岸，又扶刘二婶下了船。两口子哪还有心思去开封府玩，打算下午坐船回去。

刘二和刘二婶在岸上坐着，默默无言，突然传来大祥的惊叫："妈，爹！俺弟弟来啦！"只见小祥从东边笑嘻嘻地跑来了。刘二婶心里想：这是不是做梦？刘二抓住小祥，问他是咋回来的。小祥告诉爹和妈，他在黄河里喝了几口水，后来一个大漩涡裹住他，把他送到了岸边。

小祥没死，一家人又团圆了。乡亲们都说是他娘心眼好，河神不伤害他。

后来，大祥很争气，上学用心，开科中举，当了治理黄河的官。大祥来到黄河上，先发出布告，不准再用人祭河神。他时时记着后娘的养育恩和救命情。刘二婶去世后，大祥给她立了碑，把她对自己的恩德全刻在上边。村里的人敬仰刘二婶，说这碑是义女碑。

（申法海、姗蒸搜集整理）

河面宽阔　摄影 / 孟宪明

智降河王

洛阳西北约二百里处的黄河岸边立着一块巨石，人们说那是镇龙石，在它附近有一座挺秀气的小山，叫娘娘山。多少年来，这里一直流传着一个代壮士舍生为民、智降黄河王的故事。

很早以前，管理黄河的黄河君心地善良。每到汛期，他就泄洪入海，每遇干旱，他便行云播雨，使两岸五谷丰登，老百姓过着丰衣足食、和平安宁的生活。

后来，东海龙王的二太子窜到黄河来玩，看到两岸风光秀丽、人杰物华，就杀死了黄河君，霸占了水府，自称黄河王。这黄河王性情暴戾，残忍无道，常常逼着老百姓为他修祠盖庙，进贡献酒，看到谁家姑娘长得好，就抢到水府逼迫成亲。老百姓上供稍不称他心意，他就兴风作浪、淹坏庄田，或遏云禁雨、制造干旱。有一年，因为陕州古原村上供迟了点，黄河王就大发雷霆，三年没有下雨，害得两岸寸草不生，井渠枯干，土地都裂开了缝，老百姓连吃水都困难极了。

古原村有个青年叫代龙，上无父母，下无弟妹，孤身一人在黄河上捕鱼为生，闲时也常舞枪弄棒，练就了一身好武艺，平时为人豪爽，大家都很喜欢他。这天，他又驾着小舟在黄河上捕鱼，一网下去，捞上来一条活蹦乱跳的红鲤鱼。代龙高兴地把鱼捉住，仔细观看，这条鱼的两只金眼忽然冒出了泪珠，口吐人言："代哥代哥，放我去吧！"代龙大吃一惊，知道这条鱼来历非同小可，就顺手往黄河里一送，那鲤鱼在水面上打了两个旋，便不见了。原来这锦鲤是东海龙王的女儿、黄河王的妹妹珊瑚公主。公主变成锦鲤来黄河上游春，看到哥哥残暴成性，便想立即回去告诉父王，不料在游回的路上被代龙逮住了，幸好这代龙是个好心人，又把它放回水里，它心里非常感激，便想报答他。这是后话，按下不提。

代龙捕鱼归来，路过村口大槐树下，见一堆人正围着看什么东西。代龙走上前去，原来是一张告示，上面写着黄河王看中了古原村女子喜妹，限三日内送到水府成亲。众人一个个摇头叹息，敢怒而不敢言。代龙看罢，不由得怒火中烧，口里大骂了声："又是这个老贼，前几天才从古原村掳走一个小孩，要借小儿心肝下酒，如今又抢黄花姑娘，真是无恶不作，百姓怎么受得了啊！"

正说着，从村里跑来一个人喊道："大伙快去呀，喜妹要上吊自尽了！"人们"呼啦"一声一齐向喜妹家拥去。这喜妹年方二八，不仅长得端庄秀丽，而且心灵手巧，父亲早丧，与母亲相依为命。听说黄河王要霸占她为妻，愤恨已极，拿了根绳子就要上吊，被母亲死死抱住，母女俩滚作一团，哭得死去活来。大伙进来看了这般情景，免不了跟着掉泪。有个毛头小伙子脱口叫道："我们跟老贼拼了！"一句话就像干柴碰上了火星，大家心里的怒火一下子被点燃了，异口同声道："反正总是一死，拼吧！"只有代龙紧咬嘴唇，一声不吭。大伙感到奇怪，都用惊疑的目光望着他，只见代龙一咬牙，好像下定了决心，然后一字一板地说："乡亲们！拼也得讲个拼法，我看这样办。"接着他说出了自己男扮女装代替喜妹赴水府，趁机力斩黄河王的主意。办法虽好，大伙却都担心代龙的安全。代龙说："入不了虎穴，逮不住虎崽，为了众乡亲今后不再受罪，我就是拼上性命，也值得！"于是，大家分头准备去了。

转眼到了三天头上。一早起，几个妇女就忙着给代龙梳洗装扮，头上插花，腰间系裙，特制的长袖盖住了大手，再用红布将头一蒙，完全像个新娘的样子。代龙将一把匕首暗藏在腰间，一切收拾停当，专等黄河王迎亲的花轿到来。

大约过了一个时辰，远处传来了鼓乐之声，黄河王的心腹麻脸老道带着一班人役，簇拥着一顶花轿，趾高气扬地来到了喜妹家门前。大家哭哭啼啼地装出很悲伤的样子一直护送花轿到了黄河边，望着轿子抬进了水府。

黄河王派麻脸老道去迎亲后，就命丫环们收拾新房，叫虾兵蟹将们准备酒宴，打算好好庆贺一番。珊瑚公主看到水府里丫环、兵丁们进进出出，忙忙碌碌，知道又要出什么事情，于是轻移莲步来到大厅问她哥哥。正在这时，麻脸老道喜滋滋地跑了进来，口里叫着："来了！来了！"

"什么来了？"公主盯住麻脸老道问。

哥哥忙接上去说："啊，妹妹，是为兄请了一些朋友前来喝酒。"

忽然，鼓乐之声由远而近。公主又问："吹吹打打干什么？"

"啊，那是为兄请的一个鼓乐班子，前来为酒宴助兴哩！"黄河王一边解释，一边拉起麻脸老道到前厅喝酒去了。

不一会，前厅传来了猜拳行令之声。公主更觉得奇怪，就尾随着丫环走到一所侧院，见一座房子门上挂了红灯，屋里点着红烛，红罗帐前坐着一位头盖红巾的新人。公主一下子全明白了，忙走进房内问道："你是谁家女子？家住哪里？"代龙唯恐露出破绽，哪敢出声。公主连问三声，代龙只低头不语。公主无奈，上前揭开了盖头，定睛一看，不由得"啊"了一声，倒退三步，惊问道："你不是打鱼的代龙吗？"代龙见她认出自己，急忙拔出腰间匕首，指着公主低声喝道："你是什么人？怎么认得我？"

公主回答："我是黄河王之妹珊瑚公主。代壮士难道忘了放生的锦鲤吗？那就是我！"

代龙听她说话果然与那日放走的锦鲤之声一模一样，可又不知她心地如何，就晃了晃手中的匕首，怒道："既是同类，必然同恶。休走，吃我一刀！”

公主握住了代龙持刀的手腕，说：“壮士错看人了！我与黄河王虽是同胞兄妹，却不满兄长所为，常羡人间温暖，更慕壮士英名。活命之恩还未报答，怎敢助暴为恶？君若不弃，情愿与壮士结成连理，助您为民除害！”

代龙喜不自胜，忙向公主深施一礼，道：“公主如此深明大义，不唯代某受宠若惊，连两岸的百姓都要感激不尽呢！”公主笑眯眯地扶起代龙，挽着他走到红烛前，二人以烛为媒，互相拜了三拜，算是结成婚姻。正在二人情意绵绵之时，外边传来了杂沓的脚步声，公主知道这是黄河王来了。代龙抓起刀就要去拼命，公主拦住道：“代郎不可莽撞，我兄长本事高强，你我都斗他不过。要想制服他，除非到昆仑大仙那里借来斩龙剑！”

“公主暂等一时，待俺借剑去！”代龙说着就要动身。

“且慢！”公主拉住代龙说：“此去昆仑山路途遥远，我兄长又派了火神把守要道。我这里有鸳鸯剑一对，赠君一把，可以斩妖。还有护身珠一颗，含在嘴里可以避邪。只是珠子千万不可吞下肚去，否则就会变成石头人了！”说罢取出鸳鸯剑和护身珠交与代龙。

代龙刚刚收下两件宝贝，黄河王已气势汹汹地闯了进来。见此情景，怒火万丈，拔出佩剑刺来。代龙持剑去迎，早被公主挡住了。公主口里喊道：“代君快走！”代龙不忍地看了公主一眼，跳出新房，抽身出了水府，直奔昆仑山而去。

黄河王派火神把守着去昆仑山的要道，火神见了代龙，也不搭话，直将火焰喷来。幸亏代龙口中含有宝珠，只一张口，一股飓风吹走了火焰，眼前现出一条路来。代龙也不与火神纠缠，夺路前行，绕过钻天峰，到了昆仑山。见到昆仑大仙，代龙细说缘由，借来了斩龙剑。

代龙风驰电掣般地赶回去，想着公主会在河面迎他，不料连个影子也没有。只见河面波涛翻滚，隐隐地从水府传来呐喊之声。代龙顾不了许多，二次闯进了水府。这时，黄河王正在大厅吊打公主，皮鞭抽在公主身上，好像抽着代龙的心。代龙大喝一声，手举斩龙剑，直向黄河王砍去。黄河王狡猾地说："好你个代龙！你杀吧，杀死我看谁为你们降雨！"代龙一听，心想：是呀，斩了它谁来行云播雨呢？可是不斩它吧，它还会祸害百姓。怎么办呢？忽然，代龙想到了自己口中的宝珠，自忖：我何不变个石头人，永远镇住黄河王，让它为两岸百姓造福呢？决心一定，回头望了望正赶上前来的珊瑚公主，拱手拜了三拜，叫了声"公主保重"便一下子把含在口里的护身珠吞下肚了。霎时，黄河王背上出现了一个手持斩龙剑的石人，黄河王在它的威慑下，乖乖地低下了头。

等珊瑚公主赶到，代龙已经变成石头人。公主抱住石头人痛哭一场，看到被黄河王扫开的洪水口子还在往外溢水，心想：代郎能为民献身，我也不能苟且偷生。于是高声喊道："代郎慢走，等等我！"随即化成一座石山，堵住了决口。霎时风平浪静，河水归槽，大地恢复了平静。

黄河王被降服了，两岸人民又过上了风调雨顺、和平安宁的生活。为了表示对代龙和珊瑚公主的怀念，人们在两岸为他们树碑立传，把石头人称作镇龙石，把堵河口的石山叫作娘娘山。每到清明时节，老百姓便携儿带女来到河边，向他们遥遥祝福，并把他们的事迹一代一代地传颂下去。

（于灵讲述，许兆霖搜集整理）

巡河大王的传说

顺着三门峡西上不远，有一座杂草丛生、残墙废墟的故城，这便是陕州。城南有一座土岭，叫鸡山，与北岸山西省平陆县的蝎子山遥遥相对，黄河波涛从两山脚下奔驰东去。别看它现在这样，从前它可是一座繁荣昌盛的政治、经济、军事重镇哩。

相传，在很早以前，鸡山西山脚下有一个大村，叫“七里堡”。村里有一户姓荆的人家，家中只有妈妈和儿子两个人。儿子叫荆五，心地善良，为人正直，对母亲又非常孝顺，村里人都非常喜欢他。荆老妈妈已年过花甲，两鬓斑白。有天下地回来，受了风寒，高烧不止，昏迷不醒，这一下可把荆五吓坏了，他趴在妈妈身边痛哭，邻舍人家也帮着服侍老人，深更夜静时，荆母方才苏醒过来，对儿子说：“五，我口干舌燥，心里慌得很，想喝点酸辣鱼汤。”荆五看着母亲痛苦的脸色，心里非常难过。当时已是深秋时节，黄河鲤鱼早已深潜水中，不是垂钓网鱼的季节，去哪儿弄鱼呢。可荆五心想：父亲早亡，母亲风里来雨里去，忙了地里又忙家里，吃尽了人间苦头，好不容易把自己拉扯大，老母有病，当儿子的理应解除母亲的病苦。想罢就对娘说：“娘，我去弄点鱼来给您熬汤喝。”荆母自知自己多说了话，深夜不便，就不想让儿子去。可荆五说啥也要去。无奈，母亲哭着对儿子说：“五呀，是妈害苦了你，有鱼没鱼你早点回来，甭叫娘担心。”

荆五为了宽妈妈的心，笑着说：“妈，我和鱼是好朋友，我去请他们，他们是会来的。”说罢，他摸黑来到黄河边，蹲在一块大石头上，专心致志地钓起鱼来，等了许久也没钓上一条鱼。河边风大天凉，冻得难受，可荆五动也不动。直到天亮，连鱼的影子也没见。荆五怏怏不乐地回家了。

第二天夜里，荆五又去垂钓，等到夜半，仍没有钓到半条鱼，他又冷又饿又疲劳，靠着石头睡着了。一会儿，他梦见一银发白须的老者，笑嘻嘻地站在他身旁。荆五起身拜见，老人说：“孩子，怎么在这里睡着了？”荆五把为治母病前来钓鱼的事说了一遍。老人深为感动，并说愿意帮助他，只要有恒心，一定会得到鱼。荆五不到天亮就回去了。

第三天夜里，荆五又来垂钓，等到半夜，他听到水中有响动，接着，鱼钩一沉，竟钓上了一条鱼。荆五高兴极了，蹦蹦跳跳地跑回家，给母亲熬了鲜鱼汤。荆母立觉心神安定，清爽许多。第四天夜里，荆五又去钓了一条鱼，荆母病情大愈。第五天吃罢晚饭后，荆五在厨房洗涮锅碗，因几天几夜没合眼，不知不觉竟趴在锅台上睡着了。恍惚中，那位须发银白的老人笑嘻嘻地走进来，对荆五说：“孩子，我是巡河大王，世代居住在鸡山下，咱们本是邻居，我看你对母亲孝顺，为人正直，就助你鲤鱼为母治病。我因帮助你得罪了鲤鱼精，他今晚要和我大厮大杀，比个上下。今儿个你可别去钓鱼了，免得遭到意外。”荆五吃惊不小，竟一下吓醒了。

天快明时，只听墙外涛声震天，荆五和乡亲们急忙跑到河边去看，只见黄水翻滚，浊浪滔天，看着叫人惊心。忽然，在激流中现出一只红褐色的大龟，追着一条体长丈余的鲤鱼向下游跑去。一会儿工夫，又风平浪静了。乡亲们个个惊得目瞪口呆，静静地站在那儿动也不动。荆五就将自己昨晚做的梦给大伙说了一遍，大伙无不惊奇，纷纷议论，猜想那只大龟肯定就是巡河大王。

以后，逢年过节或黄河涨水的时期，乡亲们就抬上供品，到河边鸡山下焚香礼拜，祈祷巡河大王保佑平安。世代相传，直到清朝末年。

（穆进搜集整理）

运皇粮

西汉和隋唐时代的京城都是建在长安（今陕西省西安市），那时候，黄河下游和江淮平原各地每年都要往长安运送皇粮。当时陆上交通很不方便，主要依靠黄河航运。从黄河下游上行到关中，最危险的一段路就是三门峡，艄公们常说“舍命过三门”，可见三门峡的凶险。隋文帝的时候曾经立了一条规矩：船工中谁要是能够从洛阳运送四十担粮食经过三门峡平安到达陕州（今河南省陕县），就可以不到边疆去服兵役。

尽管三门峡这样险要，皇粮还是年年都要运，粮船经常被撞翻。船到三门峡附近，河床更陡了，逆水上行更是费劲，官家规定沿河各村都要派伕拉纤，送过各自的境界。村里摊派一家出一个伕役，男人不在家，就由女人顶替。谁家要是不出伕役，不是挨打，就是受罚。

三门峡的黄河古栈道　摄影／王伟

芦花飘飘　摄影／孟宪明

拉纤的民伕受尽了苦难。河滩水浅的时候多半是寒冬腊月，风雪交加，行走很困难。开春以后，黄河水涨了，民伕们就得泡在齐腰深的水里拉着船上行，稍一松劲，船就会被河水冲下去。民伕们在北岸的石壁上凿了许多石环，用来拴缆绳，但是没有多大用处，船还是经常出事。

朝廷有个押粮官，心地善良，看到老百姓这样苦，心里很难受，于是就想了一计。有一次押运粮船的时候，他和民伕们一起拉船。他一边走一边对民伕们说："下一次拉船的时候，我在你们前面指挥。我一摆手，你们就松绳。大家记住，一定要听我的指挥！"

民伕们不知道他是什么意思，但是这个押粮官平时对大家很好，大家很相信他，所以就都点头答应了。

下一次拉纤的时候，押粮官把船上的人都叫下岸，他自己在前面指挥。他"嗨哟、嗨哟"地大声喊着黄河号子，民伕们用足力气，把纤绳拽得紧紧的，押粮官突然把手一摆，大家立即松绳，只听得“呼啦啦啦”的声响，那只粮船像离弦的箭一样被河水飞快地冲了下去，“咚”的一声撞在礁石上，烂得粉碎。

民伕们见这情景，都吓呆了。那押粮官说：“你们不要害怕，这个责任由我来担。以后朝廷再派人到这里来的时候，你们就拉着纤绳光喊叫，不出力，也不要挪动脚步，我自有道理。”民伕们不知他葫芦里装的什么药，大家也都没了主意，就只好答应按照他说的去做。

押粮官回到朝廷奏了一本，说：“三门峡一段河道严重损坏，粮船倾覆，皇粮运送艰难，请圣上速速派人察看。”

皇帝听了这话，就派了一个大臣到三门峡去察看。那个大臣来到三门峡附近，听到喊声震天，急忙往前走。走到三门峡前，看见许多民伕赤身裸体地拉着纤，出力很大，但那只粮船就是不动弹，他以为河道真的坏了。他到周围的村庄转了一圈，看到这一带的老百姓都很穷，榨不出什么油水，多待下去也不会有啥好处，就匆匆地回长安去了。

大臣回到朝廷，把看到的情形奏明皇上，说三门峡的河道真是坏了，皇粮运不上来，要赶快另想办法。皇帝听了这话，就召集群臣商议。大家都说逆水运粮本来就不容易，现在河道坏了，行船更难。长安堆积的粮食很多，几年内吃用不完，何不叫下面把粮食折成银子交上来呢？皇帝一听，觉得有道理，就下了一道圣旨，叫下游各地以后不必再往长安运送皇粮，一律把粮食折成银子交上来，每亩地交一钱八分银子。这样一来，沿河的百姓便免除了拉纤的苦役。但是，把粮食折成银子以后，官家层层加码，百姓的负担更重、生活更苦了。

（顾丰年搜集整理）

党得柱堵口子

从前，开州[1]南边的黄河大堤决了口，县官派了很多人堵，无论咋着也堵不住。县官正愁哩，有个白胡子老头儿对他说："大王爷已经转生了，名叫党得柱，要想堵住口子，就得找着这个人。"县官一听，随即派人四处查访叫党得柱的人。开州那么大，到哪儿找啊？一连找了几天，也没找着。

这天，县官正在大堤上查看，忽听一个老太太说："得柱啊，咱也没见过县太爷，上哪儿找啊？"县官急忙上前去问："老妈妈，您找他有事？"老人太说："俺听说县太爷到处找俺得柱，说俺得柱能堵住大堤口子，俺就找来了。"县官高兴地说："我就是知县呀！"老太太忙拉着儿子跪下说："大老爷，俺知道您是好官，就把得柱送来了。只要能堵住大堤口子，您就看着办吧。"说着，老太太哭了起来，县官忙把他们母子扶起来说："老妈妈，您放心吧，往后我就是您的亲儿子，有我吃的，就有您吃的！百年之后，我披麻戴孝为您老送终。"说着就给老太太跪下了。

县官把党得柱送到决口的地方，党得柱说："大老爷，俺娘我就交给你啦！"说罢跳进黄汤大水。只见他在水里露了三回头，伸了两回手，那手啊，就跟簸箕一样大。也真怪，他一下去，就把口子堵住了！

水退以后，县官派衙役到党坊[2]把党得柱的娘接到县衙，养了起来。往后，这一带黄河大堤再也没开过口子。

（魏世敏讲述，魏盼先采录）

【注释】

[1] 开州：今濮阳县。 [2] 党坊：村名，在今濮阳县城南。

鹳雀楼　摄影 / 王伟

黄花寺

在梁山西北五十里处有个小路口，小路口以北，临黄河堤的东边有座寺院，叫黄花寺[1]。这个寺院的名称和一条黄花蛇有关。

传说在这个小路口附近住着个姑娘，名叫真真，年方十八，家里很穷，性情善良，每天下地拾柴、割草。有一次她下地回家的路上遇到一条小花蛇，小花蛇身上长满了疮，烂得一块一块的，病势严重，奄奄一息。真真看它十分可怜，就用手帕把它带到家里，精心喂养，给它洗伤、上药，十几天后，小花蛇的伤养好了。

一年以后，小花蛇长成了大蛇，成了蛇精。一天，真真对蛇说："你的伤好了，自己去找活路吧，有为难事再来找我。"小花蛇听了就爬走了。有一次，这条蛇又出现在真真面前，它衔来一块小金砖，吐给了真真。真真一看，对花蛇说："你如果有灵，我不图你报恩，只要你能给咱这一方百姓除害，我就心满意足了。"花蛇把头又点了三点，就走了。它到哪里去了呢？它到小路口以北，临黄堤东边的那个寺院住下了。花蛇为这一带百姓做好事，因为它满身是黄花纹，人们就把这个寺院改名"黄花寺"了。

小路口西南有个大水潭，是过去黄河决口时冲出来的，水潭里住着一个老鳖精，这家伙作恶多端，有时会变成一个美少年诱骗良家妇女，有时会变成一个恶棍，横行乡里，敲诈勒索。

有一次，真真在深坑边的地里干活，老鳖精看见了，它变成一个美少年，偷偷尾随真真到家，晚上窜入真真房内，把真真吓得昏了过去。老鳖精刚想上床，一条黄花蛇在床底下急速窜出，狠狠地照老鳖精腿上猛咬一口，老鳖精疼痛难忍，"嗷"的一声，撒腿就跑。黄花蛇在后面紧追不舍，一直追到水潭里。从此，鳖精就对黄花蛇怀恨在心，结下了仇怨。

事过不久，黄河发大水，堤上要出险情。老鳖精一看，报仇时机已到，就对着黄花寺兴起水浪，猛冲过去，想淹没黄花寺，淹死黄花蛇。大水一阵紧似一阵，浪涛一浪高过一浪，水的吼叫声，排山倒海，山摇地动，黄花寺一带危在旦夕，人们都惶恐不安。

说来也巧，老龙王前来察看水情，发现黄花寺地势高，水势却异常凶猛。仔细查问后发现是老鳖精在作怪，又了解到它是借发水报私仇，龙王随即下了命令："老鳖精错引水伤害百姓，推出去斩首！"斩了老鳖精，水立即退回，决口也就堵上了，老百姓安然无恙。

（王诚志讲述，樊兆阳搜集整理）

【注释】

[1] 黄花寺：在山东省梁山县境内，既是村名、也是寺名。民国 25 年、35 年、36 年，黄河多次决口，寺院被毁。2012 年梁山市提出重建。

平静的黄河水　摄影 / 王伟

以德报怨

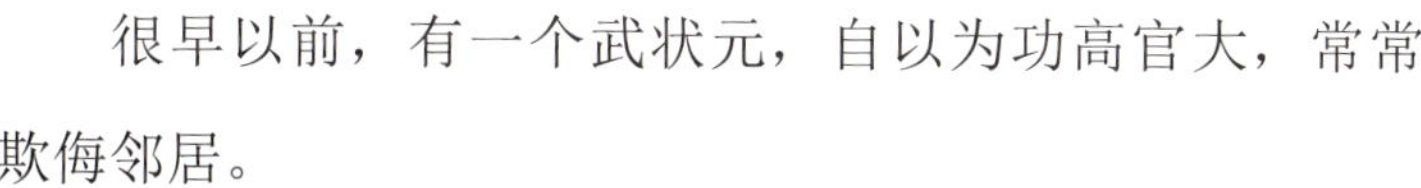

很早以前，有一个武状元，自以为功高官大，常常欺侮邻居。

邻居是个白胡子老汉。这一天，老汉将三个儿子喊到跟前，说：“我当了一辈子家，常常受人欺负，惹得你们也怄了许多闲气。现在我老了，轮到你们当家了。今天我给你们每人十两银子，出门做一件功德事回来，谁有美德，谁就当家。”

过了几个月，三个儿子回来了。

大儿子说：“我走到河边，看见一个妇女跳黄河自杀，我赶紧跳进河里把她救上岸来。她身怀有孕，我救了两个人的性命。”

老人点点头，没有言语。

二儿子说：“我走过一个村庄，看见一户人家失火。那天刮大风，全村人都很危险，我只身跳进火里，将火扑灭，保住了许多人家的生命和财产。”

老汉笑眯眯地没有说话。

三儿子说：“爹，对不起您老人家，我做了一件蠢事，救了一个仇人。那天，我路过大山，看见邻居武状元出征胜利归来，高兴地喝醉了酒，倒在悬崖边睡着了，一翻身就会摔到崖下，粉身碎骨。我本来想把他掀下崖去，可是又一想，边疆正需要他去防守，沙场需要他去征战，最后我还是把他喊醒了。他羞愧满面，深深地给我作了个揖，上马去了。”

老汉听罢，哈哈大笑，便要小儿子当家。大儿子和二儿子都不服气。

白胡子老汉说：“救命保住一人，救火保住一家。只有国家富强，老百姓才能安居乐业。你弟弟丢弃个人怨恨，先为国后为家，这才是最高的美德。”

三儿子当了家，武状元非常感激他，承认了自己以往的过错，从此两家和睦相处，变成了很好的朋友。

（王二爷讲述，李征康记录整理）

河岸土崖　摄影 / 王伟

兰州黄河桥　摄影 / 王伟

契助禹治黄[1]

传说在四千多年前，舜掌管天下的时候，有一年，黄河下游的瓢泼大雨下了五七三十五天，河水泛滥，淹了不少田地和村庄。舜听说黄河下游闹水灾，就命鲧去排水患、治黄河。

鲧思来想去，想出一个办法：把黄河中游的水拦住，上游的水下不来，下游的水一少就容易治了。鲧指挥着手下在邙山一带拦截了河道，挡住了中游的水。谁知黄河水在中游越聚越多，不少地方的河堤撑不住，呼呼啦啦地决了口。黄河下游大雨不停，中游河堤又一个劲地向下倒，真是治聋不成又变哑，下游的洪水没治住，中游又闹了大水灾，淹死的人到处漂。

舜听说这个情况后，大发雷霆，气得脸都变色了。下令把鲧抓回来，骂他无能，治理黄河排除洪水不力，处了死刑。

接着，舜又派鲧的儿子大禹去治水，叫契去当大禹的助手。契是个聪明能干、有智慧的人。他陪着大禹沿黄河转了一圈，大禹问他："你看咋下手呢？"契把自己的想法告诉给大禹："要吸取先辈的教训，总结经验，切不可再用拦阻之法，要疏导。"大禹点点头，又问："你说用啥办法呢？"

契说："先把泥沙淤积、流水不畅的河道挖一挖，让水流得通畅。再在堤外挖一些小河道，把黄河里的水引一些到附近的小河里。这样因势利导……"没等契讲完，大禹高兴地一把抓住契的胳膊说："咱俩想在一起了！"

两个人吸取了鲧治水失败的教训，摸索出一套新的治水办法，风里来雨里去地干了起来。俩人在一起，前走后撵，水里泥里没离开过，很快就疏通了河道，开挖了排水河沟，又堵住了决口。黄河中下游的

洪水治住了。

舜见大禹治水有功，就把掌管天下的大权让给了他。为了报答契帮助大禹治理黄河的功劳，舜就把契封在山东为王了。

（姚蒸搜集整理）

【注释】

［1］契：（生卒年不详），子姓，名契，又名卨，别称“阏伯”。契是帝喾与简狄之子，帝尧异母兄。被帝尧封于商（今河南省商丘市），主管火正，其部族以地为号，称“商族”，契成为商族始祖，是商朝建立者商汤的先祖，后世尊称其为“商祖”“火神”。

大河流日夜 摄影 / 王伟

携玉渡河

春秋时候，有个叫澹台子羽[1]的人，长得前锅后罗，五官不端，又黑又瘦。但俗话说‘人不可貌相’，看着他丑陋不堪，倒是个很有才学、品德高尚、武艺超群的人，孔子很器重他，举荐他去魏国做官。

澹台子羽家有块祖传的白玉，乃稀世之宝，价值千金，许多人都想得到这块白玉，发个横财。澹台子羽家住在黄河边，常遭黄河水患。这次他要离家去魏国，想想白玉在家存着是个招非惹祸的根子，不如拿去送给黄河的河神河伯，当作他治理黄河的费用。

澹台子羽带着白玉上路了。他要渡过黄河，打算到魏国上任后，再去找河伯。

这天，晴空万里。澹台子羽来到黄河边，雇了一只大船，向北驶去。船到了河中间，一阵黑风过后，阴了天。突然，河中拱出两条蛟龙，一黑一白，尾巴甩来甩去，掀起滔滔巨浪，船在水中晃来晃去，走不动了。接着，两条蛟龙一左一右，用头顶着船帮，黑蛟龙这边拱，白蛟龙那边压，黑蛟龙这边压，白蛟龙那边拱，要把船弄翻扣过去。

澹台子羽提着宝剑，站在船头，大声吼道：“大胆蛟龙，为何兴风作浪，摇我大船？”两条蛟龙齐声回答：“我们奉河伯之命，来取你的白玉！”

原来，河伯早听说澹台子羽有块值钱的白玉，日夜想弄到手。这次得知澹台子羽携玉渡河，起了歹心，要把他害死在黄河中，夺走白玉。

澹台子羽听了蛟龙的回答，才知道河伯是个贪财的家伙，就对蛟龙说：“你们回去告诉河伯，想要我的白玉，不用费劲，不用作难，不要动手动脚，只要以礼相待，客客气气地讲清情况，说句好话，我就会送给他，要用这种抢劫的办法，那一万个不中。”蛟龙不睬那一套，还是拼命摇船。澹台子羽急了，举剑朝黑蛟龙刺去。两条蛟龙和澹台子羽厮打起来。澹台子羽挥舞宝剑，上劈下刺，奋力拼杀，毫无惧色。双方打得天昏地暗，黄河水浪一掀几丈高。一会儿，黑蛟龙被一剑刺死。白蛟龙扭头逃跑，澹台子羽紧跟着一剑砍去，把白蛟龙斩为两段。两条蛟龙一死，黄河水马上风平浪静。澹台子羽喘了口气，摸摸身上的白玉，又起船，平平稳稳到了黄河北岸。

河伯正在水中等着两条蛟龙的好消息呢，突然河面平静下来。他以为澹台子羽已被蛟龙害死，白玉已到手，便兴冲冲地伸头露出水面发现澹台子羽正在下船，河伯一阵惊慌。

澹台子羽跳到岸上，回身对着河面喊道：“河伯，这白玉本来是准备给你的，如今就给你吧！不过，这是叫你用于治理黄河的。”说着他掏出白玉，扔向河中。一道白光闪过，白玉落在黄河中间。河伯赶忙伸手去接，不料白玉旋了几个圈，又“嗖”地飞离水面，回到了澹台子羽手里。澹台子羽笑了，说：“河伯，不要不好意思，我不需要这宝贝。只要你能用白玉为人们干些好事，好好治理黄河，我就真心送给你。”说着，又把白玉扔向河里。白玉划了一道弧光，落在水里。河伯张开两手去接时，只见白玉碰着水面，“噌”的一声被弹了回去，又回到了澹台子羽手里。

河伯火了，把头伸出水面，冷冷地说：“你个丑鬼，也是个宁舍千句话，不舍一文钱的人。”澹台子羽说：“我打死你的两条蛟龙，不单单为了守护这块白玉。我是要告诉你，用不正当的办法、不义的行为是得不到财富的。我这白玉实实在在是准备送给你的。”说着，澹台子羽第三次把白玉扔向河里。河伯看着白玉扔过来，跃出水面去空中接，白玉刚挨着河伯的手，又“噌”地弹了回去，落在澹台子羽手里。

河伯大怒，说：“我用武力劫你白玉，已知做错。我听你劝告，决心把白玉用在治理黄河上。常言说‘大人不记小人过’，你不该三番五次戏弄我。你的白玉是金贵之物，传世之宝，我不要了。不过，今后你也不要说自己是个品德高尚的人了。”

澹台子羽三次扔白玉，三次弹回手中，他知道这是天意，再扔也无用。他告诉河伯，他和蛟龙厮杀并不是为了这块白玉，三次扔白玉也不是戏弄人。他举起白玉，照着船帮用劲砸去，只听“当啷”一声响，白玉被砸了个粉碎，碎片四下飞溅。澹台子羽哈哈一阵大笑，扭头就走了。河伯站在水中，突然喊起来：“子羽，我错怪你了。今后我要向你学习，把黄河治理好！”

（申法海、姗蒸搜集整理）

【注释】

［1］澹台子羽：《史记・仲尼弟子列传》中载：“澹台灭明，武城人，字子羽。少孔子三十九岁。状貌甚恶，欲事孔子，孔子以为材薄。既已受业，退而修行，行不由径，非公事不见卿大夫。南游至江，从弟子三百人，设取予去就，名施乎诸侯。孔子闻之，曰：‘吾以言取人，失之宰予；以貌取人，失之子羽。’”《史记・仲尼弟子列传》中华书局，P2205 ~ 2206。

王贲决堤淹开封

自古以来，黄河大堤是三年一小决，五年一大决，时常泛滥成灾。两岸人民吃尽了苦头，受尽了罪。更可恨的是，还有些帝王将相、军阀官僚，为了争权夺利，人为地扒堤造灾。传说，最早的一次是春秋战国时王贲决堤淹开封。

那时候，天下被诸侯们分割得七零八散，诸侯们各据一方，干戈相见，争霸称雄。中原大地上有个魏国，建都开封，魏惠王有勇有谋，能征善战，占了秦国许多土地。秦国打了败仗，失了国土，和魏国结下了仇怨。

秦王政继位后发愤图强，重用商鞅，实行变法，秦国很快强盛起来。秦王政觉得国力雄厚，就派出重兵，由大将王贲带领，攻打魏国。

王贲虎背熊腰，武艺高强，熟读兵书，用兵布阵，得心应手。他带领着秦兵一路拼杀，攻州克县，锐不可当，很快逼近了开封。

几年来，魏惠王整治开封上花了不少工夫。他率领军民开挖了一条河渠，引黄河水绕开封城而过，向东南注入淮河，这条河又和开封城里的汴河相通，使百姓用水十分便利，又把旱地变成了水浇地，增加了粮食收成。为了确保开封安全，他把城墙修得又高又厚，层层设防，使开封城易守难攻。

王贲围住开封，天天在城外叫骂，激魏惠王出兵。魏惠王自知眼下敌强我弱，不能硬拼，一面固守城池，一面派出使臣，向外求援。

这天，王贲亲自到城下叫阵，口出恶言，骂声不断。魏惠王不急不恼，轻蔑地一笑，胸有成竹地说："开封城坚如磐石，固若金汤，我粮草充足，军民心齐。你王贲纵有三头六臂，也奈何不得。有朝一日，我出兵一击，定叫你粉身碎骨！"王贲听了，火冒三丈，下令攻城。

秦兵刚到护城河边，便被魏军乱箭射回。王贲出兵失利，败回大营，心生闷气。这时，秦王政的圣旨到了："命王贲半月内攻下开封，到期拿不下城池，提头来见。"王贲和部下再三商议，决计强攻开封。

第二天，王贲点选精兵强将，他亲自擂鼓助威，进行强攻。秦兵渡过护城河，架云梯爬城。魏军以逸待劳，沉着应战，把秦兵打了个惨败。

王贲连连强攻，连连惨败，部下将士一提攻城就心怵胆怯。王贲无计可施，郁郁不乐，骑马闲游散心。他来到黄河堤上，看着黄河水哗哗流着，到了一个拐弯处，突然涌进那条开挖的河渠。他心生一计，喃喃自语着："我何不用水攻开封。"

王贲顺着河渠看了个仔细，那河渠连着汴河，只要汴河水涨，就可叫开封城内灌满水。正巧，秦王政此时又派使臣催问攻城一事。王贲便让使臣回禀秦王，保证如期拿下开封。王贲连夜调动兵马，把黄河入河渠的进水口扒大，挖宽河渠和汴河的连接处，想以迅雷不及掩耳之势，水攻开封。

河渠里的水一下子涨了三尺高，汹涌澎湃，直泻下来，开封城上的守城魏兵见河渠里猛然涨水，连忙报告惠王。惠王不动声色，淡然一笑。开封紧靠黄河，惠王韬略过人，怎能想不到敌军会用水攻，他早就暗中堵死了河渠入汴河的地方，又把护城河和河渠挖通。

河渠水翻滚着上涨，一滴也流不进城内，都涌进了护城河。护城河很快满了槽，里边有城墙挡着，水只有向城外漫淹。大水冲进城外秦兵军营内，气得王贲七窍生烟，叫苦不迭。水攻没淹成开封，自己反倒要拔营退兵。

秦王政的攻城期限眼看就到了，王贲像热锅上的蚂蚁，急得团团转。这时，一个心腹给王贲出点子，说："黄河水灌不进开封城，是因为水小……"

"那咋办？"王贲忙问。

“扒堤决口。”心腹说。

王贲心头一惊，这可是个好办法。不过，扒堤决口，非同儿戏，他一时难下这个决心。

王贲正在前思后虑，密探来报，说鲁国已从东边发兵，楚国从南边点将，日夜兼程来增援魏国。王贲闻报，知道事情宜早不宜迟，只好下定决心扒堤。

城内魏惠王见秦兵撤退，摆下酒宴庆贺。酒过三巡，菜过五味，正在兴头上，守城的大将又向魏惠王报告了一个好消息：秦兵全部起营后撤，上了黄河大堤。魏惠王顿时面如土色，扔下手中夹肉的筷子，大叫不好。众位大臣疑虑不定，敌军撤兵该高兴哩，国王咋大叫不好呢？魏惠王忙撤了酒宴，命令全城军民一齐出动，加高城墙。

魏惠王已推测到王贲会决黄河大堤，水淹开封，只是怕城内骚乱，没敢讲出口。开封城内一片忙乱，官民商贾、男女老少一齐出动，挖土的挖土，装包的装包，城墙在一点一点加高。王贲把大军撤在黄河大堤上，选拔五百精兵，在开封正北扒开了黄河大堤。黄河水像蛟龙松了绑，自北咆哮而来，大堤堵挡不住，轰轰隆隆塌了十几里。

眨眼间，开封城外一片汪洋。黄河水拔树掀屋，水上阵阵声嘶力竭地喊叫。黄河水一个浪头接一个浪头，呼啸着上涨。虽说开封城也在加高，怎奈黄河水越来越凶，越来越深，终于漫过城墙，继而冲垮城门，大水扑天盖城进了开封。

只半天工夫，开封城不见了。水上漂的全是死尸、家具、梁檩，千千万万无辜百姓丧生水中，失去家园，遭受了一场大灾难。

黄河水下去后，泥沙淤平了开封。开封四周哀鸿遍野，泽地千里。

（姗蒸搜集整理）

田国舅扒口

田蚡是汉武帝的舅舅。他靠着当娘娘的姐姐和当皇帝的外甥，在朝中为非作歹，称王称霸，飞扬跋扈。汉武帝刚登上皇帝宝座时，不敢惹这位舅舅，对他又是封官又是封地。田国舅在京城里有很大的官府，可他还嫌不够，又向汉武帝伸手要地，汉武帝就在现在的濮阳北边封了一块风水宝地给他。

这片封地有良田千顷，打的粮食堆成山。田国舅在封地上修花园、建房屋。又过了些年，田国舅当了丞相，更加专横不讲理，横行霸道。

这年，黄河大堤在濮阳一带出了险情，治河官汲仁和郭昌在黄河大堤上领着河工们抢险固堤，忙得头不是头，脚不是脚。

田国舅听说大堤出险的地方离他的封地不远，急忙离京赶到大堤上，传来汲仁和郭昌，询问河堤险情。汲仁和郭昌告诉他，南岸大堤没事，北岸大堤险情一天比一天严重，弄不好就会决口。田国舅犯了嘀咕：北岸一旦决口，洪水一会儿工夫就能淹掉他的封地，这可了不得，花了大把大把的白银修起的庄园，咋能叫一道水冲了？田国舅思量后对两个治河官下了命令："不能叫北岸决口，北岸大堤出了啥事，就拿你俩问罪下狱。"

汲仁和郭昌也不糊涂，北边是田蚡的封地，万一黄河决口，两个人真要吃不了兜着走。他俩不敢远离河堤一步，日夜加固大堤。可大堤险情越来越重，愁得两个人提心吊胆、日夜不宁。

这天，田蚡又把汲仁和郭昌传去，叫他们想办法保住北岸大堤。两个人说："啥办法都用尽了，看来北岸大堤保不住。"田蚡眼一瞪说："不是没法，是你们不想，还要叫我给你们点破？"

汲仁和郭昌相互看看，不知田国舅葫芦里装的啥药，赶快跪下来说："请大人指点，一定照办。"田蚡便向他俩说透了："只要扒开南岸大堤，洪水一泻出去，北岸还会有啥事？"汲仁和郭昌心里打战：这事可千万干不得，人为扒堤那不是存心害南岸的老百姓吗？

汲仁和郭昌回去后犯了愁，郭昌说："咱不听田大人的，头上乌纱难保呀！"汲仁说："就是砍脑袋也不能去扒堤！"

第二天，田国舅又派人去问汲仁和郭昌办法想好了没有。这不是明摆着逼人吗？汲仁和郭昌两个人意见不同，汲仁说啥也不干这伤天害理的事。郭昌说："有丞相做主，干就干了！"晚上，郭昌偷偷去找田国舅，田蚡给郭昌许下承诺，事成后保他升官发财。

于是，郭昌挑了十几个心腹河工，乘船过河，扒开了南岸大堤。黄河水从扒开的口子涌了出去，一冲一涮，大堤"呼呼隆隆"塌了十几丈宽，洪水嗷嗷叫着向东南窜去，转眼间淹了地、淹了村，放眼望去，黄水一片。

郭昌带着十几个河工过河回来，刚上岸就被一队官兵拦住。这是田蚡派来的人马，要杀人灭口。官兵不由分说，把十几个河工一一捆住，说他们是故意扒口，把他们扔进了黄河。这可吓坏了郭昌，立刻跪下磕头求饶。

田国舅给汉武帝写了奏章，说黄河大堤北岸由郭昌防护，安全无事，而汲仁在黄河南岸不尽力护堤，工作马马虎虎，致使南岸决口。于是，汉武帝下旨撤了汲仁的治河官职，下了大狱，而郭昌却升为治河总督，又赏白银二百两。

南岸的决口向外哗哗流着水，向东南方向看去，洪水无边无际。汉武帝下旨堵住决口，田国舅却左阻右拦，说东南地势低，河水一流，正好叫黄河改道算了。郭昌掌管了治河大权，事事处处照田蚡的眼色办事，不敢去堵这个决口。就这样，田蚡利用手中丞相的大权，明里说不行，暗里吓唬人，这个决口一下子流了二十年，黄河南岸的老百姓受尽了苦头。

后来，状告田蚡的奏章越来越多，汉武帝又查明了汲仁是受冤下狱，便把他放出来，命他为治河官，去堵口治水。汲仁很快堵住了这个流了二十年的决口，洪水退了，老百姓回了家园。

（申法海搜集整理）

黄河安澜　摄影 / 孟宪明

包公计铡河防官

人们都知道包公铡过驸马、国舅，但包公铡河防官的事，知道的人就不多了。

北宋时，黄河从现在的河南滑县穿过，向北流去。传说包公铡河防官的事就发生在滑县。

包公刚坐开封府，滑县连续三年点雨不落，田地旱得横七竖八裂成缝，像铺了一张张乌龟盖，庄稼颗粒不收，老百姓缺粮断炊，纷纷背井离乡去逃荒要饭。包公把滑县的灾情奏明皇上，请旨去放赈，皇上应准，命包公去滑县救灾。

包公带领王朝、马汉、张龙、赵虎，离了开封府，走了半晌，天空突然聚起阴云。包公看着天阴起来，心里叨念：下点雨吧，能赶上种麦，明年百姓们的日子会好些。午后，黄豆般的雨滴扑扑嗒嗒地落下来，一阵比一阵紧，只一袋烟的工夫，地上哗哗流起水来。包公只有住下，等雨过天晴再走。

久旱不雨，下起来没个头，直下了八九天。逃荒在外的人听说家乡落了雨，纷纷冒着风雨起程回家，打算赶节令趁墒种庄稼。那时在滑县住的河防官是个见钱眼开、手狠心毒的家伙。他见黄河年年决口成灾，河防官打着治水的招牌明里贪暗里拿，白花花的银子向家里流，眼热得很。他用了两年工夫，在朝里托人保举，又在下边四处打通关节，银子花了几百两，才终于坐上了河防大臣的肥差。他到了黄河边，心里美滋滋的，自言自语道："治水堵口是拿钱往水里扔，没个数没个影，咋鼓捣都行，我这下该发财了。"

谁知事情不尽如人意，自他上任以来，年年坑塘没水河沟干，别说决口了，黄河干旱得连底都露出来了。当了三年河防官还没见银子的面，真败兴。他不想再混这个差事了，写了辞呈，准备送进京，另找能捞钱的门儿。正好遇上这场连日阴雨。

天像漏了底，雨紧一阵、松一阵，河防官的辞呈不能送了。一道闪电一声雷，风夹雨，雨夹风。呼噜咔嚓！随着一声沉闷的炸雷，一个心腹校尉慌里慌张推门进来。

校尉结结巴巴地说：“大人，黄河涨水了。”

“好！”

校尉眨眨眼，心想：黄河涨水，百姓受苦，有啥好？他哪里知道河防官正打如意算盘哩。

校尉向前凑了凑，说：“这天有下头，怕……”没等他说完，河防官就瞪眼了：“少啰嗦，还不忙去！”校尉碰了个没趣，起身走了。

猛然，河防官心里一亮，“呼”地窜出来，顾不得大雨浇头，喊来校尉问清了黄河水情。回来后，他在屋里手托下巴一阵思索，歪点子就出来了：黄河涨水是送上门的发财机会，一不做二不休，我把大堤一扒，来个大决口，让皇上拨银两堵口吧！

河防官打定主意，连夜指使心腹校尉用银子哄骗了一班人，爬上黄河堤，扒开一个豁口。雨水一冲，河水一涮，口子开了几丈宽，黄河水咆哮着向东涌去。刚逃荒回来的老百姓又逢了水灾，屋倒人亡，哭叫声令人寒心。河防官令人扒堤的同时已写好奏章：黄河在滑县决口成灾，请拨白银三万两，以做堵口治水之用。

皇上见了奏章大惊失色，害怕洪水淹到开封。银两呢？国库又没有。于是下旨，叫包公带上银子和粮食转给河防官。

雨停了，包公启程。一路上，逃难的百姓成群搭伙，连绵不断。包公心里奇怪：下了雨，老百姓该回家了，为啥向外跑呢？一打听，原来是黄河决了口，水已淹到濮阳。

包公傍晚到了滑县，走上大堤，看看河床中只有大半槽水，咋会决口哩？这时有一群老百姓头顶状纸，口呼青天大老爷，跪在包公面前的泥水中。马汉接过状纸递给包公一看：状告河防官扒堤。包公倒吸了一口凉气，压住怒火，细听告状百姓讲明情况。原来这几个人见老天爷落雨，便从外地沿黄河堤回家。他们归家心切，连夜赶路，快到家时却见堤上有灯火闪动，走近一看，是河防大人的部下在扒堤。几个人扑上去拦阻，双方叮叮咣咣打起来，结果被抓住两个，其他人见势不好就跑了。河防官怕走漏风声，把抓住的两个人扔到黄河里，还四下查寻跑走的那几个。

包公听后气得眼冒金星：你河防官扒堤淹百姓，我轻饶不了你！可是河防官为啥要扒堤呢？包公细想的当儿，只听一声高喊："圣旨到！"包公接旨，才知道皇上命他把银子和粮食全交给河防官，包公这才明白，河防官为的是银子呀！

包公晚上住在河防官的官府里。河防官收了包公带来的一万两银子和一万石粮食，心里乐呵呵的。

夜里，河防官睡不着，一会儿盘算着这次能捞多少银子，一会儿又想起自己扒堤，不由得心虚害怕，疑神疑鬼，心口怦怦乱跳。三更天了，河防官还是睡不着，对着大柜子里的银子高兴得嘿嘿直笑。笑声未落便听到一阵打门声。"吱扭"，门被硬推开，进来四个浑身白衣、披头散发、袒胸赤脚、身上水淋淋的人。河防官一惊——这，这是淹死鬼吧？河防官吓得胳膊腿直筛糠，战战兢兢地问："你们来干什么？"

"你扒黄河堤，把我们淹死，我们今天报仇来了！"

防河官头发直立起来，吓得尿了一裤裆。他镇镇神，说："我是皇帝命官，河防重臣，护堤治水，怎能扒堤？"

四个"淹死鬼"对着河防官厉声说："你还不认账，把他拖出去扔到黄河里！"说着，这个抓头发，那个拽胳膊，个个露出凶相。河防官两腿一软，跪在地上，又磕头，又作揖，连喊饶命。

抓头发的“淹死鬼”问河防官：“堤是不是你扒的？”

“是，是！”

“堵口的银两能不能分给我们一些？”

“能，能。”

“好，这就饶你。”

河防官头拱地，嘴里不住地说：“谢谢诸位魂灵！”

河防官被踏了一脚，一屁股歪坐在地上，抬头一看，吓了一身鸡皮疙瘩。面前站的是王朝、马汉、张龙、赵虎，地上扔了一堆湿衣裳和假面具。河防官这才明白自己上了当。

河防官指着四个人问：“这是什么意思？”

“把他拿下！”门外一声喊，包公进来了。包公嘿嘿一阵冷笑，说：“河防大人，就是这个意思。”

第二天，百姓们听说包公要在黄河堤上铡河防官，方圆几十里的人都纷纷来看热闹。午时三刻，包公一声“开铡”，河防官的脑袋搬了家。刽子手把河防官的尸体扔到决口里。百姓们还不解气，用砖头、瓦块、土坷垃向尸体砸去，千人投，万人扔，转眼间竟把决口堵住了。

（申法海、缪华搜集整理）

王安石放淤开良田

北宋时期，王安石当宰相的时候，一心要富国强兵，提出了许多发展农业生产的好办法，很受宋神宗赵顼的赏识，只是有些办法触及了大地主豪强的利益，遭到不少朝臣的反对。

有一天，王安石巡视民情回京，路上看到一个奇异的现象：有一块庄稼地，禾苗长得又黄又矮、稀稀拉拉，其中一溜的庄稼却长得又绿又壮。这一溜地有两丈多宽，弯弯曲曲的，一下子看不到头。在这一片贫瘠地里，咋会有一溜好庄稼苗呢？

王安石一时弄不明白，见地里有个种地老汉，就走过地垄沟去问他。老汉告诉王安石，庄稼长得好的这一溜地，原来是一条沟，不长庄稼，黄河决口泛滥时，沟里积存了齐胸口深的水，水退以后，泥沙在沟里淤了厚厚一层，后来种上庄稼，没想到长得这么好。老汉还告诉王安石，这一溜地里的土的味道都不一样。王安石捏了两种地里的土，分别闻了闻，土味果然不一样。王安石来了兴趣，在这一带转悠起来，见哪片庄稼长得好就去查问原因。打听来打听去，他慢慢弄清了一个道理，凡是黄河水淤过的地都能长出好庄稼。

王安石面带喜色，边走边想：京城汴梁四周有许多薄地，年年都是种一葫芦收两瓢，还有一大片白茫茫的盐碱地闲着没人种。要是把这些地都淤一下变成良田，这可是件功德无量的好事啊！

回到京城，王安石连忙伏案写了放黄河水淤地造田的奏章。宋神宗御笔一挥，下了圣旨，由王安石主管，放黄河水淤地造田。

宋神宗回到后宫以后，国舅求见，说他受众位朝臣之托来恳求皇上收回放黄河水淤地的旨意。宋神宗皱了皱眉头，思虑再三，没有答应。

国舅见宋神宗一点都不松口，便心生一计，压低嗓子神秘地对宋神宗说：“皇上可知，王安石放水淤地是假，妄图淹汴梁是真。”宋神宗不信他的话，问道：“他为啥要淹汴梁？”国舅说：“他想夺赵家的江山哩。”宋神宗厉声喝道：“何以为证？”国舅张口结舌，说不出个道道，吭哧了半天，才挤出一句：“皇上不信，等着瞧吧。”

放黄河水淤地是件非同小可的事，又加上有朝臣反对，王安石特别小心谨慎。他围着汴梁城转了好几圈，把四周土地的高高低低、坑坑洼洼看了个仔仔细细，最后决定先淤城南边的地。附近的老百姓长年累月和土地打交道，知道黄河水淤过的地能长好庄稼。他们听说王安石要淤地造田都很高兴，告示刚出来，就按照宰相的安排顺顺当当地搬家迁居。

城南有座一顷大的花园是国舅家的，正好在淤地圈内。王安石亲自上门向国舅讲明情况，要他腾腾地方。国舅哪里把王安石放在眼里，恶声恶语地说：“我不管你淤地不淤地，花园是我家的，谁敢沾沾边，我定叫他日子不好过。”

王安石先软后硬，贴出布告，限国舅五天内把花园里的东西搬清。国舅看了，又恼又气，随即派了百十号人，在地里打起围墙，成心和王安石作对。王安石早就看不惯国舅的横行霸道，又有圣旨在手，就派人推了墙，运走了垒墙的砖灰。这一下捅了马蜂窝。国舅跑进后宫，又哭又闹，对皇上和娘娘说王安石欺人太甚，存心不善，没把皇上和娘娘放在眼中，恳求皇上为他做主。有娘娘在场，宋神宗对国舅好言相劝，他向国舅许诺，先把地淤了，等造好田再加倍赏赐土地，再给他修个更好的花园。国舅见宋神宗对淤地的事铁了心，真想干出点名堂，就强压怒火，来了个顺坡下驴，见好就收。

很快，引水的渠沟挖好了，要淤的地也圈好了。王安石见一切都准备妥当了，便下令挖开黄河大堤，黄河水顺着挖开的引水渠滚滚向

南，流进了要淤的地里。

几个反对淤地造田的官员跑到国舅府叫国舅想办法阻止淤地，国舅冷笑一声，说：“别慌，王安石淤不成地。”原来，国舅早用银子买通了指挥挖河的官员，暗中捣鬼，偷偷把渠沟和流入城里的汴河挖通了。

王安石见引出的黄河水向南一个劲地流，心里非常高兴，四处巡视了一番，就放心地回府忙别的事了。半夜，引来的黄河水却骤然改变了流向，顺着汴河流进了城里。

清晨，城里的人们发现河水猛涨，水面已快挨上城中的州桥了，城里顿时一片混乱，“汴河涨水了”“汴梁城要淹了”的惊叫声四起。

宋神宗连忙升朝，召集文武百官查问汴河涨水一事的缘由并商议对策。国舅第一个出来发难，奏道：“王安石居心叵测，淤地是假，淹城是真，望皇上明鉴，停止放水淤地。”

宋神宗宣王安石回禀，众臣才发现王安石没来上朝。国舅又带头起哄，说王安石做贼心虚，怕是躲起来了，一时间金殿上议论纷纷。宋神宗担心出事，便下旨停止淤地造田。

国舅听了心中高兴，眉开眼笑。这时，王安石三步并作两步上了金殿，详细地向宋神宗奏明了夜里发生的事。原来三更时，王安石发现汴河水涨，心里奇怪，连夜访查，很快查清了引水渠和汴河被暗中挖通的真相。他一边派人堵死流入汴河的豁口，一边传来指挥挖引水渠沟的官员审问，那官员见事关重大，便交代了实情。王安石叫他写了供词又画了押，这才急忙赶来上朝。

金殿上，宋神宗大发脾气，斥责国舅不该在这么大的事情中乱掺和，险些误了有关黎民生计的大事。国舅在人证面前吓得连忙跪下求饶，宋神宗一怒之下把国舅下了大狱。

王安石亲临黄河督阵，又扒开河口，黄河水顺着引水渠缓缓向南流去。几个月后，汴梁城南的土地上沉积了厚厚一层的泥沙，隔年种上的小麦长得绿油油壮乎乎的，每亩多收了好几成呢！中国利用黄河水放淤造田、变害为利的方法还是从王安石开始的，至今两岸群众还采用此法造田呢。

（申法海搜集整理）

【注释】

［1］种一葫芦收两瓢。河南也有地方说：种一葫芦打两瓢。方言熟语，字面意思是种一葫芦种子，收两瓢粮食，等于说收的跟种的一样多，形容地力不好，收成极少。

淤田种麦　摄影 / 孟宪明

贾鲁沉船堵口

元朝时，有个管理黄河的小官叫贾鲁[1]，他一到黄河就跟着河工接二连三堵了几次决口。闲下来时，他沿着黄河大堤从河南到山东、从山东到河南，来来回回走了几趟，走罢北岸走南岸，一路走，一路查访，经过反过来掉过去地察看，加上几次堵口的经验教训，他想了一套治黄河堵决口的办法。

贾鲁把他治河的办法详详细细上奏给皇帝，皇帝看不懂，就叫工部成尚书看贾鲁的奏章。工部成尚书是贾鲁的顶头上司，看了贾鲁的奏章后一肚子火气。为啥呢？因为按照贾鲁的办法去治河堵口，自己就捞不到治河用的银两了，因此他恨透了贾鲁，向皇上奏道："贾鲁的治河堵口办法根本不行。"

皇帝没了主意：用贾鲁吧，怕工部成尚书反对，出难题闹事；不用贾鲁吧，眼睁睁看着黄河年年决堤闹灾，朝廷花费了许多钱财，却一直没有治住黄河决口。

正在皇帝拿不定主意的时候，黄河在河南境内又出现了几处决堤，闹了水灾。皇帝看着各地报告决口的奏章，急得坐立不安，于是召来成尚书，想叫他亲自去堵口治水。成尚书早已打探清楚，这次决口不比往常，洪水真是铺天盖地，自己一去，少说三年五载难回来，说不定还会把老命丢在黄河上。他眼珠一转，来了主意，就推荐贾鲁去堵口治水。

成尚书面见皇帝，改口把贾鲁说得咋行咋中，负责去堵黄河决口肯定能马到成功。可贾鲁心里清楚，成尚书保荐自己去堵口，是黄鼠狼给鸡拜年——没安好心。皇帝也觉得成尚书昨天讲一个样，今天讲一个样，不知葫芦里卖的是啥药。不过，眼下灾情一天比一天大，堵口紧迫，真如火烧眉毛，只好按成尚书的意思下旨：把堵口款项拨给工部，由工部掌管，封贾鲁为河防官，限三个月堵好决口，治住灾情。

贾鲁火速来到黄河大堤上，用他的治河办法，连明搭夜，只用了两个半月就堵住了几处决口，剩下最后一个决口时，银两用完了。贾鲁急忙上报工部，请求再拨堵口费用。成尚书一两一文也不肯再给，堵口停了工。事情闹到皇帝那里，成尚书诬陷道："按贾鲁的新法堵口，拨的费用绰绰有余，咋花也用不完。如今决口没堵完，银两不够，想必里边有鬼，有人贪污。"贾鲁气得有口难辩，只好回到河上另想办法。他看着决口塌了四五丈宽，水向外哗哗流着，心里又着急又难受。这时，成尚书又唆使皇帝下了圣旨，要贾鲁在十天内堵住决口，到期堵不住，以欺君犯上惩处。

堵口的东西都用完了，只剩下八只来往运物料的大船。贾鲁在船上打主意，看来只有破釜沉舟一条路了。他把船用尺量了又量，把决口看了又看，五天过去了，河工们都为贾鲁提心吊胆，捏着一把汗，他却一笑，决定了堵口的办法：沉船。

第二天，贾鲁叫河工把两只大船头尾相连，拴死固牢，八条船连成四对，船舱里填满泥土。贾鲁乘第一对船，指挥着河工把船驶到决口前，船横着顺水势向决口漂去，正巧被卡在决口里，贾鲁下令把船底凿穿，河工们请求贾鲁跳水后再沉，贾鲁急了，下了死命令：船不沉下去，谁也不准跳水。很快船底被凿穿，船向下沉，眼看着水过了船帮，淹住了膝盖，贾鲁才下令跳水，各自逃命。接着第二对、第三对、第四对船挨个沉下去，一个摞一个，决口被堵住了。

成尚书从京城来督促贾鲁堵口，住在远离黄河的地方，专等十天期限一到，贾鲁堵不住决口，便捉人问罪哩。五天过去了，贾鲁还没动静，成尚书一肚子高兴。不料，第六天便传来决口已堵住的消息，成尚书半信半疑，匆匆来到黄河岸上一看，决口真的堵住了。成尚书

传贾鲁来见，堵口工地上一片哭声，河工们说，贾鲁在沉船后最末一个跳水，至今还没回来，生死不明。又等了三天，还不见贾鲁回来，成尚书想：贾鲁八成是淹死了。决口已经堵住，贾鲁淹死了，这正是自己报功请赏的好机会。

成尚书赶回京城，谎报了堵口治水的情况，说贾鲁堵不住决口，畏罪跳河身死，他领着河工，没花分文便把决口堵住了。皇帝十分高兴，下旨给成尚书庆功。

庆功宴上，酒过三巡，文武百官正在兴头上，贾鲁来了。贾鲁和成尚书都说决口是自己堵的。成尚书拍桌子瞪眼睛，说贾鲁到期不能堵口，又畏罪逃走，实属欺君，要把贾鲁推出去斩首。贾鲁哈哈大笑，据理力争，冒死闯到皇帝面前，说："请成尚书当着皇上和众位大臣讲讲他是用啥堵住决口的？"成尚书张口说道："堵决口还能用啥？泥土、石头呗。"

贾鲁说："我用的是八条大船，请皇上明察。"

庆功宴不欢而散。皇帝派人到决口处查看，果然是用船堵的决口，皇帝这才知道成尚书贪天之功，据为己有，图谋不轨，嫁祸于人，下旨摘了成尚书的乌纱帽。后来，贾鲁被提拔当了工部尚书，专管治理黄河的事。

（申法海搜集整理）

【注释】

[1] 贾鲁：（1297—1353），字友恒，元代高平（今山西晋城）人，著名河防大臣、水利学家。贾鲁治河，采取疏、浚、塞并举的方略，疏浚中，凡生地新开，凿之以通，故道高低，取之以平，河身广狭，导之以直，淤塞之道，浚之以深，泽水之地，开渠以排洪。绘制《河平图》。

刘伯温赠珍珠

刘伯温去世二百年后，有一天，有个姓杨的知县外出察看民情，来到一条大河边，看到河边一座坟墓快被河水冲垮了，一打听，才知道是刘伯温的坟墓。杨知县发笑，说："人们都说刘伯温神机妙算，能知未来祸福。他老先生咋就把墓地选在这里呢？怎么就没有算出来二百年后河水会把坟墓冲毁呢？真可谓'智者千虑，必有一失'啊！"

讥笑归讥笑，感叹归感叹，这位杨知县还是敬重刘伯温这位开国功臣的，于是派人为他选了一块名叫安乐窝的坟地，还带领衙役们举行了隆重的仪式，亲自主持，招呼着给刘伯温迁坟。

起墓时，他们挖出了一个精致的小瓷罐，里头装着珍珠。杨知县忙叫一个随从收拾起来，并叮嘱随从要原样放入刘伯温的新墓穴里。棺材起出来了，杨知县和在场的人都为刘伯温棺椁的精致程度惊呆了。棺椁不大，小于制度[1]。刘伯温特降低自己墓葬的规格以示谦逊，但棺椁的材质为北方上等柏木，做工精细，做法为"归活"[2]。棺椁的油漆工艺更高，二百年过去了都没有一点受损，仍然明光可鉴。大家赞叹了一阵便抬走棺木，走了约半里地，杨知县突然说："大家稍停，让我再回去看看。"

老班头是个聪明人，赶快招呼衙役们停下，又叫上两个得力伙伴跟随知县一同往回赶。来到墓坑边，知县吩咐衙役说："小心点，贴着棺材地下慢慢挖。"刚刚挖了三四寸，果然又挖出一块儿小石碑。

老班头眼睛都亮了，连声说："还是老爷高明，到底是老爷高明！"杨知县也得意了，说："赶快回去，不要让众人久等。再说，下葬还不能误了时辰。"大家急急忙忙往回赶。许多人都看见了他们挖出来的"宝贝"，杨知县示意老班头把小石碑交给师爷，然后说："我想着，刘伯温老先生那么多的学问和功劳，在朝野那么德高望重，咋的也得有块墓志铭呀。”众人闻言，一个个都伸出大拇指，齐声赞叹：“还是老爷高明，学问大，见识广。”于是，杨知县也忘乎所以了，说：“让师爷给大家念念，看看老人家在他的墓志铭上写些啥？”大家也都翘首以盼。

于是，师爷小心地拂去上边的尘土，高声念了起来：“感谢知县杨大哥，把我挪到安乐窝，赠你珍珠十八颗。若是珍珠少一颗，请往随从袖筒摸。”大家一听顿时傻眼了。半天，杨知县反应来，立马叫随从拿出瓷罐，倒出珍珠 数，真的少了一颗。他往随从袖筒里一摸，果然摸出了那颗珍珠。这时，所有人才真正地惊呆了。

还是老班头精明，赶快出来打圆场，说：“呀！刘伯温真是神机妙算呐，真是神机妙算呐！咱大老爷高明，高明啊！”众人抬着棺椁去下葬。一路上，杨知县低头不语。

【注释】

［1］制度：制，规模；度，度量。在封建社会，官员的宅邸、墓葬都有与级别相对应的规格要求。［2］归活：传统木工做棺材最高级的做法，所有的构件都用扣榫，整个棺木不用钉子。殡葬时把尸体放入后，扣天板时需要推撞，天板入槽后便无法再打开。

（霍清廉、张晓杰搜集整理）

镇河铁犀

开封北郊铁牛村的高岗上有一头浑身乌黑的铁铸怪兽，它独角朝天，威武雄壮，日夜不懈地注视着北边汹涌澎湃的黄河，犹如防洪护城的哨兵，这尊铁铸怪兽就是明朝河南巡抚于谦铸造的“镇河铁犀”，老百姓俗称铁牛。

五百多年前的一天，阳光灿烂，一艘官船从黄河花园口起锚，顺流而下，新任河南巡抚于谦[1]一身青衫，临风而立。他三十岁刚出头，天庭饱满，地阁方圆，剑眉秀目，一身正气。于谦祖籍在开封东边偏北的兰考城，世代书香门第。早年，由于黄河三更半夜突然决口，全家人在睡梦中被洪水吞噬，只有他爷爷仗着年轻又识点水性，才侥幸逃脱性命，历尽千辛万苦流落到浙江钱塘定居。于谦小时候常听爷爷含泪诉说当年家破人亡、颠沛流离的悲惨情景，爷爷说黄河里有一只青面獠牙的水怪，经常兴风作浪，祸害百姓。于谦听后暗暗立下宏愿，长大后要回到中原老家治服黄河，为民除害。他二十四岁考中进士，历任要职，政绩卓著，很受皇上的赏识，刚进而立之年就御赐蟒袍，手握尚方宝剑，来中原主政。他打算上任后第一件事就是拿黄河水怪开刀，造福黎民。此时正值汛期，轻舟如飞，于谦不禁心驰神移，诗兴大发，吟道：

顺风吹浪片帆轻，

顷刻奔驰十数程，

舵尾炊烟犹未熟，

船头已见汴梁城。

船靠柳园口，于谦带着书童于成悄悄上了岸，登上大堤，纵目眺望，七朝繁华的古都开封尽现在眼下。他沿着堤坝查看，所到之处千

孔百疮，一片凄凉。他的心悬了起来，这样的堤坝怎能挡得住凶恶的黄河？一旦决口便会洪水灌城，后果不堪设想。

走着走着，于谦来到附近一座难遮风雨的席棚外，一群衣衫褴褛的工匠围着铁炉骂骂咧咧，有的要走，有的要留，有的进退两难，闹闹嚷嚷，吵成一片。满脸络腮胡须的掌钳师傅走到一位须发皆白的老人面前，恭恭敬敬地说："千锤打锣，一锤定音，就听您老一句话了。"老人说："听说于青天就要走马上任了，再等等看吧。"一个壮小伙说："天下乌鸦一般黑，谁肯管咱老百姓死活！"一位瘦高个双手抱头往地上一蹲："仨月不见一分工钱，一家老小张着嘴哩。"络腮胡说："天下没有不散的筵席。师傅，人心散了，还是散伙吧。"老人沉吟半晌，把手一挥："人各有志，不能勉强，我这把老骨头早晚要埋在黄河大堤上。你们愿走就走，愿留就留，各奔前程吧。"话音一落，人们呼呼啦啦散开，拎起各自的工具就往外走。

听候多时的于谦上前双手一拦："各位乡亲，请听我一言。"

壮小伙瞪了他一眼："闪开，别拿俺穷哥们寻开心！"

书童于成上前喝道："休得无礼！这位就是新任河南巡抚于谦于大人。"

壮小伙惊疑地上下打量着于谦，发出一阵怪笑，冲大伙说："别说是河南巡抚，就是开封知府，哪个当官的不是前呼后拥，鸣锣开道？"又冲于谦扮了个鬼脸："于大人，咱们一起逃吧，走晚了，黄河里的水怪拿你当点心。"

"你们不信？"于成急了眼，打开肩上的包袱，双手一抖："请看皇上赐的蟒袍玉带。"人们眼前一亮，只见一套绣银线、滚金边、五彩斑斓的蟒袍玉带熠熠生辉。

于谦脸带怒容，喝道："放肆！"于成吐了吐舌头，赶快把蟒袍收起来。

白发老人拨开人群，纳头便拜：“黄河巡防道下属工匠营铁木作头目李德成参见于大人。”众人也惶恐地随着跪下。

于谦笑着搀起老人：“大家都起来，往后咱们齐心合力治理黄河。”

李德成双手抱拳：“工匠营愿追随大人赴汤蹈火，万死不辞！”

于谦转向于成道：“你马上进城传我口谕，开封知府和河道总督立即来此听命。”

于成问道：“大人何处下榻？”

于谦一指旁边的破席棚：“巡抚衙门就暂设这里。”

李德成激动得热泪盈眶，大手一挥：“来，给于大人搭帐篷！”

中午时分，开封知府领着大小官员匆匆赶来，一见于谦，诚惶诚恐，连连叩头请罪。

开封的镇河铁犀　摄影 / 霍清廉

于谦眉头一皱："河道总督呢？"

于成道："我在妓院里找到了河道总督，老小子说我扫了他的兴，他要陪姑娘喝酒，没工夫见你。"

于谦怒火中烧，喝道："大胆！给我抓过来。"

开封知府战战兢兢，讷讷地说："大人息怒，千万抓不得，这河道总督乃是周王殿下的侄儿。"

周王又是怎么回事呢？原来明朝开国皇帝朱元璋打下天下后，为了巩固江山，就把他的儿子们分封到各地为王，开封便成了周王的世袭领地。这一代周王飞扬跋扈，贪婪成性，根本不把朝廷放在眼里，他见河道总督是个肥缺，有油水可捞，便千方百计让亲侄子戴上了这顶乌纱帽。于谦深知，历任河南巡抚，谁戗了周王的茬，马上就得卷铺盖滚蛋。事情不能操之过急，他听了开封知府说抓不得后，便淡淡一笑："好吧，我改日登门拜访。开封知府，你立即征调十万民夫，修堤筑坝，防洪抢险。"

开封知府面有难色，连连诉苦道："于大人，连年饥荒，疾病流行，百姓纷纷外逃，十室九空啊！"

于谦烦躁地来回踱了几步，当机立断道："马上开仓赈济灾民，设立医局，为百姓治病。如有迟延，拿你是问！"

开封知府出了帐篷，吓出了一身冷汗，他知道这回遇上"黑老包"了，一溜小跑回城去办事了。

于青天勤政爱民的消息像长了翅膀传遍中原大地，外出逃荒要饭的乡民纷纷回归家园，青壮年主动上堤修筑，黄河两岸，热气腾腾。

于谦亲自指挥民夫垒石堵洞，填笆补漏，加厚增高了堤坝。他又发动百姓广积柴草，堆聚在堤旁，以备涨水时堵漏排险。还在大堤上分段设亭，派专人监视水情。

一天深夜，于谦沿河巡视后来到工匠营拜访李德成，问道："老人家，您是闻名中州的铁臂神锤，和黄河打了一辈子交道，怎样才能治服黄河使这里长治久安呢？”

李德成思索良久，用手遥指万家灯火的开封城说：“大人，你看这座城像什么？”

于谦道：“形似卧牛。”

李德成颔首道：“所以开封又叫卧牛城，说起来有一番来历。当年这里原是一片荒无人烟的烂泥窝，春秋时，郑庄公带领大批人马来此建仓屯粮，但河妖兴风作浪，从中捣乱，惹恼了天上的神牛，神牛施展法力，赶跑了河妖，百姓就在神牛卧过的地方修建了开封。传说黄河是神牛的小儿子，神牛怕它再祸害百姓，就留在了开封。”

于谦道：“虎毒不食子，儿狠不伤母。这些年，黄河屡屡决口，就不怕伤害娘亲？”

李德成叹道：“哪呀？神牛早让河妖给挤跑了。”

于谦惊问：“河妖这么厉害？”

“神牛张口能把东海的水喝干，河妖本来不是神牛的对手。后来，不知河妖怎么偷来了猪八戒的钉耙，专刮地皮。全城飞沙走石，地低三尺，盐碱冒头，寸草不生，神牛没了水草，存不住身，就回天庭去了。百姓有句俗话：‘圣人出，黄河清，神牛现，河妖镇。’”

于谦道：“我虽不敢自比圣贤，但愿步先贤后尘，一定把神牛请回来！”

李德成似有难言之隐，轻轻摇头：“难呐！神牛啥也不怕，就怯猪八戒的钉耙。”

这番话似明白又不明白。于谦回到大帐难以入睡，他琢磨来琢磨去，终于明白了猪八戒的钉耙指的是啥，这钉耙就藏在周王府内。开封两大害：贪官和水怪，百姓惧怕贪官比惧怕水害还厉害。天亮时，他心中有了主意。

于谦迅速查明了河道总督的劣迹，这个家伙不仅侵吞朝廷拨来的治河专款，还巧立名目私征苛捐杂税，甚至连黄河泛滥也要交决口费。百姓吃糠咽菜，衣不蔽体，他却过着花天酒地、醉生梦死的生活。于谦抓住了他的把柄，不动声色地换上蟒袍玉带登门拜访，恭请他巡视治河工程。这个草包觉得挺有面子，大大咧咧地出了城。一上大堤，于谦脸色一变，传令左右拿下河道总督，历数了他的罪状后，判定就地斩首示众。周王闻讯气急败坏地赶来，可侄子的脑袋却说什么也长不上了。俗话说‘软的怕硬的，硬的怕不要命的’，他见于谦是个难惹的主儿，又自知理亏，只好灰溜溜地回了王府。

开封百姓见于谦捅了马蜂窝，杀了皇亲国戚，奔走相告，云集大堤，欢声雷动。李德成激动地紧拉着于谦的手说：“大人，我梦见神牛又回来了，它浑身乌黑，独角朝天。”

于谦高兴地说：“好！要让全城百姓都知道，都能看见。请你带领工匠马上铸造铁犀。铁，金也、乃水之母，故子不敢与母斗；犀，牛也，牛属土性，土能克水。让它卧在大堤上，永镇河妖！”

几十盘铁炉同时生火开炉，火光映红了半边天。“镇河铁犀”很快铸造出来了。它身高六尺有余，体阔近三尺，神情威严，栩栩如生。铸成那天，铁牛雄踞高堤、虎视黄水。两岸人山人海，锣鼓喧天，鞭炮齐鸣，就像开了锅。

这年夏天开封连降暴雨，黄河猛涨，碰上了百年不遇的洪水，于谦亲自率领文武官员和百姓上堤抢险。风雨交加，电闪雷鸣，奔腾咆哮的黄河水一眨眼就齐了大堤，眼看就要堤毁人亡。说来也怪，铁牛大吼一声，低头一吸溜，洪水顿时落下三尺。又吼一声，“咕嘟”一口，洪水又落三尺。连吼三声，洪水降落一丈有余。藏在水中的河妖惊惶万状，怕被神牛生擒活捉，匆忙逃之夭夭了。

于谦在开封待了十九年，黄河再也没有泛滥过，两岸百姓安居乐业。他五十二岁那年奉旨回京，百姓听说后，痛哭流涕，夹道跪送，香案一直摆到渡口。

老态龙钟的李德成在人们的搀扶下到渡口送行，他颤颤巍巍地说：“于大人，你不带家眷来开封上任，为百姓操碎了心。”老人回头指着几个托盘说：“这点土产请大人捎回家，这是全城百姓的心意！”于谦道：“父老乡亲的情我领了，东西我无法带，我已经是满载而归了。”李德成困惑地看着于成肩上的小包袱，问道：“大人带了何物？”于谦一抖衣袖，笑道：“带有两袖清风！”说着，他来到镇河铁犀身旁，做了个长揖，然后大步流星地登上了官船。

（李程远搜集整理）

【注释】

［1］于谦（1398—1457），字廷益，今浙江省杭州市上城区人。明朝名臣、民族英雄。宣德五年（1430）被破格重用为河南、山西两省巡抚。令加厚建筑堤坝，每个乡里都要设亭，亭设亭长，责令其督率修缮堤坝。令百姓种树挖井，形成榆柳夹路的环境。

河晏水平　摄影 / 孟宪明

下游的黄河　摄影 / 王伟

郑板桥请乞丐

郑板桥到范县上任，不久，就在各要道口贴上了告示：定于三月初三，邀请叫花子到县衙做客。消息一传开，人们都觉着奇怪：这郑老爷真是个怪官儿，上任不请豪绅，反要请叫花子，葫芦里卖的啥药哩？

三月初三这天上午，县衙前院里挤满了叫花子。叫花子头儿悄悄对伙伴们说：“都别高兴得太早，县太爷请咱，是好是歹还说不清，咱来个哑巴进庙——多磕头少说话。”小晌午时，老班头儿走了出来，提着大锣“咣咣”一敲，发话了：“穷客听知！郑老爷有令，先吃饭后会客！”接着把大家领进后院，只见这里摆着一排排桌凳，桌上摆着饭菜，大家一拥而上，大吃一通。

吃了饭，郑板桥就叫打鼓升堂。叫花子们一齐跪在堂前谢恩，郑板桥把惊堂木一拍说：“衙役们，准备刑杖，每人奉送二十大棍！”叫花子们大吃一惊，叫花子头儿忙说：“老爷慢打，不知俺犯了啥罪？”郑板桥说：“你们犯了不劳而食之罪。你们不种田地，光吃现成饭，叫别人养活自己，这就是犯罪！”叫花子们抢着说：“俺都没地，咋种哩？”郑板桥说：“没地是假，偷懒是真。黄河、金堤河[1]两岸那么多沙碱荒滩地，为啥不去种？老爷今天就命你们都去开荒种地，种地五年不缴粮，栽树十年不征税，自种自用，总比你们串街要饭强吧？”叫花子头儿说：“老爷为俺想得怪周到，可俺连种地家伙也买不起呀！”郑板桥笑着说：“早准备好了。前些天抓了财主们的赌，用罚款买了一大堆农具，白送给你们使用，可有一条，三年后送旧换新，丢失了要受罚。另外，每人发十斤粮种，这样，你们干不干呐？不干的留下挨棍！”

叫花子们都愿意干，纷纷扛着农具和粮种高高兴兴地走了。三年后，沙碱荒滩变良田，河边、堤坡都栽满了树。百姓们说："郑老爷真是怪官儿办怪事，叫花子都变成了有用的人了！"

（崔全钊讲述，荆耕田采录）

【注释】

[1] 金堤河：黄河支流，流经范县城南。

丰收了　摄影 / 孟宪明

刘统勋惩贪治黄故事

刘统勋[1]是清朝雍正时的进士，乾隆时官至东阁大学士兼军机大臣。他为官清正廉明，老百姓称颂他为清官。刘统勋曾多次察看黄河，领着河工堵口治河，在河南境内的黄河两岸流传着许多关于他治水堵口的传说。这里选几个具有代表性的故事，题目是作者加的。

一、霹雳手段刹贪风　大工堵口首告捷

清朝乾隆年间，黄河在豫北封丘境内决口，这次决口很大，人们称之为“大工口”。清政府闻报，忙派官员人马前去同当地官府和民工百姓合口。可是，一连三年，耗费银两不计其数，决口还是没有堵住。老百姓已被摊派的治黄捐税压得喘不过气来，生活在水深火热之中，乾隆皇帝也为耗费许多钱财却没有堵住一个决口而感到不安。这天，乾隆在皇宫刚坐定，要求增加合口经费开支的呈文又递上来了。

怎么办呢？乾隆皇帝左思右想，怎么也想不出个好办法来。给吧，那么多钱像水一样流去，却一点儿事也不顶；不给吧，决口合不住，长期下去，国家也会乱套的。为了找个好办法，他召集满朝文武大臣前来商议。

众官员刚一到齐，乾隆皇帝就把黄河决口堵不住，想找个方法堵决口的事说了一遍。话音刚落，当朝大臣刘统勋出班奏道：“想来一个黄河决口，三年来兴师动众，上耗国家无数的钱财，下劳沿河两岸黎民百姓，却总是完不成工程任务，以致到了如今这种劳民伤财的地步，其中定有缘故。”

乾隆皇帝知道刘统勋是个有办法、会办事的人，见他说了话，就说：“刘爱卿，这事依你的意见该咋办呢？”刘统勋奏道：“依我看，

治黄银两不必再往下发放了，该查一查下边人是怎样使用的了。我觉得，三年来，朝廷发下的钱财那么多，哪怕用上一半，河口也早该合住了，不知为啥到现在却合不住一个决口。这样一直拖下去，一害国家，二坑百姓，将来定会出乱子的。臣不才，情愿前往督办合口之事，为国效力，不知万岁意下如何？”

乾隆皇帝见刘统勋自愿前往，心中大喜，连忙说：“爱卿去合口，正合朕的心意，但不知你可要带多少人马，要多少银两？”

刘统勋奏道：“万岁，臣这次去合口，一不多带人马，只要原先随从人等，二不多要银两，只要以前三年内为合口所发放的钱全归我用就行了。”

乾隆皇帝听了，担心地说：“以前发放的钱物，恐怕早已耗费一空，还怎能使用？你不带那么多的人，光靠以前那些人，还不是像过去一样的合不住口吗？似这样下去，爱卿合口得要多少年月呢？这可不是儿戏呀！”

刘统勋听了皇帝的话，想了想，然后上前一步，认真奏道：“这次我去合口，一不多要人，二不多要钱，但只有一个请求，就是从我去合口开始，到我堵住决口回来复命为止，这段日子里，凡我遇到的有功之士或不法之辈，不论官职大小、地位尊卑，一律经我亲手审问处理，升降赏罚，先斩后奏，万岁如能给臣这样的权力，臣三个月堵不住黄河大工决口，情愿提头来见。”

乾隆皇帝听到刘统勋说三个月就能合住大工口，立即高兴地说：“好，好，好！我就准了你的条件，三个月后看你如何将口合住！”说罢，他按刘统勋讲的意思，亲笔修旨，封刘统勋为指挥治理黄河最高朝廷命官。

刘统勋领旨以后，许多人都纳闷：他一不多带人马，二不增加银两，要用什么妙法合黄河决口呢？

刘统勋像以往的朝廷命官出京城一样，乘坐八抬大轿，号炮连天，前呼后拥地离京，朝南飞驰而去。

可是，刘统勋本人却并没有坐在这八面威风的八抬大轿里面。他只带了一名随从，乔装打扮，粗食布衣，步行朝黄河口走去。一路上，他深入民间，私查暗访，了解了黄河决口给老百姓带来的疾苦，访察到贪官污吏借堵口之名，对上要国库钱财，对下乱收治黄捐税，根本不理合口之事，借机大发横财的真实情况，然后暗暗筹划合口的计划。直到从京城出来的人马到了决口之后很久，刘统勋才风尘仆仆地来到工地。

他一到工地，立即命令从京城到大工口沿途各地的大小官员全部到大工口集合，又召见以前派来督办合口的几个指挥官，当众公布所查访到的贪官污吏的罪行，并根据轻重情况处决了几个罪大恶极的贪官污吏。情节较轻的，追回赃款赃物，就地削职为民。刘统勋又下令：凡是以前贪污乱派的款项，只要自觉退赔交公，一概从轻发落，抗拒不交的，查出后罪加一等，轻者免职，重者杀头；凡他到任后又有不法者，不问轻重，一律就地正法。这样一来，以前靠合口贪污公款和乱派治黄捐税借机发财的贪官污吏，个个吓得脸色发白，浑身发抖，立即报出了自己贪污的数字，并表示马上退赔。

不几天工夫，刘统勋就靠一身正气，得到民众和有识之士的拥护，纷纷前来献计献策，同时也收缴了贪官污吏的巨额退款和大批物资。

接着，他又重用提拔了不少有才干、肯为国为民出力的人，分别掌管各项黄河河务大权和地方行政权力。他还亲自宣布：不论官员百姓，对合口有功者奖，有过者罚，该晋升的晋升，该封官的封官。他又用贪官污吏退赔的大量款项定了一个合口物料付钱办法：凡给河口送土、扔石、木料者，都可以按数领取到同价值的银两，甚至比原价还高一些。早就盼望治服黄河的四方民工百姓闻知刘统勋真心合口，哪管什么钱不钱，成群结队地向大工口送料、送物，齐心协力，一起堵合决口。

刘统勋以身作则，夜以继日地指挥施工，他白天和民工干在一起，夜晚不顾疲劳，亲自看守在河口工地，累得支持不住了，就躺在堵口用的柳梢上歇一会儿。众官员见刘统勋那样，哪敢怠慢，一个个争先恐后地和民工一起堵口。就这样，合口工程进展得飞快，三年没有合住的大工决口，在刘统勋的带领下，真的不到三个月就合住了。

当地民众为了纪念刘统勋这次合口，把决口附近的村子叫大工村，就是现在封丘县境内的荆隆官乡大工村。

（贾宗贤讲述，郭顺昌搜集整理）

黄河岸边 摄影 / 孟宪明

二、河道总督贪银子　破坏堵口遭严惩

黄河决了口，一夜之间，“哗哗啦啦”淹了十几个县。庄稼被淹、房屋被冲、无数黎民百姓在洪水中丧生。皇上体察民情，给河道总督朱大人拨了十万银两和大批物资，命他尽快堵口封堤，救济灾民。

朱大人到任后，根本没把堵口治河的事儿放在心上，整日里只知挖空心思搜刮钱财。黄河水朝堤外流，白花花的银子向他家里流。真是苦了老百姓，养肥了朱大人。三年过去了，河堤没封，决口没堵。

众怒难平，状告朱大人贪污治河银两、克扣民工饷银、堵口失职的奏折和状纸接二连三地送到京城，皇上怕民心有变，急召朱大人进京查问。

皇上问道：“三年了，为什么还堵不住口，封不了堤？”

朱大人是个奸诈阴险、吃肉不吐骨头的花花肠子，皇上问他，他不但不脸红，反而硬着头皮在金殿上诉起苦来，说黄河堵口工程太大，用费浩繁，拨下的银两，眨眼工夫就用完了，又说他在工地上如何带领河工堵口抢险，日夜操劳。说得有鼻子有眼，把皇上也给蒙住了。

皇上问他：“还要花多少银两，用多长时间，才能封堤堵口？”

朱大人又滔滔不绝地述说起来，从先秦两汉、隋唐五代到宋金元明，把一次一次的堵住黄河决口的事情讲得又难又棘手，让人听着就发愁。满朝文武官员，你看我，我看你，没有一个人吱声。朱大人看没人搭腔，便趁机漫天要价，想再狠狠捞一笔。他对皇上说：“再拨白银一万两，一年后可封堤。”

皇上正要开口答应，刘统勋高呼了一声：“万岁，不可听信他一派胡言！”刘统勋向皇上奏道：“我不要一两银子，三个月封堤堵口。”

朱大人一见刘统勋当场出他的丑、撤他的台，恨得咬牙切齿，忿忿不平地说：“刘大人！金殿之上无戏言，你三个月封不了堤咋办？”

刘统勋不慌不忙，胸有成竹地说：“你只要把现有的银两交出来，三个月封不了堤，把我的人头交给你。”

朱大人一阵冷笑，紧逼着说：“你此话当真？”

“当真！”

“现有白银一千两，全部交给你，三个月后再说。”

刘统勋自信地笑着说：“朱大人，三个月后，我封住堤，你咋办？”

一句话问得朱大人心惊肉跳，一时语塞。他知道刘统勋秉性刚直不阿，为官清廉，做事认真，精明过人，和刘统勋硬顶，自己肯定会吃亏。他想到这里，便干张嘴，不敢搭腔。文武官员见刘统勋站出来，纷纷催朱大人快讲。朱大人一时心里发凉，真有骑虎难下之势。他见众人把矛头指向自己，不愿当着满朝文武官员的面认怂，就只好硬装好汉地说：“你三个月能封堤堵口，我的头就交给你。”

皇上在宝座上听见两个人为封堤之事赌起脑袋来，就火上浇油地说：“爱卿，君前无戏言，你俩说话可都要算数哟！”

刘统勋毫不迟疑地伸出手掌，走到朱大人面前，要击掌为证。朱大人虽说心里发毛，但也不好拒绝，只得和刘统勋“啪啪啪”击了三掌，并立下打赌字据。

刘统勋来到决口的地方，对河工们把金殿上击掌打赌的事说了。大伙听了齐声说：“刘大人，你放心领着我们干吧！俺们累断筋、折断腰也不能叫你输了，就是用人填，三个月也得堵上口。”刘统勋见河工们这么心齐，心热眼潮了，就亲自动手宰了一头猪，让大家美食一顿，把猪头挂在决口的地方，开始了封堤堵口。

刘统勋向有经验的老河工讨教封堤堵口的办法，最后决定采用打桩下石的办法堵口。打桩下石就是先在决口处打进一排木桩，然后把石头拥在一起扔下去，石头被木桩拦住后再填土。这样一节一节地向前打桩、扔石、填土、夯实，堤就可以封住了。办法有了，眼下就缺石头，刘统勋便让人去辉县运。十里八乡的老百姓听说要运石头，就仨人一伙、五人一群地来帮忙了。刘统勋还定下了运石头的工钱，人们高高兴兴地上了山，没日没夜地往河堤上运石头。

刘统勋整天在河堤上亲自指挥河工们干活，不敢松半口气。大家不分昼夜，拼命苦干，眼看着大堤一天天加长，决口越来越小。到了两个月零二十九天的时候，决口只剩丈把宽，就等再运些石头，堵口就可完工。

朱大人听说决口快要封堤了，如坐针毡。他哪会甘心输在刘统勋手里，便想出一个坏主意，指使人去半路上劫石头，想叫刘统勋到期无法完工。

第二天，是三个月之赌的最后一天。大清早，朱大人就来到大堤上，没话找话地对刘统勋说："刘大人，封堤的期限已到，这堤咋还没封住哇？"刘统勋不理他。朱大人捋着胡子，阴阳怪气地说："打赌可是你自找的，别怪我朱某不客气。"

刘统勋望着蓝天，平心静气地说，"朱大人，你慌什么，太阳还没落山，咋能算到期呀。"

"好，好，好。那就再等你一个时辰。哼，没有石头，看你刘大人咋封堤。"

听了朱大人的话，刘统勋再也忍耐不住满腔的怒火。他板下面孔，横眉倒竖，大喝一声："我就拿你封堤！"

这句话像晴天一声雷，把朱大人吓得向后退了几步，说不出话来。刘统勋指着他的鼻子，义正词严地说："你胆敢半路劫石，扰乱治河，破坏封堤，给我拿下！"没容朱大人醒过神儿，几个河兵就把他捉住，捆了起来。

朱大人撕着嗓子大叫："你私拿皇上命官，该当何罪！"

刘统勋大喝一声："把他扔进决口，封堤！"

河兵们七手八脚地把朱大人塞进麻袋，扔进决口，正好被两根木桩卡住。河工们紧扔一阵石头，堤封住了。

原来，刘统勋早已料到朱大人会狗急跳墙，在半路上拦劫石头，破坏封堤。他就叫运石头的人分成两路，一路明走，一路暗行。朱大人只把明走的劫去，暗行的早运来了。

堵口封堤后，刘统勋回京交差。他对皇上说："我把朱大人扔到决口里了。"皇上听了大吃一惊，对他先斩后奏的做法有点不满。怎奈刘统勋封堤有功，又有金殿击掌打赌在先，也就不便再追究此事。

（姗蒸搜集整理）

三、乔装算命仙儿　替民写状子

黄河三年两头决口闹灾，年年为治理黄河的摊捐纳税，就把老百姓压得喘不过气来。什么治黄捐、封堤捐、打坝捐、埽工捐……名堂多得数都数不清。黄河上掌握河务的官一层又一层，捐款交上去，小官小贪，大官大贪，用在治河上的钱却是寥寥无几。官场上都说，当河务官是个肥差，能发大财。

河南延津境内，黄河大堤出现许多危险地段，无人过问。汛期一到，就会风雨不断，黄河水猛涨，这些危险地段说不准啥时候就会出事。几个临近河堤村子里的老百姓聚在一起，去找治河总督朱大人，请求他拨款，加固大堤险工地段，以防决口。朱大人不听，反以聚众闹事、扰乱治河为名，把领头的几个百姓抓起来下了大狱。

乡亲们气愤不过，凑了些银两，推选郝老四和戚小六进京告御状。两个人连夜进京，冒死闯宫门，强把状子递上去。谁知，他俩天天催、日日问，等了一个月，却没人问过他们一回。

郝老四和戚小六等得心急火燎，憋着一肚子气，却想不出一点办法。他俩只好耐着性子又等了一个月，还是无人来问。俩人带的盘缠花完了，只好沿街乞讨。眼看告状无望，他俩一肚子惆怅，一肚子忿忿不平。老四说回去吧，可小六不死心，说："乡亲们托付咱俩的事办不成，咱咋有脸回家见乡亲们？"

这天，俩人上街讨饭，遇见一个算命先生。他们告状无门，就想算上一卦，问个吉凶。小六把受众人之托，进京告状已三月有余，却没人管无人问的事讲了一遍。算命先生听了，眯着眼想了会儿，说："你们的状子写的不行。状子上光写黄河在延津决口，数十万生灵将葬身鱼腹，这危及不到皇上，他当然对涨水决口的事不会过问。"

"那状子咋样写？"老四急切切地问算命先生。

算命先生说："你们那有啥出名的地方没有？"

"俺那穷乡僻壤，没啥出名地方。"

"有没有和皇上有牵连的地方？"

"没有。"

"稍远一点呢？"

"向北百余里有个潞王坟和望京楼。"

算命先生停了一停，摇摇头说："看来这状子不好写呀！"老四和小六连忙打躬作揖，恳求地说："求先生点拨一二，只要能使皇上动心，下旨拨款治河，俺俩就是死了，也心甘情愿。"

算命先生见他俩为民请命的决心坚定，捋着胡须，感动地说："好！我给你们写份状子吧！"停了一会儿，他又笑着问："你俩敢不敢往上递？"

"敢！乡亲们就是知道俺俩天不怕地不怕，死活不在乎，才托俺俩来的。"

算命先生听了他俩的话，沉思片刻，掂起笔来一挥而就地写了一

份状子。上面写道："中原大地，暴雨不断，河水猛涨，延津境内，大堤险情甚多。此处地势偏高，黄河一旦决口，居高临下，先冲'潞王坟'，再淹'望京楼'，不出一日，黄河即可到京。事关紫禁城的存亡和圣上安危，望皇上明鉴。"

老四和小六看了状子，心里敲起了小鼓。俩人弄不清算命先生葫芦里卖的什么药，咋尽写些没影的事哩。这状子要是递上去，闹不好就会落个欺君之罪，人头落地了，还告个啥状？算卦先生见他俩迟疑不解的样子，拍着小六的肩膀说："别怕！我出个主意，你们找人把状子再抄一份，送到刘统勋大人府内，让他转呈皇上，也摆脱了你俩的干系。"

两个人走投无路，顾不上考虑是凶是吉，连忙按着算命先生的指点，请人把状子抄了一份，打听着找到了刘统勋大人的府衙。

衙役问："干什么的？"

"找刘大人递状子。"他俩回答说。

"你们是哪儿来的？"

"河南。"

衙役马上赔着笑脸说："快！跟我来。刘大人等你们多时了。"

老四和小六听了感到奇怪，也不敢多问，紧跟着那人到了后堂。两人进门就慌着叩头行礼，站起来后，才看清刘统勋大人就是那天给他俩写状子的算命先生。他俩这时才明白，刘大人在暗中帮助他俩告御状哩。郝老四和戚小六感激不尽，又跪下给刘大人磕了三个头。刘统勋接了状子，火速离府，进宫觐见皇上。

皇上看了状子，大惊失色，忙问刘统勋："此事当真？"

"一点不假，黄河若在延津决口，必将危及京城。"

皇上问刘统勋咋办，刘统勋说："请圣上给治河总督大人下旨，专拨银两，限期整修，加固延津一带的黄河大堤，不得贻误。”

皇上按刘统勋的意思下了圣旨。朱大人接旨后，知道这事一定有来头，不敢怠慢，便抓紧加固了黄河大堤。

后来，皇上知道了延津再决口也淹不到京城，不过圣旨已下，也只有顺水推舟，得个为民着想的美名。

（姗蒸搜集整理）

四、巧捉扒口贼　斩杀昧心官

那年，黄河在开封东边决口，轰轰隆隆一阵响，大堤垮了半里长，眨眼工夫，堤南变成一片汪洋。这时，刘统勋正巡抚河南，急忙传令叫负责这一地段的河防官上堤监督堵口。

谁知这个河防官是个远近有名的草包饭桶，靠着有钱，打通关节，才买了个官当，上任后整日吃喝玩乐，连河堤都没上过。刘统勋让他监阵堵口，他不敢多说，只好提着胆子上了河堤，但还没到决口处就被那汹涌震耳的黄河涛声吓破了胆，脚不敢移，眼不敢睁。刘统勋哪能容这样的庸才？就罢了他的官。

刘统勋通过查访，知道附近有个五十多岁的老河工。这个老河工在黄河上干了几十年，堵过口，筑过坝，胆大心细，见多识广。刘统勋就举荐老河工当了河防官，负责堵口封堤。老河工采用“埽工”的办法，使决口一天天地缩小，眼看很快就能合拢。就在这时，大堤上出了一件怪事，白天刚堵上的口，夜里“咕咕咚咚”就塌了。一连几天，塌了堵，堵了又塌，闹得老河工筋疲力尽，就是找不到原因。

转眼半月，老河工费尽了力，用尽了法，决口还是不能合拢。他愁得吃不下饭，睡不着觉，白天黑夜在河堤上转悠。

刘统勋听说这件事后，觉得蹊跷，就扮成一个算命先生，连夜赶到河堤，要查个究竟。

河边高草　摄影 / 孟宪明

清早，在离河堤不远的一个小镇上，刘统勋遇见两个神色慌张的人，他悄悄地跟在那俩人后面进了一家酒店，没等坐稳，听见那个长着三角眼的人对另一个人说："这是十两银子，昨天的工钱。今晚还在老地方老时间下水。"粗眉毛的人听了，慌忙用手指了指嘴，轻轻地"嘘"了声："伙计，这事可得小心。听说刘统勋都被惊动了，正私访呢。"那三角眼点点头。

两个人叽叽咕咕了一阵，起身要走。刘统勋乐呵呵地上前拦住他们说："恭喜了，两位大兄弟。"两个人互相看了一眼，不知是咋回事，都疑惑地盯着刘统勋。

"来来来，听我讲讲。"两个人没有办法，只好坐下。

刘统勋提高嗓门对那俩人说："我看你俩天庭发红，印堂生光，前些天有小财小运，过些天要交好运发大财呀。"

两个人心里有鬼，听了刘统勋的话，半天不敢吭声。

过了好一会儿，那个三角眼才嘻嘻一笑，悄声问道："请教先生，不知这财该取不该取？"

“咦，生财是命里注定。有财就取，财源兴旺，有财不取，财源枯竭。只要不是不义之财，哪有不该取之理呢？”

那粗眉毛的人向前凑凑，不放心地问：“你看俺俩近日有灾没有？”

“咦，你们正走红运，哪会有灾呀。只是日后发财，可要重重谢我呀！”

两个人听了，高兴得晕晕乎乎，连声说：“那是当然，那是当然。”

刘统勋等那俩人走后，心中疑虑丛生。他们半夜下水做什么？神色为什么这么慌张？刘统勋捉摸了半天，心里有了个七七八八。

傍晚，刘统勋早早地在大堤上加了几处暗哨。三更时分，在离决口处四五里的地方，有人偷偷下了水，半个时辰后，决口合龙处“呼呼啦啦”一阵响，又塌了一大块。

第二天，小镇上贴出告示，说刘统勋大人在查看黄河决口时，不小心把官印掉进决口里，谁能下水摸出官印，赏银一千两。三角眼和粗眉毛看了告示，悄悄合计着要不要揭榜。三角眼说：“那天算命先生说咱俩要发大财、交好运，是不是就要应在这捞印上了？”粗眉毛说：“一千两，不少哇，这发财的机会不能浪费了。”两个人商量着揭了榜，去见刘统勋。刘统勋在公堂上高声问道：“那决口处水满流急，地形复杂，你俩知道吗？”

“知道，我们常下去，对决口那片的情况很熟悉，捞个印不算啥事。”

“你们常下去？”

“嗯，这些天常下去。”

“下去干什么？”

俩人发觉说漏了嘴，忙改口说：“我俩，我俩没，没下去过。”

刘统勋一拍惊堂木，大声喝道：“大胆刁民，看看我是谁。”

两个人抬头仔细一看，腿都吓软了。哎哟，大事不好，堂上坐着的刘大人就是那天算命的老头。刘统勋命人把他俩拿下，一审一问，他俩讲了实话。

原来，是那个被罢职的河防官，对刘统勋撤他的职、任用老河工心里不服，就花钱雇了这俩人每晚下河去扒埽，让老河工堵不住口，还可以告刘统勋用人不当之罪。就这样，老河工领着人白天堵，他让人晚上扒，那决口咋能堵得住呢？刘统勋让他俩在口供上画了押，把他俩送进了大牢，又派人抓了那个河防官，在大堤合拢处斩首示众。决口堵住了，全体河工兴高采烈地簇拥着刘统勋和老河工，隆重庆贺大堤合龙成功。

（姗蒸搜集整理）

【注释】

［1］刘统勋（1700—1773），字延清，号尔钝，山东诸城（今山东高密）人。雍正二年（1724）中进士，历任刑部尚书、工部尚书、吏部尚书、内阁大学士、翰林院掌院学士及军机大臣等要职。刘统勋官至军机大臣，为政四十余载清廉正直，敢于直谏，在吏治、军事、治河等方面均有显著政绩。乾隆三十八年（1773）猝逝于上朝途中，乾隆皇帝闻讯慨叹失去股肱之臣，追授太傅，谥号文正。著有《文正公诗集》。

林则徐锁黄龙[1]

“道光那一年，黄水涨上天，冲走太阳渡，捎走万锦滩。”这首民谣说的就是清朝道光年间黄河发大水的情景。这年刚入伏天，山洪暴发，黄河猛涨，洪水像凶恶的黄色巨龙扑向中原。两岸险情连生，各州县告急的文书雪片一般飞向朝廷。

当时，清朝正处在内外交困、风雨飘摇之中。道光皇帝生怕中原地区黄河再次决口，激起民变，只得仓促任命老态龙钟的大学士王鼎为河道总督，坐镇开封，治理黄河。

黄河堤坝年久失修，开封朝不保夕，人心浮动，一片混乱。官宦人家抢占船只，打算随时逃命，平民百姓惶惶不可终日。王鼎就是在这万分危急的情况下走马上任的。

深夜，河道总督衙门灯火通明，大厅里一片争吵之声。以河南河道文冲为首，极力主张迁移省城，躲避洪峰。文冲仗着自己是满族亲贵，在朝中有后台，态度蛮横地说：“王大人，皇上的脾气你是知道的，别步林则徐的后尘，把事情办坏了，落个撤职查办、充军发配的下场！”开封知府邹鸣鹤怕承担责任，反对迁移，但一时又拿不出治河良策。王鼎夹在中间，左右为难，一时难下决断。就在这时，门房高声禀报：“犯官林则徐求见。”

王鼎又惊又喜，忙挥退众人：“事关重大，改日再议。”然后匆忙出衙迎接。

林则徐夫妇在四名官差的押解下在衙前等候传见。林则徐五十多岁，目光炯炯，一脸正气，两绺黑须，满面风尘，与其说是重罪在身的钦犯，更像是四海飘零的游子。他向王鼎参拜道：“则徐流放新疆伊犁，途经开封，特来拜望老大人。”

原来，不久前林则徐还在担任两广总督，他严厉禁烟，在广州焚烧鸦片，于虎门大败英军，朝野震动，人心大快。王鼎称赞林则徐禁烟“扬天朝威风，长万民志气，功在江山社稷，造福子孙万代”。不料，事态发展急转直下，英军北上攻陷塘沽，直逼京城。朝廷腐败无能，被迫签订了丧权辱国的城下之盟。道光皇帝恼羞成怒，把林则徐当成替罪羊，撤职查办，发配边疆。林则徐因功受罚，真是千古奇冤。王鼎心里有好多话不便说也不敢说，只是颤巍巍地握着林则徐的手，老泪纵横。

王鼎命下人把押解的官差安置停当，便不避嫌疑地把林则徐夫妇请到书房叙话。刚刚坐定，王鼎便迫不及待地问道：“贤弟担任河道总督期间，听说你曾千里跋涉，实地考察黄河，可有其事？”

林则徐微微颔首：“那是十几年前的事了。我根据所见所闻，绘制了黄河全貌图，孰险孰夷，一览而得。我还制订了治黄方略，上奏朝廷，只是万岁日理万机，无暇顾及，而我又另有任用。”

王鼎急切地把迁城之争叙说一遍，问道：“何去何从，请贤弟为我一决！”林则徐正要开口，夫人忙使了个眼色制止，说：“老大人，则徐乃戴罪之身，明日一早就要上路，怎敢妄议朝中大事。”

话未说完，林则徐腾地站起来说：“夫人，此言差矣。林某不揣冒昧，深夜造访，为的就是来向老大人进言。黄河河务，事关重大，一旦决口，生灵涂炭，危及大清江山，我岂能明哲保身，缄口不言？”

闻听此言，王鼎一揖到地：“老夫洗耳恭听。”

林则徐侃侃而谈：“省城之危，危于洪水漫溢，百姓之怕，怕你堵合之迟。要是坚守城垣，迅筑堤岸，则水患平，民心定。即使河决，只要确保古城，中流砥柱，事情尚有可为。如果轻举妄动，移城之说传扬开去，人心一失，四处逃散。黄河一旦决口，省城荡然无存，百姓流离失所。饥者思乱，早晚会酿成民变，中原大局则无法收拾。”

一席话说得王鼎冒出一身冷汗，连连击掌：“精辟！透彻！老夫险些上了文冲的当。则徐，你一来，我就有了主心骨。请你留下来帮我治理黄河如何？”

林则徐慨然道：“禁鸦片、锁黄龙是我毕生两大心愿，而今禁烟半途而废，如能追随老大人左右，就是丧身黄河也是死得其所！”

林夫人是个深明大义的人，对丈夫不再阻拦，说：“只怕朝廷不允。”王鼎道：“夫人不必担忧。目前急需用人之际，皇上必然不计前嫌。请你们留在府中安歇，老夫自有安排。”

林则徐拱手道：“岂可连累大人，犯官理应到开封府签押待命。”

当夜，王鼎上书道光皇帝，如实叙述了黄河危急的情况，以林则徐富有治水韬略为由，以身家性命担保，举荐他留在开封协助治黄。

开封知府邹鸣鹤命人收拾了一间干净的牢房，让林则徐夫妇居住，并吩咐衙役殷勤照料。林则徐一进牢房，就让夫人打开行李，找出“黄河全貌图”张贴在墙壁上观看。图纸已经发黄，四边开始发毛。十几年来，风风雨雨，他无论走到哪里，总把这张图带在身边。即使在广州禁烟，烽火连天，指挥作战的日子里，也经常对图出神。而今，宦途失意，雄心犹壮，他凝视着图纸，思绪万千，直到天亮。

打这日起，这位特殊犯人五更即起，在公差的监视下，到黄河巡视，直至三更方回。大堤千疮百孔，破烂不堪。河南河道文冲克扣粮饷，贪污自肥，河工逃窜，无人护堤。所见所闻，触目惊心，就连喜怒不形于色的林则徐也不由得皱起了眉头。他日夜奔波，两颊很快凹了下去，林夫人十分心痛，苦劝道：“你这是何苦呢？”林则徐凝视着黄河图，轻轻吟道：“为伊消得人憔悴，衣带渐宽终不悔。”

这天黄昏，洪峰下来了。涛声如雷，全城一夜数惊。牢房里的灯光彻夜未息，林则徐奋笔疾书治黄条陈。四个押解公差非常钦佩林则徐的为人，一路上对他们夫妇照顾得十分周到，现在也看不过去了，就公推头目满人乌兰德进牢劝说他。乌兰德打了个千[2]：“林大人，咱们今天就上路吧，犯不上和文冲这帮家伙一起喂王八！”林则徐道：“形势万分危急，林某怎能临阵脱逃！”乌兰德道：“朝中奸佞当道，人心险恶，你累死累活又能怎么样？”“功名利禄与我无缘，唯愿为圣上分忧。”“你就是治好了黄河，还不知皇上如何对待你呢！”林则徐望着铁窗上透过的一缕月光，缓缓说道：“平生有无亏心事，不问苍天问黎民。”

这时一阵急促的脚步声，几个家丁簇拥着气喘吁吁的王鼎走进牢房。老头子老远就喊道：“圣旨到！”林则徐撩衣跪接，王鼎喘了口气，宣读圣旨：“河务之事王鼎全权处理，并代理河南巡抚。着令林则徐留开封，襄办河务，戴罪立功。”林则徐浑身一震，叩头谢恩。他吩咐夫人拿些银两交给乌兰德，恳切地说：“各位差官马上离开此地，回京交差去吧。”乌兰德抱拳道：“多个蛤蟆还添四两力呢，小人愿随林大人鞍前马后一起治河。”王鼎在一旁催道：“贤弟，如今火烧眉毛，快去议事吧。”

大厅里早已挤满了文武官员，林则徐也不谦让，把他的治水计划简略地做了陈述。文冲连正眼也不瞧他一眼，不停地往鼻子里抹鼻烟，阴阳怪气地哼了一声：“林大人，你把在广东搞的那一套又搬了过来，难道你临死还要拉大家为你垫背吗？”王鼎早已查明文冲侵吞治河银款、荒废河务的劣迹，只是投鼠忌器，未敢动他。现在见他在这危急关头仍然使横劲，再也不能容忍，拍案而起：“胡闹！河南河道文冲渎职误国，革职查办！”侍卫立即上前摘了文冲的顶戴花翎。忽然，锣声四起，人声喧哗。一个汗水淋漓的士兵踉踉跄跄地扑进大厅：“禀报！报总督大人，黄河在张家湾决口了！”

全场的文武官员无不变颜变色，心惊肉跳。王鼎日夜劳累，心力交瘁，闻听“决口”二字，一时急火攻心，大叫一声，口吐鲜血，昏了过去。大厅里一片慌乱，有些官员想乘机溜走。林则徐看在眼里，异常镇定，大声咳了一声，说：“则徐屡受皇恩，今日又受命于危难之际，还望诸位大人鼎力相助。张家湾距城十几里，洪水瞬间即至，请邹大人和王守备率领全城满汉八旗上城堵水。”邹鸣鹤和王守备应声而去。林则徐深知乱世必用重典，脸色变得威严可怕，厉声道：“所有官员恪尽职守，不听号令者斩！畏缩不前者斩！私自逃离者斩！造谣惑众者斩！”他一口气宣布了“十杀令”，大小官员怀着畏惧的心情纷纷离去。林则徐不屑地看了文冲一眼：“将文冲押回他家中，不准擅自走动，听候朝廷发落。”文冲气呼呼地说：“咱们骑驴看唱本——走着瞧！”林则徐根本不理他，昂首走出大厅。

衙门前人山人海。百姓们见林则徐出来，齐声欢呼。林则徐抱拳高举，大声说：“请众人齐心协力，林某誓与全城百姓共存亡！”他在人们簇拥下登上城头，洪水已把全城团团围住，城外一片汪洋。邹鸣鹤俯在他耳边悄声说：“现已初步探明，洪水淹没了六府十县。”林则徐转向王守备说：“将军，你速带领一千精兵乘船去搭救灾民。”说话间，洪水一个劲地猛涨，开封城随时都有被洪水吞没的危险。

林则徐、邹鸣鹤急忙回衙和病榻上的王鼎磋商。林则徐说：“老大人安心养病。请邹大人负责坚守城垣，我即刻带人马上堵口。”王鼎喘着气说：“好，生死存亡，在此一举。全城所有船只全部征调去堵口，我的官船请林贤弟使用！”邹鸣鹤劝阻道：“请王大人的官船留下，以防不测。”王鼎凄然一笑：“如果城破人亡，我这把老骨头纵然活着，有何面目去见圣上？”

林则徐亲自挑选了千名勇士乘船来到张家湾。决口有二十多丈宽，活像黄色巨龙张开的龙口，向外喷射洪水。巨大的水流在一马平川的原野上横冲直撞。天上暴雨倾盆，脚下激流澎湃。林则徐和千名壮士水里滚、泥里爬，运石堵口，整整奋战了三天三夜。哪里危险，林则徐就出现在哪里，由于劳累不堪，几次昏死过去，乌兰德把他背下大堤，让林夫人给他灌些姜汤。他一清醒过来就挣扎着奔向大堤。天亮了，风雨小了，堵口也到了最后关头。当地把决口合龙阶段叫作镇龙口，也是最危险、最艰巨的时候。决口只剩下一丈来宽，水流更加湍急，几百斤重的大石头推下去就被冲得无影无踪。眼看更大的洪峰又要来临，如不能及时镇住龙口，就要前功尽弃。林则徐站在礁石上，心急如焚。他想起十几年前考察黄河时当地老人给他讲的历代治水故事，忽然心头一亮，想出了一个沉船堵口的主意。他当即布置下去，派几个小伙驾着满装石头的小船从上游箭一般冲向缺口。黄龙仿佛不甘心被封住龙口，掀起巨浪，小船不是中途翻沉，丧身河底，就是跌下龙口，摔得粉碎。林则徐脸色铁青，猛一挥手："王大人的官船上！"他亲自带领十名手持铁斧利凿的小伙登上满载石头的官船。船一离岸，风驰电掣一般顺水而下。林则徐站在船头，看准时机，一声大喝："凿！"船内十名小伙一齐凿船。说时迟，那时快，官船恰恰沉在缺口。好像一根钢刺卡在黄龙的喉咙上，无论它怎样挣扎也吐不出来。两边的人群雨点般向船的两侧填石块抛沙袋，龙口终于锁住了！浸泡在黄水中的林则徐被人们奋力救出来，又一次昏迷过去。

牢房里，林则徐高烧不退，昏迷不醒，林夫人守在旁边煎汤熬药。王鼎前来探望，见此情景，不由得黯然神伤。他回府衙后立即上奏，自愿让贤，举荐林则徐担任河道总督，主持治黄大业。奏折发出很长时间，如泥牛入海，杳无音信。王鼎再也坐不住了，悄悄把邹鸣鹤叫来，嘱咐他处理好善后事宜，精心为林则徐延医诊治，便连夜进京觐见皇帝了。

道光皇帝在金銮殿接见了王鼎。王鼎叙述了治黄堵口的经过，道光松了口气，夸奖了几句。当他为林则徐请功时，皇上面色一沉，从龙案上甩下一本奏折。王鼎捡起打开，从头到尾看了一遍，不禁气得须发倒竖，浑身哆嗦。原来这是贪官文冲的秘密奏章，诬告他和林则徐排斥满族亲贵，对皇上心怀不满，在开封收买人心，别有企图。王鼎把林则徐的治黄方略呈上，跪奏道："林则徐忠心耿耿，请圣上明察！"道光看也不看，便卷帘退朝了。

王鼎悲愤满腔，回到北京家中，嘴里一个劲地念叨："大清完了，大清完了。"他奋笔疾书，把憋在心里的话痛痛快快写了出来，最后再次保荐林则徐。第二天早上，家人才发现老大人已经悬梁自尽了。

道光皇帝听到王鼎"死谏"的消息，只是轻叹了口气。王鼎哪里知道皇帝的心事：道光皇帝一怕赦免了林则徐，便证明他以前错了，面子上下不来；二怕重用林则徐，在洋人面前不好交代。可怜王鼎老大人算是白死了！

开封还不知道北京发生的事情。林则徐身体稍有好转就带领民伕在城外修筑了一条九里长的护城堤。大地回春，杨柳吐絮，灾区百姓重建家园，古城开始恢复元气。

人们盼望已久的圣旨终于降下来了，内称："文冲忠心报国，治河有方，钦命继任河道总督。饬令林则徐即赴伊犁服刑。"在场的文武官员听后无不目瞪口呆，十分震惊。文冲趾高气扬地高呼万岁。林则徐面色坦然，仿佛早在意料之中。

钦差走后，邹鸣鹤暗中把乌兰德叫到府中，塞给他一包银子，说："请各位弟兄沿途照料好林大人和林夫人。"乌兰德脸色一寒，双手挡开，说："这银子我要是收了，还能算个人吗？邹大人请放心，我们一定像侍候亲爹娘一样侍候林大人和林夫人。"天色不亮，百姓尚在睡梦之中，林则徐夫妇随着四位押解公差悄悄上路了。林则徐回首遥望相

处八个月的古城，依依不舍地做了个长揖，然后毅然地转过身去，抱着病躯踏上了荒凉而又漫长的旅程。

（李程远搜集整理）

【注释】

［1］林则徐：（1785—1850），他不仅是伟大的民族英雄，还是出色的治水专家，他在仕途生涯中努力举办水利事业，兴修浙江、海塘、太湖流域各主要河流等水利工程，治理运河、黄河、长江。林则徐治水注重深入实际，事必躬亲，同时还重视赈灾济贫。其著作《北直水利书》中除经济之外，亦有治水方略。他和张际亮建议清政府将黄河河道改道北流，从山东利津入海，可惜未被采纳。结果在他去世后的第五年，黄河改道，循大清河至利津入海，损失惨重。［2］打千礼：即打千孔。清代满族男子下对上通行的礼节，其姿势为屈左膝、重右手，上体稍前俯。

夕阳下的万山黄河 摄影 / 陈维达摄

河曲黄河　摄影 / 王伟

黄知府治河

清朝同治年间，黄河在洛阳发大水，决了堤，洪水像发怒的狮子，横冲直撞，冲毁了田地，吞没了村庄。就在这大难临头的当口，原任洛阳知府不管百姓死活，慌忙携着家眷、带着金银珠宝弃城逃命去了。

寻不着原任知府，朝廷只得重新委派一个知府上任。这新任知府姓黄，他到任时，洪水刚刚退去。黄知府发誓要重修黄河大堤，为一方百姓兴利除害。

黄知府治理黄河的想法得到了洛阳城内外居民百姓们的拥护，一时间，有钱的捐钱，有粮的献粮，无钱无粮的就报名到工地出力献工，没多久，修堤工程所需用的人力物力都筹备齐全了。黄知府觉得师爷懂些修堤筑坝的门道，就委任他当了工程总监，钱粮和人工全由他统管，开始了修堤工程。

这一天，黄知府来到工地，工地上人来车往，干得热火朝天。黄知府看在眼里，喜在心上，心中称赞师爷着实是个有办法的人。一个月后，黄知府又来工地视察，这一次可不比上一次，工地上干活的人稀稀拉拉，拖拖沓沓，原来热火朝天的工地变得跟严霜打了似的冷清。黄知府忙派人找来师爷，他指着工地问："总监啊，这是咋回事儿呢？"师爷眨眨小眼睛现出一脸作难相，摊开两手说："大人呀，这么大的工程，耗费太大了，筹备的那点粮食和款项不够用啊！我正要找大人禀报此事呢，你看咋办。"

黄知府见师爷不往下讲，就接着说："不能叫工程停下来，你快写张告示，赶紧征集粮钱，继续施工。"师爷眉开眼笑，连连称是。

告示贴出好几天了，工程钱粮迟迟征集不上来，眼看就要全部停工了，黄知府急得心焦火燎，坐卧不宁。一天傍晚，他穿着一身便衣出了衙门，来到洛阳街道上散心。他走过大街小巷，听得各处小孩儿们都在唱着一首歌谣：“姓黄治黄，百姓赞扬。有钱出钱，有粮出粮。轰轰烈烈，一阵空忙。坑了百姓，饱了私囊。外贼好捉，家贼难防。症结何在，用人不当。”

黄知府听罢，细细品味，领悟了歌谣的含义。他思谋着：没有真凭实据，不能打草惊蛇，要拿真凭实据，就得暗暗查访。半个月过去了，黄知府查访“家贼”一事虽然有了头绪，但苦于证据不足，总不敢贸然下手。

这一天，黄知府又来到大堤工地，只见师爷气喘吁吁地从堤坝那里跑到了黄知府眼前，笑殷殷地说：“大人，你好福气呀！刚才民工开挖河道时发现了一座古墓，挖出了这个宝物，在下不敢私留，献给大人！”说着，他把一个启明发亮的酒盅恭恭敬敬地捧到黄知府面前。黄知府接过来看了看，是个珍奇的紫金盅，转身交给了随从。这时，一群民工前呼后拥地抬着一个石碑过来了。石碑是一块墓碑，碑面上刻着龙飞凤舞的狂草字。黄知府看罢，扭头问师爷：“你看这上边写的是什么？”师爷歪着身子，眨巴着小眼睛看了好大一会儿，摇着头说：“字太草了，看不出来。”

黄知府把手一伸，对师爷说：“拿出来吧！”师爷一愣，马上委屈地说：“大人，啥子拿出来？”黄知府摆着两个指头说：“那两个紫金盅！”师爷一听，心里“扑腾”一声：我藏在袄袖筒里，他咋能知道呢？没等师爷想完，黄知府手指着石碑说：“你听着！”接着朗声念道：“我是唐朝李淳风，同治年间被水冲。洛阳坐的黄知府，他移我尸到河东。移尸恩情无所报，赏他三个紫金盅。要问那俩哪里去？藏在师爷袄袖筒。”

师爷听到这儿，“扑通”一声瘫坐在地上，哆哆嗦嗦地从袖筒里掏出来两个紫金盅，趴在地上，磕头如捣蒜。黄知府灵机一动，指着石碑厉声说道："还有呢，你贪污盗窃工程粮款的罪行一条一条都在这上边写着呢，还不快快招来！"师爷吓得三魂跑了两魂，认定是那个能掐会算的李淳风显灵惩治他，哪里还敢撒谎，把贪污盗窃的事实一五一十讲了个清清楚楚。

后来，师爷被撤职查办，下了大牢，他贪污盗窃的粮和款也都如数追回了。知府衙门里的家贼清除了，黄知府重新得到了百姓们的信任。

黄河大堤修成了，泛滥的黄河规矩了。老百姓忘不了黄知府的政德，黄知府也忘不了李淳风的墓碑，他按碑文上写的，把李淳风的墓移到了河东高地上。这墓碑实际上是群众为惩治贪官特制的。

（杜玉峰搜集整理）

大河安然　摄影 / 王伟

王同春修渠

清光绪初年，蒙古河套一带的四大豪门郭、万、李、史四家的当家人为办一件大事聚在一起，这件大事就是“修渠”。河套分两个部分，前河套和后河套，前河套富，后河套穷，穷在荒地多，要把荒地变成耕地，就得修渠。可是后河套的人都知道，修渠就是往黄河里扔银子。四大家不缺银子，修渠时往黄河里一把一把地扔银子，待渠修好了就能从黄河里一桶一桶地捞银子！这样看修渠本是一本万利的买卖，可多少年过去，这买卖却多半是血本无归，为啥呢？因为这里地形复杂，土质疏松，水渠难修。过去修渠，或是半途而废，或是渠修好了，水却断流了，总之，没人能修成一条像模像样的水渠。但这一次四大家觉得修渠有了胜算，为什么呢？因为来了一个会修水渠的人，这个人叫王同春。

四大家请来大厨，斟上好酒，王同春毫不客气地一饮而尽，问道：“你们打算怎么修渠？”郭家把修渠图纸拿过来，说：“这可是我们用白花花的银子买来的图纸！”王同春只扫了两眼，抓过去“擦擦擦”撕了，说：“这图纸狗屁都不是！我给你们画一个吧。”

别看王同春才上过半年私塾，画图可不含糊。只见他端起架势，“刷刷刷”几笔，一条蜿蜒的河渠便卧在纸上。王同春说：“你们要修渠的短鞭子河，上游已经淤塞，不可能恢复，与其白白扔银子，不如在黄河的这里另凿一条渠口，导黄入渠，把黄河水导向短鞭子河下游，如此一来，水势畅旺，即可灌溉。”

众人眼前一亮：妙哉！这真可谓是奇思妙想。

郭家老大开口道：“同春兄，就知道你不是凡人！这修渠的事就交给你了，俺们四家不会亏待你。”

王同春直言道："我也有言在先，我没有钱，但我要参股，修渠的事交给我，我参股算一份。"

四家都是生意场上的人精，纷纷表示："好说，好说！"

王同春领着一帮工人开始勘探。他没有读过水利方面的书，也没有见过现代测量仪器，就凭着遇事勤琢磨、边干边总结的做法开始寻找合适的渠口。他给工人们准备好绳子、铁锹、木桩，嘱咐工人们说："你们跟在我身后，我叫你们动手，你们再动手。不要乱说话，更不能乱走动。"

他在黄河北岸走了十几天，没有给工人安排一次活儿，那些打工的人每天拿着工具在他身后五六步远的地方，跟着他一走就是一天。十多天后，工人们沉不住气了，私下议论着：这不干活，有工钱吗？半个月后，工钱拿到手了，有人鼓足勇气问："王先儿，一天到晚跟在你身后走，你这到底要我们做什么呢？"

"坏规矩了不是？不叫你们说，闭住嘴跟着走就是，下次再多嘴，卷铺盖走人！"

大概二十来天，王同春在一个长满红柳、枳芨、芦草的地方来来回回走了十几趟，这才对身后的工人下令："把这一带圈起来。"工人立刻按照他的要求打木桩，拴麻绳。

渠口确定下来，下面就是规划渠道的线路。王同春走几步，就脸朝上直直地躺在地上，头朝着水顺的方向，脚向着引水的方向，抬头向后看。

一个工人又忘了王同春的忌讳，问："王先儿，你这是干啥呀？"

王同春这次非但没叫他卷铺盖走人，反倒饶有兴致地说："告诉你，人与天相通，人与水一样，要想知道水怎么流，就先把自己当一股水。我这叫仰卧看水流。"

“神人就是有神道，俺们咋就想不出来这道道。”这马屁拍的，王同春爱听，大笑。

修渠线路规划好后便开始准备挖渠。王同春说：“且慢！去，给我买香火。”

他的一位跟班问：“买爆竹吗？买贡香吗？”

王同春眼睛一瞪，那跟班立即闭嘴，跑到集市上买来一大捆香火，心想：不买爆竹，不上贡，算哪门子祭奠河神呢？

午夜，王同春安排手下将香火插在准备开渠的线路上，点上后，他跑到高处看香火的高低。

原来香火不是用来祭奠河神的呀！可这又是唱得哪出戏呢？没人能明白。只有王同春自己清楚，他是用这种方法来决定挖渠的坡度。

十年后，渠挖成了，荒地变良田，谁家想用渠水浇地都得给主家掏银子。四大家大桶大桶地从黄河里捞出了银子，可谁也不提王同春的股份，只是给了王同春一些工钱。

“这是欺负爷爷没钱没势呐！走着瞧吧！”王同春在修渠的时候已经想好了下一步，他找到达拉特沙河庙的喇嘛，说：“佛要普度众生，你这里荒野一片，拿什么普度众人？不如租给我吧，也给我一个行善的机会。”

要把沙河庙的荒地变良田就得引水灌溉。河套一带，不，整个大西北，还有谁能比王同春更懂得怎么开渠的？王同春又开始勘探渠口、规划渠道、组织开挖，这次只用了三年时间就完成了一道新渠工程。四大家眼看着王同春实现了“荒地变良田”的梦想，后悔得做梦都直掐自己的大腿。

可是，这条渠水量大、水流急，能“荒地变良田”，也能“良田变泽国”。王同春为这事伤透了脑筋，怎么才能避免渠水泛滥呢？王同春躺下想，坐起来想，走路也想，吃饭也想，捡个石头蛋蛋在地上画，

还揪着头发问自己：王同春呀王同春，你就不能想个好法子吗？想来想去，还是去问问黄河吧，黄河是爹娘，黄河是老师，黄河能给指条路。

王同春来到黄河岸边，一站就是一天，盯着河水看。他看到河水往前流，遇到险阻的时候，像人一样扭过头往回走，走几步又折回来，继续往前走。突然，他有了主意！他像着了魔一样冲着黄河拜了又拜，沿着河岸一路狂奔，高声叫道："我知道了，我知道了！"撑船的老大都被他吓傻了。

"开渠，开一条退水渠，黄河水暴涨的时候，把水引到五加河里去！"王同春把这条退水渠修好后，后河套就有了旱涝保收的大片良田。

木秀于林，风必摧之。王同春太厉害，开一条渠便得万亩良田，汉人、蒙人都觉得王同春像神人一样。当王同春又想开一条新渠的时候，遇到了一个叫谢协成的黑帮老大，以开渠坏了谢家风水为由不让河水从他的势力范围穿过。文说不成，武斗不成，很多人劝王同春："算啦，开了那么多渠，这条渠不开也罢。"王同春不回头，坚持要与谢协成面谈。谢协成一口答应："好呀，那就让王大人屈尊到在下牛犋面商吧。"

"那姓谢的是属蝎子的，毒着呐！王先儿，你可不能去。"王同春的好朋友们都劝阻他。

"我王某开渠既是为了我自己，也是为了苍生。怕啥？"说完，王同春一个人骑着马赶到了约定的地点。

谢协成把王同春引到屋里，喝过茶，起身说："您先坐坐，我把写好的协议书拿来，咱们签过字，你就开渠。"说完，起身离开。

谢协成前脚走，后脚进来两个蒙面大汉，一个把王同春按倒在地，另一个伸出两个指头，把王同春的一只眼珠扣了下来。王同春撕心裂肺地疼痛，鲜血流了一地，他忍住疼，汗水和血流得一样多，但始终没有吭一声。

两个打手做完走了，谢协成进来皮笑肉不笑地轻声说：“你看，你看，我管教不严，多有得罪。”王同春强忍疼痛，说：“哪里，是我没看清，自己碰到了你的八仙桌。”谢协成心虚，但还想要赖，话锋一转，问道：“你看，这协议书……”

王同春捂住那只眼睛，淡定地说：“签，我的朋友都等着给我接风呢。再说了，如果不签，你我会惹世人笑话呢！”谢协成像是打了个寒噤，协议书从袖筒里秃噜到地上，又慌忙捡起，二人各自签字。

谢协成强作镇定地说：“我派人把你送回去。”王同春拱了拱手，淡然一笑：“你客气了！我睁着两只眼睛来的，现在睁着一只眼也能回去。”说完，上马，消失在夜幕中。

第二天，王同春头上扎着绷带，领着工人到谢协成的地盘开渠。谢协成见识了王同春的风骨，再也不敢阻拦王同春开渠。

到了清朝末年，王同春除了协助他人开渠，自己开出了义和、沙河、丰济、刚济、灶火五大渠，如果再加上支渠、子渠，共计 270 余道，可灌溉水田 7000 多顷，熟地 2700 余顷，使得荒草遍地的后河套变成了西北大粮仓。从那以后，当地流传开一句谚语：“天下黄河富河套，富了前套富后套。”

（霍清廉、张晓杰搜集整理）

“猴官”的故事

河南封丘县沿黄河一带，民间广泛流传着“猴官”的故事。“猴官”——裴尚友，字君惠，祖籍山西晋阳县，明洪武年间被移民到封丘县裴马牧村，五世后迁居黄河堤下，新建裴楼村。初做河工，晚年治水有功，被清乾隆封为“猴官”。

一、偷埽[1]

裴尚友家里很穷，无田无地，只有一间夏不遮雨、冬不挡风的秫秆房，三十多岁还在打光棍，娘儿俩躺在一块喂牲口的石槽板上，那日子真是黄连树上挂苦胆——苦上加苦。

裴尚友对多病的老娘很孝顺，有一口吃的也要孝敬老娘吃。自己饿得皮包骨头，瘦得肋骨一根一根地鼓出来，活像腋下夹着两块洗衣搓板。

那时候，黄河年年发大水，决堤、淹庄、冲地，老百姓受够了黄河的苦。皇帝也害怕，河防官进京城，皇帝就得给银子。白花花的银子打京城运到黄河上，一多半被河防官装进了腰包，只用少数银子买些柳枝、芦苇、秫秆、木桩作墙，准备堵堤用。裴尚友和沿河的穷人们就靠砍柳枝、割芦苇卖给河上当埽用，换点粮食糊口。

有一年，连降了几天暴雨，黄河水打着滚猛涨，裴尚友出不去，家里米光面净断了炊，老娘饿得随风倒。裴尚友不忍心看着老娘活活饿死，就想去河上偷几个埽，再卖给河防官换点粮食来救救奄奄一息的老娘。这天夜里，左一个右一个的雷声爆响，闪电撕天裂地地乱舞，裴尚友悄悄摸上河堤，走到堆埽的地方，刚伸手去搂埽，突然有人吼道：“谁？”

“我，裴尚友。”裴尚友暗自叫苦：真倒霉，还没下手就被人发现了。他想脱身，那人又问“干啥的？”

裴尚友机灵地说：“雨太大，我来看看埽动没动。”

裴尚友两手空空地回家，看见老娘那饥饿难忍的样子，横了横心又去河堤上偷埽。冤家路窄，刚摸近墙垛，又有人吆问：“谁？干啥的？”裴尚友壮着胆子说：“我是裴尚友，河水一个劲地涨，我怕洪水冲了埽，来看看当紧不当紧。”便又遮挡过去了。

黎明前，天正浓黑的时候，裴尚友想：天快亮了，我再去试一次，好歹天明去换点粮食救救老娘的命。他又上了河堤，四下看看没有人影，侧耳听听也没啥动静，只有河水后浪涌前浪地哗哗响着，裴尚友正弯腰去搬埽，又有人问道：“谁？干啥呢？”裴尚友说：“我怕河堤决口，来看看埽下边的河堤有没有危险。”

巡河的是刘仲青，在朝里是有名的清官。历任的黄河河台年年要治河银子，黄河还是十年九灾，皇帝这次派他来视察黄河。刘仲青一踏上河堤就赶上连日阴雨，天上下，地下流，黄河见风涨，他怕黄河决堤，就日夜在河堤上巡视，恰巧一夜碰上裴尚友三次。刘仲青想：这个人对黄河的事很关心，下这么大的雨，他还一夜三次上河堤看埽，有这样热心治河的人还怕黄河治不好吗？刘仲青越想越感动，对裴尚友说：“天快亮了，你一夜没睡觉，把心都操在黄河上了，快回家躺一会吧。”裴尚友忙活了一夜，连一个埽也没弄到手，心想明天老娘非饿死不行，闷闷不乐地刚要下河堤，刘仲青从怀里掏出一锭银子说：“你为黄河操心，这是一点酬谢，拿回去买件衣服穿吧。”裴尚友绝处逢生，喜出望外，谢了刘仲青回去了。

二、受封

刘仲青回到京城，向乾隆皇帝禀报了黄河上的情况，着实把裴尚

友三次上黄河堤的事奏了一本，说如能召用这样热心治河的人，治理黄河就有指望了。

乾隆皇帝准了刘仲青的奏章，传下圣旨："速召裴尚友进京。"裴尚友正在家里伺候老娘，河防官引着一顶八抬大轿来到门口，鼓乐齐奏，鞭炮连串响，宣召裴尚友进京。裴尚友吓得心里像钻进几只小兔子一样"突突"乱蹦，手也抖了，腿也颤了，心想：坏了，我上河堤偷埽的事八成是被皇帝知道啦，这去了不是掉脑袋，就是坐牢，没指望回来了。

圣旨难违，裴尚友怀着九死一生的心情劝慰老娘说："娘，这是刘大人给的银子，你留着花吧，我进京见过皇上就回来。"老娘说："儿呀，见了皇帝，把老百姓受黄河的苦说说。""娘，我就是为黄河的事去的。"裴尚友怕老娘受惊，把他偷埽的事咽下了。

裴尚友辞别老娘，走出门来，见那河防官不打他也不捆他，还叫他坐上八抬大轿，点头哈腰地对他说："你进京见了圣上，要多为我美言几句。"其他差官们一反平时横眉瞪眼的常态，都围着他打转转，啥入耳动听说啥，弄得裴尚友摸不着头脑。

裴尚友来到京城，刘仲青把他领进皇宫去见皇帝。

乾隆问："你是何人？"

"小民是封丘县裴楼村裴尚友。"

"你在家是干啥的？"

裴尚友说："治河的。"

"你是咋治河呢？"

裴尚友一听乾隆皇帝要刨根究底，越问越细，怕说多了说出河堤上偷埽的事，再也不敢说话了，就在金銮殿上比比划划，表演起堵水打埽的动作来。他比了个墙的样子，又比了根木桩，再把那木桩钉在埽上，抡起大锤，打打这根桩，打打那根桩，从这头跳到那头打打，又从那头跳到这头打打，嘴里还嗨哟嗨哟地哼着号子。那动作全是河工们打墙堵河的动作，他做得认真灵巧。乾隆皇帝深居皇宫，哪见过河工们打埽的事，看看裴尚友灵活机动、蹦蹦跳跳的觉得挺有趣，乐得喜笑颜开，脱口说道："看你像猴公似的。"文臣武将们也哈哈大笑。

裴尚友正在表演着，猛听乾隆说他像猴公，立即跪地，口呼："扣谢皇恩！"

乾隆皇帝一听裴尚友谢皇恩，也闹蒙了，问道："你谢啥皇恩？"

裴尚友从容不迫地禀到："圣上见我会治河，埽打得好，封我做猴官，臣岂敢不谢皇恩？"

刘仲青见乾隆失口，没法下台，便忙奏道："圣上就封他做猴官吧。"乾隆便顺着刘仲青搭的梯子下了台，封裴尚友为"猴官"，命他代管河南山东两省临河十八厅，筑堤治河。

三、治水

裴尚友被封为"猴官"后，一心扑在黄河上，没日没夜地带领河工们筑堤治河，打墙固堤。

朝中有个奸臣，名叫曹河坤，专会拍马溜须。他听说黄河河台的差事油水大，能大把大把地捞银子，早就垂涎三尺，眼红得像兔子，巴望着来当黄河的河台大人，只是苦于没有机会。

一天，乾隆没事，提笔写了两句诗：碧桐翠竹几千秋，云白高峰水白流。下边再也没词了。曹河坤见乾隆搜肠刮肚写不出下句，就溜过来接口念道："万里长江飘玉带，一轮明月滚金球。"

乾隆一听曹河坤这两句诗把万里长江比作他的玉带，把天空的月亮比作他皇冠上的金球，是恭维他的，恰合他的意，就封他为千里黄河的河台官。

曹河坤当上了河台，几千里黄河上的河防官都在他手下，谁不给他送贡送礼，他就罢谁的官。“猴官”上任后，只顾筑堤治河，没去买曹河坤的账，曹河坤就摘了“猴官”的官帽，叫他回家去了。

这一年，黄河又发了大水，恶浪冲天，从封丘到山东的黄河大堤出了几处危险地段。曹河坤不筑堤治水，急三火四地飞马进京去要银子。乾隆听到三声炮响，又派刘仲青来巡视黄河水情。刘仲青走遍荆隆宫、卫粮厅、陈桥向河厅都不见“猴官”裴尚友，便问河工们：“‘猴官’呢？这么大的水，他咋不见影呢？”

河工们叹了口气说：“他被曹河坤摘了官帽，回家去了。”

“曹河坤为啥摘他的官帽？”

“他没去买曹河坤的账呗。”河工们纷纷告曹河坤贪赃枉法、不治黄河的状。

刘仲青眼看河水就要平槽，滔滔大浪冲着河堤，急忙派人去裴楼村请“猴官”，并传令曹河坤上堤治水。刘仲青对“猴官”和曹河坤说：“你俩都是朝廷命官，负有治水重任，谁要玩忽职守，定斩勿论。”

“猴官”治水有经验，他接了令走下河堤，在大堤外一走就知道哪里有危险、会决口，急忙带领河工们在堤内打埽固堤。曹河坤心里只想着银子，有危险的河堤也不让加固，巴不得河水决堤，他好多捞些银子。

山东有段河堤出现险情，刘仲青接二连三接到告急的书信，便带着“猴官”来到山东，曹河坤也在这里。“猴官”到堤下转了一圈，说：“这段堤再不加固就要决口啦！”

刘仲青很奇怪，这堤又高又厚，咋会决口呢？“猴官”说：“堤外的井水发浑，河里的水已从堤下边浸过去了，半天内堤必决口。”

刘仲青命曹河坤打埽加固，可等刘仲青一走，曹河坤还是不修。他才不信“猴官”那一套哩。这天傍晚，河堤“哗啦”一声决口几十丈长，大水淹了山东，曹河坤也被洪水卷进水里，不知漂到哪里去了。

（缪华、申法海搜集整理）

【注释】

［1］埽（sào）：用树枝、秫秸等绑成圆筒，中间或夹或装些石头，扎紧，捆扎成柱状，用于堵堤坝决口。

大水淹了山东 摄影 / 孟宪明

憨大个垒堤

很早很早的时候，黄河水清凌凌的，有的地方能一眼看到底。后来黄河水咋变黄了，这里还有一个传说哩。

有段黄河堤很低，每到夏季阴雨天，黄河就涨水，就会漫堤成灾，附近的老百姓三年两头逃荒。离这段河堤不远有个村庄，住着一个小伙子，他双臂能举石磙、扛磨扇。小伙子心地善良，为人忠厚，人们都叫他憨大个。

憨大个看着这一段黄河老是决口，危害百姓，便拿定主意要把这一段黄河河堤加高。四周石多土少，他就起五更、搭黄昏地开山搬石，一块一块地运，一段一段地垒，一冬一春，河堤垒高了二尺。加高的河堤是用石头干垒起来的，几场大雨，黄河涨水，稀里哗啦就被冲垮了。憨大个几个月的心血白费了，乡亲们又挨了一场淹。

黄河水一退，憨大个把冲走的石头重新搬回来，又要垒堤。老人们告诉他，光用石头干垒不行，要用土和泥把石头砌起来，堤外边再填丈把宽的土，就结实了。

方圆一二十里内的土像宝贝一样，有几块巴掌大的地，老百姓还靠它种庄稼糊口哩，上哪儿弄土呢，憨大个发了愁。

后来，他听说河对面翻过一座小山有许多荒芜的土地，那里全是黄土，筑堤再好没有了。憨大个编了一对两搂粗的大箩筐，天天乘船过河，翻山担土，再把土用船运过来。日日夜夜，担呀，垒呀，下雨也担，刮风也担，冷也担，热也担。眼熬红了，唾沫咽干了，脚底板磨掉了九层皮，肩上的老茧有铜钱厚，蒲扇大的手上裂开道道血口。附近的老百姓也都来搬的搬、抬的抬、垒的垒，河堤一天一天加高起来。

冬天来了，北风吹着，冻得手脚伸不出来，憨大个还是一个劲的干。

憨大个过河担土垒堤的事像刮风一样传开来，很快传到黄老三耳朵里。黄老三是河对面的一霸，横行十里八乡，没人敢惹他。黄老三领着几个家丁，跑了二三十里，翻了两道岗，过了一条河，到了憨大个担土的地方。他看着这一片土地，心想：叫几个长工一犁，便能种好庄稼哩。

这时，憨大个担着大箩筐三步并两步地走来。他刚放下筐，黄老三就吆喝起来："干啥的？"

憨大个高声回答："挖土筑河堤。"

黄老三带着家丁一摇三摆地走过来，一把抓住憨大个："你是哪里的？"

"河对面的。"憨大个一抬手，没用劲就把黄老三甩了几尺远。

黄老三稳住神，喘了口粗气，头一拨浪，说："这是我黄家的地，不准挖。一筐一两银子，算算你挖了多少，还我银子。"一个家丁指着箩筐讨好地说："他的箩筐大，一筐顶五筐。""筐大？那一筐算二两银子吧。"黄老三说。

憨大个看看黄老三蛮不讲理的样子，没把他放在眼里，说："这是荒地，没有写你的名，挂你的牌。"

黄老三哈哈一笑，说："这里的天和地都是我的，把这家伙给我抓起来！"

几个家丁去抓憨大个，叽里咣当打起来。憨大个寡不敌众，推来拥去，被家丁们抓了起来。

黄老三脸上横肉一抖，指使家丁把憨大个的衣服扒光，捆紧了扔到地上，扬长而去。他想把憨大个冻死，临走还把那对大箩筐也砸碎了。

天黑了，北风呼呼叫着，寒气从骨头缝钻进了五脏，血都成冰了，憨大个浑身打战。半夜，他迷迷糊糊地睡着了，恍恍惚惚中一个白胡老头站在面前，伸手把绳子解开，丢下一身棉衣就不见了。憨大个睁开眼，活动活动麻木的手脚，拾起地上的衣服穿在了身上，一会儿身子就暖过来了。

憨大个看看扔在一边的破箩筐，七零八散的，已经不能装土了，心里一阵难受，空手回去吧，心里又舍不得。他就脱下外边的衣服，展在地上，捧满了土，把大襟和袖子一合，掂起来就过河了。到了垒堤的地方，把衣服放在地上，拽开衣襟袖子，把土拨拉出来。哎哟，这衣服兜回来的土咋拨拉不完了呢！只见衣服里的土呼呼地多了起来，向一边直流。憨大个惊奇地叫喊起来："宝衣！宝衣！"他高兴极了，这回不发愁土了。一会儿黄土流了二三尺高，憨大个忙说："够了，够了。"便把两只袖子一掂，说也怪，土便不流了。他又把两只袖子一展，黄土又哗哗地流了起来。

黄老三很快知道了憨大个得宝衣的事。他想呀想呀，这一带石多土少，要是有了宝衣，多变些土，黄家的地就更多了。

天刚蒙蒙亮，黄老三带领一班打手过了河，找到憨大个，开口就要那件衣服。"你那天晚上在我黄家地里偷走了我黄家生土宝衣，还不快交出来。"憨大个说啥也不交，黄老三的打手们一拥而上，打晕了憨大个，抢走了宝衣。

到了船上，黄老三把宝衣小心翼翼地放下来，越看越高兴，就想看看宝衣是咋样出土的。他这儿拽拽，那儿扯扯，一下了把衣服袖抻展了，"轰"的一声，黄土向上冒，哗哗地向一边流起来。黄老三眯着眼直笑，突然一个家丁喊起来："老爷！船吃不住了，快别叫流了。"这时，船已到了河中间，黄土把船压得直往下沉。黄老三越拽衣服土冒得越快，咋也止不住。

船上的土堆满了，水已上了船帮，黄老三吓傻了，惊慌地叫起来：“快把它扔了！”家丁们还没来得及动手，船左一侧、右一晃便沉下了水底。

船沉了底，那件宝衣还在不停地向外冒黄土。成年累月，十年、百年、千年，黄土越来越多，黄河两边都成了厚厚的黄土。黄河水带着黄土向下流去，清清的河水变成了浑浊浊的黄水。后来，人们一看到这黄水，就骂带来祸害的黄老三，时间长了，就骂成了“害人的黄沙呀”！

（申法海搜集整理）

河边沙堆　摄影／孟宪明

三颗印

在三门峡的人门河北边的娘娘河畔有一个小石窑，窑口有三块形状像印章的大石头，有高有低，整整齐齐地排成一行，人们把这三块大石头称为“三颗印”。关于这三颗印的来历，有这样一个传说。

在很久以前，有一年天下大旱，庄稼颗粒不收，百姓们离乡背井，出外逃荒。有一个老汉带着三个儿子出来要饭，走到三门峡的时候得了重病，他知道自己快不中了，就把三个儿子叫到跟前说：“我的病恐怕好不了了，有几句话想对你们说说。咱家虽穷，但祖祖辈辈都很清白，从来没有做过亏心事。现在天下大乱，盗贼四起，官吏贪赃，横征暴敛。我死以后，你们分头去谋生，千万不能做伤天害理的事情。将来有了办法，再把我的尸首迁回去。要是力量不济，就不用管我这事了。”

三个儿子齐声说：“爹请放心，我们绝不做坏事。谁要是不听爹的话，就叫他变成铁心石头人。”

老汉听他们这样说，微微一笑，宽心地合上了眼。三个儿子把老汉埋在石窑里面，约定以后有了办法再来迁葬尸首。第二天，他们三人就分头谋生去了。

三年以后，老大当了县官。开头两年，老大记着爹的话，做官清正，也就积攒不下钱。后来，当地一个知府的儿子看上了一个民女，硬要讨她做小老婆，民女家里不愿意，知府就派人去抢亲。民女的爹娘出来阻拦，双双被他们打死，民女的舅家气愤不过，写了一张状子告到县衙。知府的儿子听到信儿，派家人抬了一箱银子送到县衙，威胁老大说：“这场官司如果打得好，保你县太爷青云直上，前程无量，如果打不好，丢了官事小，只怕连你的性命也难保！”老大看着白花花的银子，听着这威胁的话，早把他爹临死的遗嘱忘到九霄云外去了，急忙收下了银子，用好话打发走了知府的家奴。第二天开堂时，硬说那民女的舅舅诬告好人，把他重打了四十大板，并且充军到外地。官司刚了结，民女便被知府的儿子抢进官府，她至死不从，上吊死了。知府又给老大送了许多银子，这事就没有声张出去。老百姓虽然不服，可是没权没势，谁也动不了官家的一根汗毛。

后来老二也当上了知府，但是他不满足，一心想着升官发财，专门巴结豪门权贵。有一次，当朝宰相要盖房子，相中了城南的一片地，那里有几间破房，住着皮匠一家人。宰相叫老二去撵那皮匠，老二好不容易得到了这个巴结宰相的机会，就派衙役撵皮匠搬家。皮匠没有地方搬，脾气又倔，三言两语就和衙役顶撞起来，衙役把皮匠痛打了一顿，把他抓到了知府衙门。老二把皮匠下了监，又派人去扒了他家的房子，把皮匠的妻子儿女赶出县城。皮匠平白无故挨打坐监，又听说妻儿被赶走，气得两眼发直，没几天就病死在监狱里了。

老三与两个哥哥分开后，生活没有着落，白天在街上要饭，晚上在破庙里睡觉。有一天，当地的张员外访友回来，走到破庙门口，突然下起大雨，就到破庙里去避雨，这时老三也正在庙里休息。张员外见他虽然衣衫褴褛，但是长得眉清目秀，仪表堂堂。张员外问了他的身世，见他说话机灵，懂得礼貌，就把他带回家，招他当了个养老女婿。

张员外只有一个独生女儿，长相不好，满脸麻子，不过心地很善良。洞房花烛夜，老三挑开盖头，看到新娘这副容貌，心里很不高兴，但是想到自己在穷困中一步登天，全凭这门亲事，也就不敢挑剔了。张员外把他当作亲生儿子看待，请了一位先生教他读书。老三天资聪明，又肯用功，三年后考中了状元。新科状元在进京赶考时拜的老师是当朝宰相。老三在拜师的时候，无意中看见了宰相的女儿，长得非常漂亮，比他的夫人强百倍，回到府里，左思右想，觉得自己的夫人长得太丑，配不上他这个状元郎，便想了一条毒计：派心腹回去接夫人，再在半途中把她杀害，假说是“暴病”身亡。过不多时，老三托人到宰相家里说媒，娶了那个美丽的小姐。

就这样，老大、老二、老三为了金钱、官爵和美女都忘记了爹爹的嘱咐，做尽了伤天害理的事。他们整天享受着荣华富贵，谁也不提迁葬爹的遗骸的事。

有一天夜里，弟兄三人都做了一个同样的梦，梦见他们的爹赤身裸体地坐在那孔石窑里哭着喊叫三兄弟的名字。醒来后，他们才想起爹临终时说的话。第二天，他们三人都写了信，约定某月某日在石窑口相会，见面后再商定迁葬遗骸的事。

到了约定的日期，弟兄三人在石窑口见了面。他们到当初埋葬老汉的地方看了看，什么痕迹也看不出来，又到附近老乡家里借了三把镢头，从窑里刨到窑外，怎么也找不到老汉的遗骸。三个人不知道该咋办，大家想了一会儿，老大首先说道：“既然找不到爹的遗骸，没法迁葬，咱们做儿子的心也尽到了，大家各自回家吧！”老二和老三也都赞成这话。弟兄三人抬腿想走的时候，三双脚都牢牢地钉在自己刨的坑里边了，怎么拔也拔不出来，接着他们慢慢地变硬了，变凉了，变成了三个石头人。天长日久，风雨剥蚀，石头人失去了人的形态，成为像印章那样的三块大石头，大家把它们叫“三颗印”。有人说这是他们办了坏事，应了自己的誓言，老天爷叫他们变成石头，长在那里，警戒后人。

（顾丰年搜集整理）

大面积芦苇，是黄河三角洲的独特景观　摄影 / 侯全亮

扔印堵口封龙王

秃尾巴老李是咱们梁山东边七十多里的文上县草桥人。四十岁那年他任黄河巡察，也就是管理黄河的官。他为人很实在，为官清廉。黄河常常为害百姓，他领大家修堤打坝，泥里水里蹚，抬土扛料啥都干，哪哈[1]黄堤危险，他就准在哪哈。

有一年夏天，黄龙奉旨要决黄河堤淹山东。眼看黄水滚滚从决口奔出，淹没了村庄和田园。他马上怀揣御印，足蹬朝靴、身着蟒袍、头戴乌纱上堤压梢。民工一见巡察这样，也就一个个挑土的挑土、运石的运石，决口堵得很快，眼看就要堵上了。李巡察大声喊着“快堵”，然后跳到水里挖泥，你说怪不怪，水刚刚漫上李巡察的脚脖子。民工们一看巡察下水挖泥，也一个个跳下了水。这下可坏了，他们一个个沉进黄水里，淹死了，冲跑了。李巡察一看，对黄河言道：“黄龙啊黄龙，你真是无能，淹百姓、民工算啥英雄？有种你淹死我！”

黄龙答道：“老李，你堵口是奉皇上御旨，我决堤也是奉玉帝旨意。你有圣旨，我有玉旨，你堵你的口，我决我的堤，你打你的狗，我撵我的鸡，咱各干各的，你骂我干啥？”

李巡察恼了：“你眼瞎了？多少老百姓被你淹死！有种你淹死我，淹不死我，我就堵口，不叫你这个混蛋淹百姓。”

黄龙也恼了：“你敢脱掉朝靴，我就敢淹死你，水就退下一尺。”

李巡察一听，立刻把朝靴脱下，扔到岸边。你说怪不怪，这时黄水只淹到老李的大腿根。黄龙本来想吓他一下，不料他真的扔掉朝靴，黄水不退不行啊，只得往后退了一尺。决口还是照样堵不上。这时黄龙又说了：“老李，你要是真心为百姓，敢脱掉蟒袍，我就敢淹死你，黄水立退三尺。”

李巡察这一听，心肺都快气炸了：“只要水退，决口堵上，我死怕啥？”说罢脱掉蟒袍，又扔到堤上，黄水一下淹到他肚脐眼。黄水真的又退了三尺，可口子还是堵不上。黄龙对李巡察又说了：“老李啊，你有圣旨，我有玉旨，我发我的水，你堵你的口子，何必那样不要命呢？”李巡察愤愤地说：“为主尽忠，为百姓效力，这是本分。你祸害老百姓，这是罪过，还有啥脸说话？”黄龙一听，也恼了：“我是好言相劝，你不听，你要敢扔掉官印，我就敢淹死你，黄水再退三尺。”

李巡察气冲冲地喊道：“只要能堵住决口，扔就扔！”李巡察从怀里掏出官印，真的扔到堤上了。黄水退是退了三尺，口子还是堵不上，水也没淹死李巡察，淹到他脖子了，光剩头了。你看李巡察那个气啊，开口骂道：“说话不算数，禽兽不如，有种咋不淹死我？黄水咋还不退回堤内？！”

黄龙又说话了：“玉帝有旨，你要真敢摘掉头上的乌纱帽，我就敢淹死你，黄水马上退进堤。如果你还想活，快快上岸当你的巡察。”

李巡察骂道：“玉帝昏庸，不顾百姓死活，咋当玉帝？”说后扔掉乌纱帽。黄水立时把李巡察淹没。黄堤决口处，立时没有了水，决口堵上了。玉皇大帝念及李巡察为主尽忠、为民献身的精神，传旨封李巡察为老龙王的领水大王，代管黄河。老李就这样成了龙王，管了黄龙，好多年黄河下游都没有水灾。

（中国民间文艺家协会山东分会编《秃尾巴老李的传说》）

【注释】

［1］哪哈：方言，哪里或哪个地方。

金龙四大王

山东梁山东北四十五里处有一座金龙四大王庙，每年三月十八日都有庙会，人们都来烧香祀奉。这金龙四大王原来是黄河按察使宋大人。

为了治理黄河，历代帝王都委派按察使之类的官员，专司其事，可是这些官员多数都是贪官，借治理黄河对百姓增派捐税、粮款等，中饱私囊。这个按察使宋大人却一生治理黄河有方，为官清正，刚直不阿，他对治理黄河，保障人民生命财产安全倾注了半生心血。

有一次，河堤决口，宋大人七天七夜没睡，坐在阵前指挥，成千上万名民工运土的运土、填柴的填柴、打坝的打坝、楔桩的楔桩，干了几天几夜，可决口就是合不上、堵不住。狂风怒吼，水在咆哮，喊声、叫声和坍塌声、打夯声搅混在一起，黄水浪涛此起彼落。宋大人为了合上决口，不顾一切，亲自压梢，他带着官印站立梢头，抱定宁死不惧的决心，镇定自若，指挥合口。大浪一阵紧一阵，堤坝还是接连坍倒，一段一段地被水冲垮。宋大人站立梢头，面不改色，在滚梢时，被大浪卷进黄河，以身殉职。民工和百姓们喊啊，哭啊，声压浪涛。黄河立时落水三尺，好像也在为宋大人的忠诚而致哀呢！

传说，玉皇大帝被宋大人为官清廉、为人正直、为民殉职的精神所感动，就封他为金龙四大王，让他专管梁山境内黄河上运河接头处的水情。梁山人民为了纪念宋大人为民治河殉职的恩德，在安山西修建了金龙四大王庙，因为他殉职之日正是三月十八日压梢之时，故定这天为金龙四大王香火大会。每到此日，附近的百姓渔民都来为金龙四大王上供烧香。

传说，宋大人被封为水神之后，他的形体与壁虎相似，头上有金字。梁山一带运河、黄河的船家们都敬奉金龙四大王。这里的人们只要一见壁虎，立刻用大盘铺上黄裱纸托送至金龙四大王庙内。金龙四大王的故事也不断在黄河、运河的船家后代中流传着。

（王诚志讲述，樊兆阳搜集整理）

芦苇青青 / 摄影 / 孟宪明

邓斌舍命治黄河

在河南商丘西北的黄河故道南岸有一个口面二百八十余亩的大坑，传说是明朝时有一次黄河决口冲刷而成，这个黄河决口的地方被人们称作“邓斌口”[1]。至今，这里民间还流传着邓斌舍命治黄河的故事。

明朝时候，这里因为黄河泛滥，经常闹水灾，闹得庄稼全都被淹死，田里粒粮不收，百姓流离失所。当时朝里有个叫邓斌的官员，为民请命时得罪了朝廷，朝廷正要免去他的官职，听说商丘这地方黄河经常泛滥，便把治理黄河的苦差事交给了他。邓斌为官清廉，体察民苦，一来到商丘便给百姓免捐免税，并设法从外地运来一些财物救济灾民。除此之外，他还不辞劳苦地带领民工修整黄河堤岸，排除田里的积水。不久，这里的水患便被治住了。

有一年夏天，黄河洪水大发，眼看要漫过堤岸。邓斌和民工一起，日夜守护在河堤上。洪水越来越大，像小山一样的波峰一个接着一个，顺着河床从西向东滚滚滔滔地狂奔。堤岸终于受不住浪头的冲击，就在现在叫作邓斌口的地方突然塌方，洪水像一群狂兽一样撞开一个缺口，“哗”的一声冲了出来。那势头可大了，水浪好像携带着风雷，剧烈的响声几十里远都能听见。黄河水到了平地里撒起野来，横冲直撞，房屋、树木、村寨，水一冲就全不见了。

邓斌眼见村庄被洪水冲走，心中十分焦急。他让民工们到处搜集门板、布袋、大车，装满土以后一个劲儿地往缺口里扔。邓斌三天三夜没吃一粒饭，没喝一口水，没合一下眼，最后总算把缺口堵上了。但是因为下边填得不实，没半晌，水便又从下边浸了出来，很快便冲成了一个大窟窿。众人一时慌得不知怎样才好，邓斌更是焦急，一会儿急得大汗珠子往下滚。他看别的什么办法都来不及，便一咬牙跳到了水里，在水下摸呀摸呀，终于摸到了堤岸的缺口处，便立即用自己的身子堵了上去。缺口堵住了，邓斌却从此再不能上岸来了。

水被治住之后，决口处留下了一个被水冲砌而成的大坑。为了护住黄河不再在这里决口，百姓便从四面八方到这里集居，建成了一个村庄。为了纪念邓斌，这个村庄的名字便叫作“邓斌口”。几百年来，这里的百姓一直流传着邓斌舍命堵缺口的故事。

（张守山、刘沈氏讲述，刘秀森搜集整理）

【注释】

［1］邓斌口：现为河南省商丘市梁园区李庄乡邓斌口村。当地传说邓斌是在金太宗天会（公元1123—1135）年间被派往当地任管河主簿。他为官清正，尽职尽责，在带领民众抗洪筑坝中舍生忘死，以身殉职。

有石头的水塘　摄影 / 孟宪明

老卫坝

堤外村距离黄河大堤五里地，地势低洼，黄河水一旦有个风吹草动就先淹堤外村，谁也说不清堤外村被黄河决口冲光了多少次。人们在这里住着，每逢刮风下雨，黄河涨水，就胆战心惊，惴惴不安。

堤外村东头住着一个五十多岁的老汉，名叫李老卫。他在黄河里打过鱼，行过船，在黄河大堤上当过堡夫，巡守河堤，还寻找獾洞鼠穴，修补水沟浪窝，做埽筑坝都是好手，有一套治河经验。李老卫和黄河打了几十年交道，也受了黄河几十年的害，他的父母、妻子、子女都是在前些年黄河涨水决口时被活活淹死的。

李老卫生性豪爽，急公好义，不管自己有无，都愿意为人解衣推食，村里不管发生什么事，大家都爱来找他合计，让他拿个主意。

李老卫常和乡亲们唠叨，要想不受黄河水害，只有在村头筑个环形坝，把村子圈起来。筑坝护村是个好办法，只是村里家家户户穷得揭不开锅，常常吃了上顿没下顿，年年还要交治河捐、防洪税，别说钱，就连像样的铁锨和抓钩也难找到几把。

这年刚打过春，李老卫下决心要领着全村人动手修坝，他就先去找管理黄河的同知官。过去，河防上大大小小的官员多是些不顾百姓死活、假公济私、靠黄河水发财的人，有谁肯踏踏实实地为百姓着想呢？管河同知虽说官不大，却管着这一带上下百里黄河的防治大权，人、物、钱财全由他一人说了算。管河同知听说李老卫是想叫拨银两给堤外村筑坝用，眼珠发了红，说：“你个小小的河上堡夫，吃了豹子胆，竟敢管这么宽？筑坝不筑坝是我当官的事，你来穷啰嗦个啥！”李老卫听了训斥，毫不惧怕，顶着说：“老百姓年年为治河交捐，出钱出力，图个啥？你们做官的牙缝里挤点，指头缝里漏点，就够堤外村筑坝用了。”这些话虽不多，却字字句句戳着了管河同知的痛处。他顿时拉下脸，指着李老卫骂起来：“娘的，你再胡说八道，我割了你的舌头！”说罢，管河同知一甩袖，气呼呼地走了。李老卫又撵上去，还没开口，就被四个河营官兵拽住打了一顿。管河同知还不解气，又喝令官兵把李老卫的堡夫除了名，让他滚回家，工钱也不给了！

李老卫挨了打，心里一肚子怒气，一瘸一拐地往家走。他刚上黄河大堤，突然看见不远处的堤坡上趴着一个人。李老卫忍着疼紧走几步到那人跟前，那人神志不清，浑身湿漉漉的尽是泥，脸上全是血。李老卫急忙蹲下，又是摇又是叫，那人没有丁点反应。他觉得救人要紧，就弯下腰把那人拖起来背着，一步一挪地回到家。

一进门，李老卫赶快为那人洗脸、换衣服、包伤口，喂汤灌水，忙了好一阵子，那人才慢慢苏醒过来。李老卫一问，才知道他叫季玉生，是个读书人，已经考过乡试、会试，现去要京城参加殿试。他坐船过黄河付船钱时，随身带的银两被歹人发现了，结果他刚下船便在黄河滩僻静处被歹人用木棍打昏，劫走了全部银两和衣物。

李老卫平时就爱急人之急，救人所难，听了季玉生的话，更是好言相劝，叫他不要着急，先住下来养好伤再说。季玉生是个文弱书生，经不住这一惊一吓，第二天就病倒了，卧床不起。这下可忙坏了李老卫，他又要请郎中看病配药，又要端汤喂饭，里外张罗着伺候季玉生。

没过几天，李老卫家里已米面全无，买吧，没钱。他一狠心，把几件好一些的衣物送到镇上的当铺换了些钱，买了点好吃的给季玉生补养身子。

转眼一个月过去了，殿试的日子就要到了，季玉生一心要走，可身体虚弱又没盘缠，怎么进京呢？

李老卫的脾气向来是帮人帮到底，送人送到家。他看出季玉生想

河源之畔　摄影 / 陈维达

进京赶考的心思，就背着季玉生变卖了二亩薄地，换来几两纹银，一半送给季玉生路上作盘缠，一半雇了头小毛驴，让季玉生骑着赶路。

季玉生和李老卫分手时，千恩万谢地说："您就是我的再生爹娘，这恩情日后一定相报！"李老卫一听这话就急了，连忙摆手说："施恩图报非君子！你当了官别忘了替老百姓办点事，我就知足了。"说完，很满意地看了季玉生一眼，扭身走了。季玉生见李老卫性情憨厚耿直，心中十分敬佩这位救困扶危的老人。

不知不觉到了夏天。为防黄河水患，河道总督出了布告，大量收购芦苇、秫秸、树枝以备埽工使用。

布告一出，李老卫走东家、串西家，动员人们下坑割芦苇，上树砍枝条。一来为多备些埽料治水用，二来让乡亲们挣个油盐钱。

李老卫和乡亲们拉着一车车的芦苇、秫秸和树枝，急急忙忙地送到黄河大堤上。按规定，每车应给五百钱，那个管收物料的瘦子把总却横挑鼻子竖挑眼，说树枝短了、芦苇细了，每车只给二百钱。众人嫌他欺人太甚，一齐推选李老卫去和瘦子把总讲理。

李老卫走到瘦子把总面前说："五百钱一车是河督大人定的，你为啥不如数发？"瘦子把总眼一瞪："你是哪个村的，敢来教训我！""堤外村的，你克扣工钱，就不能说说！"瘦子把总眉一竖，眼一挑，拖长嗓音说："我说多少就多少，嫌少把东西拉走。"

俩人你一言我一语正吵得起劲，"嗒嗒嗒"跑过来一位骑马的河官。李老卫抬头一看，这人就是以前叫人打他的管河同知。他本不想搭理他，可为了乡亲们，就强憋着气上前施一礼说："俺堤外村来送埽料，把总不按规定付钱，请管河同知明断。"管河同知下马，上上下下打量着李老卫，慢声细语地问："你就是李老卫？"李老卫心想：是我又咋地，顶多再挨一次打。他毫不在乎地大声说："对，我是姓李，名老卫。"管河同知一听他真是李老卫，立刻满脸堆笑，讨好地说："误会，误会。不知是你，请别见怪。”他摆摆手，把瘦子把总叫到身边，大声训斥了一番，接着吩咐道：“从今天起，凡是李老卫送的埽料，每车白银五两，他村里人送的，每车白银二两。”

过惯穷日子的乡亲们感到十分奇怪：一车树枝和芦苇，咋也不值二两银子呀，真不知这些河官们葫芦里卖的什么药？

乡亲们常受河官们的敲诈勒索，这回不知是吉是凶，谁也不敢上前去领银子。李老卫听了也是暗暗纳闷，似信似疑。他转念一想：反正我们一不偷二不抢，你敢给，我们就敢要。李老卫转回身对大家说：“他给，咱就要，有事以后再说，我顶着。”大家听了李老卫的话，一个一个去领了银子，高高兴兴地回家了。

第二天，李老卫和乡亲们又去送埽料。到了堤上，李老卫对瘦子把总说：“这几车全是我李老卫的，你就按车付钱吧！”瘦子把总看看李老卫，又看看堤外村的乡亲们，翻翻白眼，不敢多说，按每车五两付了银子。回来的路上，李老卫把得来的银子分给大家说：“今后，不管咱村谁去送料，都说成是我李老卫的，咱们多弄点银子，凑钱把护村堤修好。万一出个什么事，大家也不要怕，都由我一人承担。”

就这样，一来二去，堤外村家家户户都得了不少银子，买了粮，添了衣，又凑了些钱准备筑坝。一天，李老卫正在院子里和乡亲们商量筑坝修堤的事哩，管河同知和瘦子把总闯进门来。他们带着许多礼物，进门就跪在李老卫面前，乡亲们哪见过这场面，都吓愣住了。

管河同知一面磕头一面对李老卫说：“我们求求您老人家，去河督大人那儿给我们讲个情吧！”

李老卫听了他的话真是丈二和尚摸不着头脑，忙问他们到底是咋回事，管河同知这才把事情的来由说出来。有人在河督大人面前讲了他打李老卫的事，河督大人撤了他的职，瘦子把总因为常和村民吵架还克扣工款，也被撤了职。两个人托许多大小官员到河督大人面前说情，一个个都碰了钉子。河督大人拍着桌子发脾气说："别说你们，请来李老卫讲情也不行。"管河同知说："我们想，你和河督大人关系一定非常密切，就来求你去给我们讲个情。"

李老卫叫他们都起来，抚摸着胡须说："河防上官员一层又一层，上有河道总督，下有管河道，再就是你这管河同知，还有什么河营、千总、把总……我一个穷老百姓，一个不熟，半个不认，和那河督大人更是非亲非故，叫我去讲个啥情？"

"您老就别推脱了，你送的埽料，一车五两银子，就是河督大人亲自发的话，你说你不认识河督大人，谁信？"管河同知和瘦子把总一再央求着。

李老卫是个见人央求心就软的人，想想他们认错了，还记那点仇干啥，就答应去河督大人面前为他俩讲讲情。

天快黑时，李老卫到了河道总督府，河督大人在后堂接见李老卫。李老卫进了门，正要跪下磕头施礼，河督大人上前一把扶住他，激动地说："恩公，免礼。你看我是谁？"李老卫抬起头，眯起眼看了半天，觉得有些面熟，但就是想不起在哪儿见过，于是摇了摇头。河督大人接着说："我就是春天你在黄河边救的季玉生呀。"李老卫听了，仔细打量了一会儿，哈哈大笑起来，说："他们整天河督大人长，河督大人短的，没想到就是你。有出息！有出息！"

原来，季玉生进京殿试，得中探花，被皇上封任河道总督，前来治理黄河。他不忘李老卫的救命之恩，为报答李老卫，下了一车埽料五两银子的命令。自从来到河上，他日夜为治河奔忙，凡治河之事，处处虚心求教，想等治黄有了成效再去拜见恩人，没料到李老卫自己先来了。

两个人叙过旧情以后，李老卫就提起管河同知和瘦子把总的事，为他俩求情。河督大人听了，微微一笑说："恩公，不是我驳您的面子。我撤他们的职，不光是因为他俩打过你，而是因为他们不能秉公断事，处处克扣治河银两，失职之事屡屡发生。多少年了，黄河治理不好，就是贪官太多，物料工款尽入私囊。现在我来治河，绝不能再容他们胡作非为。"

李老卫见季玉生秉性正直，做事认真，不准情也不生气。他在总督府住了一夜，第二天清晨就要回家，季大人咋拦也拦不住，就送了他二百两银子作为安度晚年之用。李老卫推辞不掉，就收下了。李老卫带着银子回到家，找来众位乡亲，把原先凑的那点钱分还给了乡亲们，用季大人给他的二百两银子在村头修了一条大坝。大坝修好后，李老卫还是住着他的破草房，穿着他的旧衣裳。后来，河督大人听说李老卫有了银子并没有过上好日子，就派人去请李老卫，打算给他安排个差事。但已经晚了，李老卫为修坝操尽了心，用尽了力，病得已经起不了床了，没多久就去世了。

人们怀念李老卫，就把堤外村的护村坝叫作老卫坝。

（申法海、姗蒸搜集整理）

河南原阳黄河滩　摄影 / 王伟

挡住和堵牢

自古以来，黄河不断决口，泛滥成灾，一淹就是几百里。人们和黄河决口拼死拼活斗了几千年，出了不少英雄好汉。流传在河南境内黄河北岸的“挡堵”传说，讲的就是两个青年人为挡堵黄河决口英勇献身的故事。

在河南封丘县靠黄河边的一个小村庄里住着一位年龄刚过四十却头发已花白的妇女，她有一对双生儿子，大的叫挡住，小的叫堵牢。兄弟俩十六岁就长得虎背熊腰，脚大腿长，臂粗体壮。两个人上山砍柴，斗过虎，捉过豹；黄河水再大、浪再急，他们衣服一抡，扑通下去，便能游上游下，如走平地。农忙时，他俩为这家扶犁，帮那家拉耙，给张家收割，替李家打场，人人都夸这兄弟俩是好后生。

她们娘仨不是本地人，老家是黄河边武陟县的。挡住和堵牢一岁那年，黄河在武陟决口，大水把他们全村淹了，爷爷、奶奶、叔叔和姑姑被水冲走了。挡住和堵牢的爹水性不错，用一个大柜子把她们母子三人安置到里边，自己连扒带浮，护着大柜子顺水漂了下来。柜子在水中起起伏伏，摇来晃去，漂了一天一夜，到了封丘。他爹爹在水中泡得精疲力竭、四肢发麻、脸色苍白，手一松便离开了大木柜。他娘怀里搂着挡住和堵牢，木柜一侧歪，吓得她一抬头，发疯似的叫着“孩他爹”，忽然一阵大风打得柜子乱晃荡，他娘吓得不敢动了，咬着嘴唇，流着泪，眼睁睁地看着他爹在水中一起一伏，转眼啥也看不见了，他娘痛苦万分。后来，母子三人被救上岸，就在这里落了户。

娘儿仨啥也没有。穷乡亲们给他们凑了吃的穿的，又搭了间茅草房。汗水里爬，苦水里熬，娘儿仨能熬过这十几年，多亏了乡亲们的周济和帮助。他们不忘黄河的危害，也常想着如何报答救助过他们的

吴堡的黄河　摄影 / 孟宪明

乡亲们。

这一年八月，狂风刮得天昏地暗，瓢泼大雨整整下了九天九夜，黄河水猛涨了。全村的人都上了黄河堤，水中滚，泥中爬，没日没夜地护着大堤。

挡住和堵牢在堤上连轴转干了三天三夜，又饥又困，身子发软，头皮发胀，半夜里两个人在泥水里背靠背睡着了。一会儿，挡住猛地叫了一声，“呼”地坐起来，把堵牢也惊醒了。

堵牢问哥哥：“你叫啥哩？”

挡住说：“我刚才做了个梦，一个白胡子老头说咱庄有大灾大难，唯有咱兄弟俩能救这灾难。我问他咋救，他说用血和肉。我正要问这血和肉是咋说的，一个响雷，白胡子老头不见了，我叫了一声，就醒了。”

堵牢说：“刚才我也在做梦，黄河决了口，咋也堵不住，只听河里喊着：‘挡住！挡住！堵牢！堵牢！’你一叫我也醒了。”

两个人正说梦哩，突然前边大堤上几十口人一齐喊叫起来：“决口啦！”接着“呼噜噜”一阵响，大堤塌了丈把宽，黄河水像发了疯，卷起五六尺高的浪头冲了出去。

人们喊着叫着奋起堵口。天快黑了，剩下丈把宽的口子再也堵不住了。口越小水越急，把扔进去的麻袋、泥土都冲跑了。堤外成了一片汪洋，村里传来了哭喊声、呼救声。挡住和堵牢看见决口不能合拢，急得两眼通红。

猛然间挡住抓住堵牢的胳膊说：“咱做的梦是不是应在这决口上？”

堵牢说：“这不正是大灾大难吗？咱俩能救难？对，咱俩跳下去，堵住决口。”

两个人正要向决口里跳，被乡亲们拉住：“不能呀，你们还有老母亲哩。”两个人咚地跪在泥水里，对天磕了个头，说：“娘啊，我们去了，您老人家多保重！”挡住起身喊了声：“弟弟！跟我来！”两脚用力一蹬，纵身跳到决口里。随着挡住落进水的声音，天上“咔嚓”一个炸雷，黄河水不向外流了。堵牢见哥哥挡住了洪水，牙一咬，向下一弓身就要向决口里跳，猛地被抓住了胳膊，回头一看，是娘。

娘的手抖着，泪哗哗地流下来，说：“孩子，你去吧！”说完就软瘫到地上。堵牢伸手去扶娘，水里传来哥哥的喊声：“快下来，我挺不住了，快呀！把堤堵牢！”堵牢把眼一闭，一个箭步跳进决口。

“呼——”，一阵天摇地动的响声，决口合住了，堤上的男女老少一齐跪了下来。娘慢慢睁开眼，乡亲们扶住她，她呆呆地望着归了道的黄河水，喉咙里呼唤起来：“挡住！堵牢！我的孩子……”水浪冲击着河堤，发出“娘”一样的回应声。

娘又喊着：“让我再看看你们吧！”

突然河里伸出四只手来，娘一眼就认出是挡住和堵牢的手。四只手向上举着，娘哭泣着，乡亲们都落了泪。

娘的心像刀绞一样，她看看跪在身边的老少乡亲，一横心，说：“孩子，走吧！”一个浪头打过来，四只手没有了。河水挡住了，决口堵牢了，乡亲们免遭了一场灾难，挡住和堵牢两个年轻人再也不能回来了。

（申法海、姗蒸搜集整理）

白英眼藏石磙

白大王名叫白英[1]，是山东汶上县人。有人说他是神仙，有人说他是凡夫俗子，有人说他是河官，有人说他是河工。不管咋说，在治理黄河上，他干了不少好事。

那年黄河决口，决口快被堵住的时候，堵口用的石头用完了。去山中运，来不及。这可怎么办呢？白英出了个主意，到各村各户去收石磙。

打麦碾场离不了石磙，哪个村都要有几十个，转上几个村，收些石磙算不上啥难事。

白英带着人，又贴告示又敲锣，吆喝着挨村收石磙，走了三五个村却一个石磙也没见到。白英感到奇怪，石磙呢？

白英问一个老大爷："你们村谁家有石磙呀？ "

老大爷说："俺村三家里两户都有石磙，可不知咋的，昨天夜里刮了一阵风，石磙全都不见了。"

白英到另一个村问了问，说法一样。看来，一定是有人暗中捣乱，想阻拦堵住黄河决口。

堵住决口是火烧眉毛的事，拖不得也等不得，白英决心尽快找到石磙。他细心打听，有人说，石磙滚动的响声向西南去了；有人说，光听见有动静，没见人；也有人听见"先运个几里远，叫他们找不到就算了"的说话声。白英根据这些蛛丝马迹，终于找到了一个干坑，里面堆满了石磙，石磙上坐着一个老头，他是山神。

白英问山神："你弄这么多石磙干啥？"

山神微笑着回答："这不是我的，是黄河河神的。他要盖宫殿，收来这些石磙，请我给他看着。"

原来是黄河河神干的事，大堤上堵口要石磙，他偏在这时候凑热闹，安的什么心？白英对山神说：“我叫白英，在河上领着堵口哩，让我把石磙弄走吧！”

“那不行，河神来了，我咋交代？”山神急忙说。

“黄河闹决口，淹死了好多人。老百姓痛哭乱叫，惨得很。不快点把决口堵上，不知又要死多少人！你就开开恩吧！”白英请求山神说。

山神明白了白英要石磙是为堵黄河决口的事后便满口答应帮忙，说等河神来了，替白英讲个情，求求他。话刚落音，黄河河神摇摇晃晃地来了，山神忙让白英藏在一边，然后把黄河堤上堵口急着用石磙的事儿讲了一遍。河神听后，连声说：“不行！不行！”

山神又劝河神说：“把石磙给他们堵住决口，也是积德行善，百姓们会给你烧香、盖庙。”

河神打断山神的话，说：“实话告诉你吧，我不是为盖宫殿才弄石磙的。”

山神听后一惊，又问：“那你为的啥？”

河神见山神不解的样子，就讲了实情。他很早就想领着兵卒们到处逛游逛游，让兵卒们开开眼界，长长见识，好不容易等来黄河决口，兵卒们个个手舞足蹈，都想赶快随着决口流出的洪水去外边转转。谁知还没挨上决口的边儿，白英就领着人来堵决口，“咕咕咚咚”朝决口直扔石头，坏了他们的事情。河神恨死了白英，憋着一口气要和白英较量一番。前天，他听说白英要收石磙堵口，就连夜施法弄走石磙，让白英四处都找不到石磙，干着急堵不成决口。山神弄清了事情的来龙去脉，暗骂河神：身为黄河河神，不设法为民造福，反而苦害百姓，这不是十足的倒行逆施吗？山神对黎民百姓起了怜惜之情，决心把石磙给白英。

山神装着笑脸对河神说："我一定帮你看好石磙，让白英找不到。"河神谢过山神，嘱咐他多加小心，就走了。河神一走，山神忙把白英喊出来，叫他设法赶快运走石磙。俩人正说着，河神又摇摇晃晃地拐回来了。白英躲不及，山神忙把他隐在身后。

河神摆摆手，机密地对山神说："听说白英正到处找石磙，我看放在这不保险，不如作法把石磙化为尘土，免得夜长梦多，被人发现。"

山神稳了稳神，说："可以，你先去弄点吃的来，咱们酒足饭饱后，再毁石磙也不迟。"

山神骗走了河神。白英出来对着山神跪下，说："石磙一毁，决口就没指望了。请山神爷怜惜百姓苦处，助我解灾救难。"

山神扶起白英，心想：堵口是大事，得罪河神是小事，一不做二不休，干脆把石磙全给白英吧。他便对白英说："等河神回来，事情就难办了，事不宜迟，我尽力帮你把石磙运走吧，只是你要受点苦了。"

白英说："为了堵住黄河决口，就是粉身碎骨，我也心甘情愿。"

山神没有再说啥，他闭目养神，深吸了几口气，运足丹田之气，对着石磙"噗噗噗"吐出几股气流，眨眼间石磙一个个都不见了。等地上的石磙全没了，山神又伸出手掌，叫了声"石磙回来"，只听"呼嚓呼嚓"一阵滚动声，他手心里聚了一堆针尖大小的石磙。石磙全变成小石碜啦！

山神把石碜放在白英的耳朵里，白英顿时感觉到耳朵里又胀又闷，头晕心慌。山神放来放去，最后剩下两个石碜，咋也塞不进去了。

山神说："剩两个算了。"

白英打着手势，意思是说：让我全带走吧，万一差两个，会误大事的。

山神摆摆手，摇摇头说："没处放了。"

白英指了指眼睛。

克托克的黄河　摄影 / 孟宪明

山神没法，就把这两个石磣放进白英的眼睛里。

最后，山神反复交代白英："你一定要沉住气，不能摇头，不能张口，等到了决口处，张口吐气，石磣自可出来，变成石磙。"

白英耳朵里沉甸甸的憋得慌，眼里更别提了，越来越觉得磨得慌，疼得他只好咬紧牙关。他走了一会儿，疼得实在受不了了，甩甩袖，想把眼里的石磣粘出来，可又一想，万一差两个石磙，黄河决口堵不住咋办，还是多备无患。他便忍着疼，没粘石磣。

就这样，白英强忍着疼痛来到决口处时，他的双眼直往外滴血，人们急忙围上来，问长问短。白英也不敢搭话，照着山神的交代，站在决口边，侧着身子把耳朵里的石磣倒出来，又把眼里的两个石磣粘出来，扔进决口。"轰轰隆隆"一阵巨响，石磙把决口堵住了。

白英粘出石磣后，疼得昏了过去，一直躺了三天三夜才苏醒过来，虽然醒了，眼前却还是一片黑，他的双眼全瞎了。

白英为了堵住黄河决口瞎了双眼，黄河两岸的老百姓对他更加敬重了，此后也留下了"眼里容不下个磣"的俗语。

（申法海搜集整理）

【注释】

［1］白英：据王娟娟在《中国古代黄河河神崇拜》文中考证，历史上确有白英其人，他出生在山东汶上县颜珠村，早年曾受聘设教，又做过运河的河工。因治黄有功，在清雍正年间被封为"大王"，民间称白大王。

栗大王

在黄河上驳船拉纤的船工没有不知道栗大王的，老河工们都会讲栗大王的故事。

栗大王名叫栗毓美[1]，说不清他是哪儿的人。他在家上学时，父母托人给他说了一门亲事，姑娘叫张桃花。天上的仙女就够美了，她比仙女还漂亮几分。这门亲事两家都很满意，栗家说寻了个打着灯笼也难找的好媳妇，是栗毓美的福；张家说找了栗毓美这个有墨水的好女婿，真是鸳鸯配成对，龙凤结成双，美上加美。两家老人乐得合不拢嘴。

栗毓美和张桃花订婚后，栗毓美到乡里去上学，恰巧和张桃花的弟弟张桃叶在一个学校，同桌共读，同房相住。一个是姐夫，一个是妻弟，俩人互敬互助。学校里的大学长是个贪色的纨绔子弟，他看上了栗毓美的未婚妻，就起了歹心，要害死栗毓美，强占张桃花为妻。

一天晚上，半空里只挂着几个星星。栗毓美和妻弟张桃叶关门熄灯躺下后，不知为啥，张桃叶咋也睡不着，睁着眼，心里闷得发慌，闭着眼就做噩梦。张桃叶对栗毓美说："哥，我在这床上睡不着，咱俩换床睡吧。"

"中。"栗毓美说，"我的床在窗户下，通风凉快，你来我床上睡吧。"两人换了床后，都呼呼地睡着了。半夜时分，大学长手持尖刀，蹑手蹑脚地摸到栗毓美和张桃叶住的房间下，像狗一样竖起耳朵听听，屋里除了一阵"呼噜呼噜"的鼾声外，一点动静也没有。他早已弄清栗毓美是住在窗下的，便轻轻推开窗扇，向床上瞄瞄，举起尖刀，对准床上人的心窝狠狠地扎了下去，张桃叶都没来得及哼一声就死了。大学长溜回屋里，悄声自语说："栗毓美这小子一死，张桃花就是我的人了。”

第二天早上，天刚蒙蒙亮，栗毓美起来叫张桃叶读书。叫了两声，张桃叶没回音，栗毓美下床去推他，只见张桃叶心窝上插着把刀，鲜血浸透了床上的铺盖。栗毓美吓得惊叫一声，昏倒在地上，等他苏醒过来，才变调失声地呼喊：“来人呀！张桃叶被人杀啦！”喊声撕天裂地，惊醒了住校的学生。大学长正在被窝里做着美梦，听到栗毓美的喊声，心里猛一咯噔，惊坐起来，心想：怎么了？栗毓美没有死？接着，他的两只老鼠眼上下一扑闪，一条毒计又涌上心头。他定了定神，挤进乱哄哄的人群，抓住栗毓美的衣领说：“栗毓美，你别贼喊捉贼了，张桃叶同你住在一间屋，不是你杀的是谁杀的？”随着他的煽动，几个人把栗毓美送进了衙门。糊涂县官一审三问，大学长暗里又捣鼓捣鼓，栗毓美被判了死罪，打入死囚牢里。

栗毓美的未婚妻桃花姑娘听说弟弟被杀，未婚夫被当成杀人凶犯问成死刑，气得眼冒金星，水米不搭牙，哭得死去活来。她想着：栗毓美为人多好呀，姐夫咋会杀死小舅子呢？正当桃花姑娘百思不解的时候，大学长托人上门说亲来了。桃花姑娘的爹妈见儿子死了，栗毓美被打入了死囚牢，人命关天的案子，早晚也得死，就忍气吞声地把桃花许配给了大学长。

桃花姑娘身嫁给大学长，心却向着死囚牢的栗毓美，暗暗寻访杀死弟弟的凶手和诬告栗毓美的仇人。

一天，大学长喝醉了酒，对桃花姑娘撒泼卖野，一不小心说了实话：“要不是我杀死你弟，又诬陷栗毓美是杀人凶手，你咋能跟我过呢？”

桃花姑娘一听就全明白了。她羞恨难忍，趁大学长酒醉未醒之机，跑到府衙，说明了真相，请求申冤雪恨。

桃花姑娘救出了栗毓美，为死去的桃叶报了仇，但自己已成为仇

人之妻，觉得对不起粟毓美，就上吊死了。粟毓美出牢后，感谢桃花为他申冤救命之恩，本想相爱如初，可桃花已死。他立志不娶，发奋读书，后来科举得中，当了黄河水利防护道台。粟毓美赴任时，接来了失去儿女的桃花的父母，好生奉养。

粟毓美到任的时候，正是黄河水灾之后，灾民们四处逃荒要饭，流离失所。他把黄河大堤巡视了一遍，许多地方急需加固整修。又要救灾，又要整修大堤，银两不够，咋办？他想了又想，想出个以工代赈的办法，既能救济灾民，又可整修黄河大堤。不几天，黄河大堤上便垒起许多锅灶，灾民们可以到这吃饭，吃完饭就要干活修堤，工钱给的也高。这样，灾民不外逃了，逃走的也纷纷回来了，在大堤上干活挣钱。很快，该加固的大堤加固了，灾民们也都回去重建家园，受灾的百姓提起粟毓美都是千恩万谢。

粟毓美治理黄河，日夜操劳，身边又无人伺候，身体累垮了，经常生病。桃花的父母看在眼里，疼在心上，就劝说粟毓美娶个妻子，好照顾他的饮食。但一提到娶亲的事，粟毓美就怏怏不乐，闭口不答。没过多久，桃花的父母竟然自作主张，给粟毓美请媒说了亲，就要择吉日完婚的时候，粟毓美一气之下离开道台府，上了黄河大堤，和河工们在一起筑堤修坝，一心治理黄河。

一天，粟毓美躺在病床上，几个河工守着他，向他禀告了一件怪事。前几天有人传谣，说河堤中有钱，结果有人一挖，果然挖出了几个钱。昨天又有人挖，又挖出了不少钱。这事一哄，许多百姓和河工都在堤上乱挖，制止不住，毁坏了大堤。粟毓美一听，叫他们不要声张，他半夜挣扎着起来，拖着病体带了几个人在大堤上暗暗巡查。不一会儿，他发现那个糊涂县官掂了块木板埋在堤上，撩了一层土，在土里撒了些钱，又用土掩好踏牢。糊涂县官正要溜，一只手却被抓住了。人们挖出那块木板，上边写着“栗毓美不娶妻，桃花姑娘不安息”。栗毓美责问那糊涂县官为什么要这么干？

原来，桃花父母给栗毓美说的亲正是县官的妹妹，县官要巴结栗毓美，恨不得早日把妹子嫁过去。为了说服栗毓美娶亲，桃花的父母出了这个点子，想表明这是天意。

栗敏美听后气冲牛斗，把糊涂县官责打了四十大板，回家又把桃花的父母训斥了一顿。桃花父母好心办了错事，后悔不已，没脸在道台府住下，就偷偷走了。

栗毓美又日夜操劳地督促河工迅速修好挖开的河堤，终因长期奔波积劳成疾，久治不愈，临死时，他嘱咐手下把他埋在黄河边，头枕黄河大堤，眼看滚滚东流的黄河水。

桃花的父母听说栗毓美死了，怀念他奉养他俩老夫妇的好处，就从外乡回来，用砖头在他坟前垒了个小庙，烧香磕头。后来人们感念他治黄有功，称他为“栗大王”。

（申法海、缪华搜集整理）

【注释】

［1］栗毓美（1778—1840），山西省浑源县人，清嘉庆七年（1802）以拔贡考授河南知县，后历任知州、知府、布政使、护理巡抚、河南山东河道总督等职。栗毓美在治黄时经常深入实地调查研究，虚心向群众了解治黄的症结和经验，在实践中创造了“以砖代埽”治黄法，效果甚好，且可节省大量资金。栗毓美一生勤奋，事必躬亲，严于律己，廉洁奉公，深得皇帝厚爱和群众尊敬。后积劳成疾，死于任上。当他的灵柩从河南北上运往山西时，沿途群众挥泪相送，千里不绝。

金头墓

明朝万历年间，黄河泛滥，民不聊生，明神宗委派李都堂代天治黄。这李都堂传说叫李炳[1]，他自幼刻苦好学，中进士后升任大理寺卿，为官清正廉洁，皇上又任命他为都堂。李都堂领旨后，连夜赶到治黄工地察看水势，访问民情，组织人力，抓紧疏通河道。和李都堂同来的是个贪官奸臣，他趁机侵吞民膏，将大量银两窃为己有。李都堂发现后，追回了赃银，又把奸臣打了四十大棍，于是得罪了这位皇上的宠臣。

一天，神宗正在批阅公文，忽然大吃一惊。原来，一份治黄奏章中说："河伯要李都堂的头，不达目的，黄河水便永不平息。"神宗心想：难道天意不顺从我？这李炳的人头如何要？思来想去，他心中渐渐有了主意。

第二天，神宗大宴群臣，席上佳肴美酒应有尽有。群臣频频举杯祝酒，歌颂帝王洪福齐天，大明升平之世。忽然，神宗话锋一转，向奸臣问道："治理黄河，近况如何？"奸臣答道："臣恐治河不成，只得以实情回奏圣上。近来，每到夜深人静时便狂风大作，浪涛呼啸，河中伸出一只大手，声言要求都堂的头，莫非是天意所在？"众官一听，有的气愤，有的震惊，都直瞪瞪地看着神宗，听他怎么说。神宗却盯着李都堂问道："依爱卿之见呢？"李都堂听了奸臣无中生有之词，十分愤懑，心中思量：自己为官清正，执法严明，得罪了这个小人，结果遭此暗算。他看得出来，皇上主意已定，分辩无用，就镇定自若地回奏道："圣上，君叫臣死，臣不能不死。我的人头若能治住黄河泛滥，为民除害，臣不惜区区头颅！"李都堂有忠有义的几句话，一时把神宗弄得不知如何是好，就叫先散了宴席，以后再议此事。

李都堂回到府中以后，各位贤臣纷纷登门劝说："你莫中奸臣之计，待我们奏明圣上，保你无事。"李都堂却想：奸臣已蒙蔽圣上，继续进谏还会给别人带来不测，不如自己舍弃性命，让事实来粉碎奸佞的鬼话。主意已定，他便趁无人之机自刎而死。

李都堂自刎的噩耗像惊雷滚进朝纲，满朝文武无不泣不成声。

神宗得报，心中也挺不是滋味。但人既已死，也就顺水推舟吧。他命人将李都堂的头割下，掷于黄河之中。神宗满以为这下河伯就会安生了。谁知，李都堂一死，没人诚心督治黄河，河水泛滥得更加厉害了。至此，神宗皇帝才知道是自己听信谗言，害了忠良。

此事一传十、十传百，很快百姓们都知道了，民怒沸腾，对奸臣恨之入骨，要求惩办奸佞。李都堂的儿子任庐州知府，侄子任兵部主事，他们联名上书鸣冤。神宗皇帝知道如不处理好此事，不仅无法向李都堂家人交代，也难以号令天下。于是颁旨一道，诛死奸佞，以昭奇冤，并嘉奖李都堂献头治黄有功。为了表彰李都堂的忠贞，命令铸金头一颗，赐以皇葬。

奔丧之中，李都堂的子侄兄弟身着重孝，奏请神宗皇帝说："父辈壮志未酬，有心继承父志，以治黄为事业，继续完成治黄大业。"神宗皇帝听了大喜，他正愁没人担此重任呢！满朝文武大臣们也都赞同。神宗遂颁旨对李都堂子侄兄弟封官加爵，命他们代天治黄。民众闻言，日夜赶修堤坝，疏通河道，泛滥的洪水很快就治住了。

金头铸好后，连同李都堂尸体盛殓于棺椁，根据家人意愿，运回卢氏老家，葬在文峪龙山上。那日，黄河两岸民众纷纷前来迎柩送葬，焚香祭奠，对这位治黄的忠臣表达自己的心愿。

因墓中有金头一颗，故人们称之为"金头墓"。

（牛爱民搜集整理）

【注释】

[1] 李炳：字垣桥，明万历癸未（1583年）进士，卢氏县文峪乡涧西村人，生卒年月不详。历任湖北省当涂、山西省洪洞知县、辽东巡抚、南京大理寺正卿，兼任刑部尚书。他聪颖好学，通经史，善文章，忠直敢谏，不畏权贵，一生兴利除弊，有政绩。他每到一地任职，都以江山社稷和民生为重，树立正气，发展生产，惩治贪官污吏，减轻人民负担。曾因宦官谗言愤然解职，不久又被重用。他一生施政坚持道义与法制并重，尽力国事，谨慎理狱，明察秋毫，终遭宦官陷害而被杀，后得儿女陈情，忠臣辩诉，始得昭雪，归葬于故乡盘龙山上，现有墓冢供人凭吊。

黄土冈　摄影 / 孟宪明

太守守大堤[1]

西汉后期，王尊做了东郡（即今河南濮阳与山东交界一带）太守。走马上任，下马拜印，等待新太守召见的人排成队，可太守却不见踪影。哪儿去了呢？微服私访去了。微服私访期间，王尊听老百姓说得最多的是当地流传的一句民谚："嫁女宁找瘸腿汉，不与东郡结亲缘；大堤三年两决口，鱼啃鳖咬尸不全。"

王尊明白了：要想治理好东郡，先要守住黄河，黄河不发怒，东郡百姓就太平。王尊用了五年的时间把东郡的黄河大堤整修了一番，说来也巧，这五年黄河还算消停，没给王尊找太多的麻烦，老百姓安居乐业，盖新房，娶媳妇，做买卖，举孝廉，日子过得滋滋润润。可是，就在今年夏天，老天爷变了脸。

其实，因为今年是鸡年，王尊早有准备。在当地还有一首民谚说："羊马年，好种田，紧防鸡狗遭歉年。"待农户收完麦、种上秋、打完场、垛住垛，王尊就招募青壮劳力，紧急操练后派到大堤进行修缮加固。可还没等到夏至，山西、陕西一带就开始落雨，天成了漏勺，没明没夜地下，河水上涨很快。待雨带移到黄河下游的东郡，王尊坐不住了。天蒙蒙亮，王尊就吩咐手下："备马，跟我到黄河大堤。"主簿张桐赶紧牵过一匹雪白大马，王尊一跃而上，后面三十多个衙役也一齐飞身上马，马鞭一挥，"嗒嗒嗒"的马蹄声顿时盖过了潇潇雨声。张桐整理好公文袋，也紧随其后。

黄河大堤就在眼前，可是乌泱乌泱的人群正从大堤上下来。王尊下马，拦住一位领头的壮汉，问："你们怎么撤了？"

"大堤快守不住了。大人，你也快走吧，那黄水涨得实在是厉害。"

"你们先不要走，就在这里等我，我要上去看看再说。"

衙役们拦住人群，王尊登上大堤，往下一看，往日波澜不兴的河水这会儿成了一头狰狞的怪兽，咆哮着，翻滚着，发疯似的拍打着堤岸，发出“哗——哗——”的声音。人站在大堤上，似乎像是站在鬼门关前，稍有不慎就会被怪兽一口吞没。王尊再扫一眼大堤，见大堤上还有一筐一筐没来得及倒出来的泥土，那些大大小小的石头块堆积得东一堆西一堆的，打地基用的夯横七竖八地倒在地上。“肯定是有人看到河水汹汹，心里发慌，丢下手头的活儿，撒腿往大堤下面跑。结果是一人带头，百人跟随，才有刚才那乌泱乌泱的人群。”王尊心里想。

“当务之急是稳住人心。”王尊脑子飞快地转着，一个念头闪过，他对自己说：“对！就用这法子让大家先安下心来。”

王尊转身朝着人群，高声说道：“各位老少爷们儿，我是王尊，是咱们东郡的太守。昨天河伯给我托了个梦，说是要取我太守府邸的宝物。你们都知道我王尊素来不爱财，哪里有什么宝物？可是就在天不亮的时候，我去马棚想遛遛我的马，却看到这匹白马一见到我就仰天长啸，又是舔我的手，又是蹭我的肩。我这才明白，原来，河伯是想要我这匹爱马。老少爷们儿，我心疼我的马，但是河伯想要，我若不给，河伯发怒，会加害一方百姓。我是你们的父母官，天下哪有父母爱马胜过爱家人的呢？当年马厩失火，孔子他老人家先问有没有人受伤，而不问马怎么样。今天，我王尊当着你们的面，要把我这匹马献给河伯。你们回到大堤上，看看我怎么把马献给河伯的。”

“把我的白马牵过来。”

张桐立刻把马牵到大堤上。修堤民工在前，衙役们在后，大家都来到大堤上。

王尊拍拍马的脖子，说：“给河伯捎个信儿，东郡几万口人的性命要紧，叫河伯赶快退水。”说完，双手猛地一推，白马“砰”地落在河里，即刻不见了踪影。

那壮汉看到太守把自己的心爱之物献给河伯，心里一热，说："大伙儿别愣着了，干活吧！"

民工们立刻拿起工具，或填土，或铺石，很快，打夯歌唱了起来：

哼唷

嗨哟

河伯哟

听好啦

太守神马哟

给你献上啦

快快退水呀

退水吧啊

大家活命呀

活命啊！

雨，还在下；水，还在涨。两个时辰过去了，河水又涨了半尺，河水眼看就与大堤一般高，一股一股的水波冲到堤上，人们不由自主地又停下了手中的活儿。

一阵叫喊声传来："求求你，大人，求求你，叫我回家吧。当年俺爷俺爹都是被黄水卷走的。俺家地势低，黄水眼看就要漫过大堤，水一漫过大堤，俺一家可就全得喂鱼了。求你啦！"王尊走过去，见一瘦弱的男子跪在衙役脚下，哭着喊着要衙役放他离开大堤。

他这一喊不当紧，民工们"刷"地一下都跪下来了，求王尊放他们回去，好带着家人赶快逃难去。

王尊见此情景，一把夺过张桐的公文袋，从袋子里取出一圭璧，冲着黄河高声喊道："河伯！你要是有不称心的事情，就冲着我来吧。东郡治理不善，都是我一个人的过错，与百姓无关。今天我就站在这

黄河夕照　摄影 / 孟宪明

里，对天起誓：河水一天不退，我就在大堤上站一天；河水十天不退，我就在大堤上站十天。河伯，你想找人做伴，我愿意奉陪！”

说完，他就站在大堤岸边，一动不动。

百姓见此情景，不再哀求，纷纷起身，继续干活。

雨一直在下，不过雨点不大，可是到了傍晚，东边的上空突然出现一大块一大块的黑云，那黑云像是被一双巨大无比的手推着似的，一会儿工夫，从东到西铺开了，天色越来越暗。最后，黑色的云雾与浑浊的水面连在一起，天与地变成了一个混沌世界。

“咔嚓嚓”，一声炸雷响起，接下来就是一阵狂风暴雨。

“不得了了，天要塌啦！”大堤上的人哭着喊着往下跑，衙役们也惊呆了。

只有王尊，雕塑一般地站在大堤上，任由大雨抽打，一动也不动！

修堤的民工跑了，大堤上只剩下三十多个衙役，他们围在王尊的身边，恳请他赶快离开。

王尊什么都不说，只是站在那里，一动不动。

“咔嚓嚓”，又是一声炸雷，一股巨浪向王尊他们扑来，衙役们也顾不得太守，大水将至，逃命要紧！衙役们猎狗追兔一般从大堤上跑下来，解开马缰绳，四处奔去。

大堤被雨雾笼罩，太守王尊身边只剩下主簿张桐一个人。张桐实在不忍丢下太守独守大堤，他一条腿跪在王尊身旁，双手抱住王尊的一条胳膊，一会儿看看河水，一会儿看看远方。

此时的王尊一下子苍老了许多，花白的头发早已披散开来，一缕一缕地贴在脸上，雨水顺着下巴上的一撮山羊胡子直往下淌，湿透的官袍裹在身上，双脚踏在泥里，双臂下垂，两只手紧紧攥着，一双眼睛盯住仍在上涨的河水，一动不动。

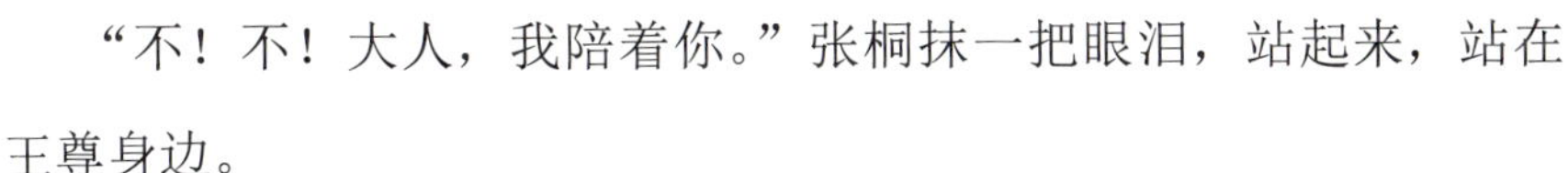

看到王尊这副样子，张桐放声大哭，边哭边说：“大人，大人，我跟了您十年，您是个大好人，河神是不忍心收您的。走吧，您有妻子儿女，他们不能没有您呐。”

王尊弯下腰将张桐拉起，说：“你走吧，有我一个人留在这儿，够了！”

“不！不！大人，我陪着你。”张桐抹一把眼泪，站起来，站在王尊身边。

“大人，你看，那边冒水了。”

王尊顺着张桐所指，见不远处一股又一股的水从大堤下面冒上来。

“冒堤！”王尊快步过去，大堤上一股碗口大的水喷射出来，如果不立即堵上，大堤很快就会塌陷。王尊来不及细想，一个前扑，趴在那里，堵住管涌，又抬起头看看，正好看到头顶上方有个石夯，便伸出胳膊，两只手死死按住石夯。张桐跑过来，趴在王尊身边，从牙缝里挤出一句：“跟大人死在一起，值得！”

天完全黑下来，一道闪电划过，雷声滚滚，狂风呼呼，黄河卷起怒涛狠狠抛向大堤。趴在大堤上的王尊脑海里翻腾得厉害：大丈夫死则死矣！为守河而死，无憾！可唯有一件事不甘心，五年来，东郡大堤修了又修，关键的时候为啥还是冒堤？这大堤怎样修才能固若金汤？

“等着吧，河伯，见了你，我一定得问个清楚！”想到这里，王尊闭上眼睛，等待河伯的召唤。

天亮了，雨停了，河伯没有来，张桐起身，见不到浪花飞溅，也听不到河水咆哮。他低头一看，河水退了。

“退了，大人，退了！退了！退了！退了！”他把王尊扶起来，两人踉踉跄跄地走到大堤边上，看着舒缓东流的河水。王尊抹了一把脸，吐出一句话：“东郡大堤守住啦！”

（霍清廉、张晓杰搜集整理）

【注释】

［1］王尊，字子赣，涿郡高阳人。为东平王相，后迁东郡太守。河水猛涨，泛浸瓠子金堤，老弱奔走，恐水大决堤为害，尊率吏民，投沉白马，祀水神河伯。尊亲持圭璧，使巫策祝，请以身塞金堤。因止宿庐居堤上。吏民数千万人叩头救之，尊不肯去。及大盛堤坏，吏民皆奔走，唯一主簿哭泣在尊旁，立不动。水波渐却，乃还。吏民嘉壮尊之勇节，白马三老朱焕等奏其状，下有司考，皆如言。诏秩尊二千石，加赐黄金二十斤。数岁，民立河侯祠祀之。（清同治丁卯《河南滑县志（标准本）》P223 ~ 224）

安静的荷塘　摄影 / 孟宪明